U0607488

老城记

老北京

古都风华

LAO BEIJING

老舍 等著

中国文史出版社
CHINA CULTURAL AND HISTORICAL PRESS

图书在版编目（CIP）数据

老北京：古都风华 / 老舍等著．-- 北京：中国文史出版社，2023.7

（老城记）

ISBN 978-7-5205-4109-1

Ⅰ．①老… Ⅱ．①老… Ⅲ．①散文集－中国－现代②散文集－中国－当代 Ⅳ．① I266

中国国家版本馆 CIP 数据核字 (2023) 第 093259 号

责任编辑： 张春霞

出版发行： 中国文史出版社
社　　址： 北京市海淀区西八里庄路 69 号院　邮编：100142
电　　话： 010-81136651　81136602　81136603（发行部）
传　　真： 010-81136655
印　　装： 河北省廊坊市海涛印刷有限公司
经　　销： 全国新华书店
开　　本： 787mm × 1092mm　1/16
印　　张： 18.25
字　　数： 204 千字
版　　次： 2024 年 5 月第 1 版
印　　次： 2024 年 5 月第 1 次印刷
定　　价： 58.00 元

目录

第一辑 回首最忆是北京

第二辑 皇城风景线

第三辑 宫廷味儿

第四辑 四季景儿

第五辑 北平万象

回首最忆是北京

第一辑

北平的印象和感想

沈从文

——油在水面，就失去了黏腻性质，转成一片虹彩，幻美悦目，不可仿佛。人的意象，亦复如是。有时平匀敷布于岁月时间上，或由于岁月时间所做成的幕景上，即成一片虹彩，具有七色，变易倏忽，可以感觉，不易揣摩。生命如泡沤，如露亦如电，唯其如此，转令人于生命一闪光处，发生庄严感印。悲悯之心，油然而生。

十月已临，秋季行将过去。迎接这个一切沉默但闻呼啸的严冬，多少人似乎尚毫无准备。从眼目所及说来，在南方有延长到三十天的满山红叶黄叶，满地露水和白霜。池水清澄明亮，如小孩子眼睛。一些上早学的孩子，一面走一面哈出白汽，两只手玩水玩霜不免冻得红红的。于是冬天真来了。

在北方则大不相同。一星期狂风，木叶尽脱，只树枝剩余一二红点子，挂枝柿子和海棠果，依稀还留下点秋意。随即是负煤的脏骆驼，成串从四城拥进。从天安门过身时，这些和平生物可能抬起头，用那双忧愁小眼睛望望新油漆过的高大门楼，容许发生一点感慨："你东方最大的一个帝国，四十年，什么全崩溃下来了。这就是只重应付现实缺少高尚理想的教训，也就是理想战胜事实的说明，而且适用于任何时代任何民族。后来者缺少历史知识，还舍不得这些木石砖瓦堆积物，重新装饰它们，用它们来点缀政治，这有何用？……"也容许正在这时，忽然看到那个停在两个大石狮子前面的一件东西，八个或十个轮子，结结实实，一个钢铁管子，斜斜伸出。这一切，虽用一片油布罩上，这生物可明白，那是一种力量，另外一种事实——用来屠杀中国人的美国坦克。到这时，感慨没有了。怕犯禁忌似的，步子一定快了一点，出月洞门转过南池子，它得上那个大图书馆卸煤！还有那个供屠宰用的绵羊群，也挤挤挨挨向四城拥进。说不定在城门洞前时，正值一辆六轮大汽车满载新征发的壮丁由城内驶出来。这一进一出，恰证实古代哲人一生用千言万语也说不透彻的"圣人不仁"和"有生平等"——于是冬天真来了。

就在这个时节，我回到了一别九年的北平。心情和二十五年前初到北京下车时相似而不同。我还保留二十岁青年初入百万市民大城的孤独心情在记忆中，还保留前一日南方的夏天光景在感觉中。这两种绝不相同的成分，为一个粮食杂货店中收音机放出的京戏给混合了，第一眼却发现北平的青柿和枣子已上市，共同搁在一辆手推货车上，推车叫卖的"老北京"已白了头。在南方，时常听人作新八股腔论国事说："此后南京是政治中心，上海是商业中心，北平是文化中心。"话说得虽动人，并不可靠。政治中心照例拥有权势，商业中心照例拥有财富，这个我相信。因为权势和财富都可以改作"美国"，两个中心原来就和老米不可分！至于文化中心，必拥有知识才得人尊敬，必拥有文物才足以刺激后来者怀古感情因而寄希望于未来。北平的知识分子的确不少，但是北平城既那么高，每个人家的墙壁照例又那么厚，知识能否流注交换，能否出城，不免令人怀疑。历史的庄严伟大，在北平文物上，即使不曾保留全部，至少还保留了一部分。可是这些保留下来的，能不能激发一个中国年轻人的生命热忱，或一种感印、思索，引起他对祖国过去和未来一点深刻的爱？能不能由于爱，此后既活得更勇敢些、坚实些，也合理些？若所保留下来的庄严伟大和美丽缺少对于活人的教育作用，只不过供游人赏玩，供党国军政要人宴客开会，北平的文物，作用也就有限。给予多数人的知识，不过是让人知道前一代满人统治的帝国，奴役人民三百年，用人民血汗建筑有多大的花园，多大的庙宇宫殿，此外实在毫无意义可言。一个美国游览团的团员，具有调查统治中国兴趣的美国军官眷属，格利佛老太太、阿丽思小姐，可以用它来平衡《马可·波罗游记》所引起她灵魂骚乱的情感。一个中国人，假如说，一个某种无知自大的中国人，不问马夫或将军，他也许只会觉得他占领征服了北平城，再也不会还想到他站到的脚下，还有历史。在一个虽有历史却无从让许多人明白历史的情形下，北平的文化价值，如何使中国人对之表示应有的关心尊敬和重视，北平有知识的人、教育人的人，实值得思索，值得重新思索，北平的价值和意义，似乎方有希望让人稍稍明白！

北平入秋的阳光，事实上也就可以教育人。从明朗阳光和澄蓝天空中，使我温习起住过近十年的昆明景象。这时节的云南，雨季大致已经过去，阳光同样如此温暖美好，然而继续下去，却是一切有生机的草木枯死。我奇怪北平八年的沦陷，加上种种新的忌讳，居然还有成群白鸽，敢在用蓝天作背景寒冷空气中自由飞翔。微风刷动路旁的树枝，卷起地面落叶，窸窸窣窣如对于我的疑问有所回答："凡是在这个大城上空绕绕大小圈子的自由，照例是不会受干涉的。这里原有充分的自由，犹如你们在地面，在教室或客厅中……""你这个话可是存心有点……""不，鲁迅早死了。讽刺和他同时死去了已多年。"可是你必然完全同意我说及的事实。这个想象的对话很怪，我疑心有人窃听。试各处看看，没有一个人。街上到处走的是另外一种人。我起始发现满街每个人家屋檐下的一面国旗，提醒我这是个节日，问铺子里人，才知悉和尊师重道有关，当天举行八年来第一回的祭孔大典。全国将在同一日举行这个隆重典礼。我重新想起苏州平江府那个大而荒凉的文庙，这一天文庙两廊豢养的几十匹膘壮日本军马，是不是暂时会由那一排看马的病兵牵出，让守职二十年饿得瘦瘪瘪的苏中苏小那一群老教师，也好进孔庙行个礼，且不至于想到用讲堂做马厩而情感脆弱露出酸态？军马即可暂时牵出，正殿上那些无法计数身份不明的蝙蝠，又如何处理？中国孔庙廊庑用来养马的，一定不只平江府，曲阜那一座可能更甚。这也正说明，北平、南京，师道在仪式上虽被尊敬，其他地方的教师，却仍在军马与蝙蝠之中讨生活，其无从生活也可想而知。

我起始在北平市大街上散步，想在地面发现一二种小小虫蚁，具有某种不同意志，表现到它本身奇怪造型上、斑驳色彩上，或飞鸣宿食性情上。毫无满意结果。人倒很多，汽车、三轮车、洋车、自行车上面都有人。街路宽阔而清洁，车辆上的人都似乎不必担心相互撞碰。可是许多人一眼看去样子都差不多，睡眠不足，营养不足。吃得胖胖的特种人物，包含伟人和羊肉馆掌柜，神气之间即有相通处。俨然已多少代都生活在一种无信心、无目的、无理想情形中，脸上各部官能因不曾好好运用，都显出一种疲倦或退化神情。另外一种，即是油滑，市侩乡愿官僚侦探特有的装作憨厚混合谦虚的油滑。他也许正想起从什么三郎小村转手的某注产业的数目，他也许正计划如何用过去与某某有田、有岛活动的方式又来参加什么文化活动，也许还得到某种新的特许……然而从深处看，这种人却又一律有种做人的是非与义利冲突，羞耻与无所谓冲突而遮掩不住的凄苦表情。在这种人群中散步，我当然不免要胡思乱想。我们是不是还有方法，可以使这些人恢复正常人的反应，多有一点生存兴趣，能够正常地哭起来笑起来？我们是不是还可望另一种人在北平市不再露面，为的是他明白羞耻二字的含义，自己再也不好意思露面？我们是不是对于那个更年轻的一辈，从孩子时代起始，在教育中应加强一点什么成分，如营养中的维他命，使他们生长中的生命，待发展的情绪，得到保护，方可望能抗抵某种抽象恶性疾病的传染，方可望于成年时能对于腐烂人类灵魂的事事物物，能有一点抵抗力？

我们似乎需要“人”来重新写作“神话”。这神话不仅是综合过去人类的抒情幻想与梦，加以现世成分重新处理，还应当综合过去人类求生的经验，以及人类对于人的认识，为未来有所安排，有个明天威胁他、引诱他。也许教育这个坐在现实滚在现实里的多数，任何神话都已无济于事。然而还有那个在生长中的孩子群，以及从国内各地集中在这个大城的青年学生群，很显明的事，即得从宫殿、公园、学校中的图书馆或实验室以外，还要点东西，方不至于为这个大城中的历史暮气与其他新的有毒不良气息所中，失去一个中国人对人生向上应有的信心，要好好地活也能够更好的活的信心！

在某种意义上说来，这个信心更恰当名称或叫作“野心”。即寄生于这一片黄土上年轻的生命，对社会重造国家重造应有的野心。若事实上教书的、做官的，在一切社会机构中执事服务的，都害怕幻想、害怕理想，认为是不祥之物，决不许与现实生活发生关系时，北平的明日真正对人民的教育，恐还需要寄托在一种新的文学运动上。文学运动将从一更新的观点起始，来着手、来展开。

想得太远，路不知不觉也走得远了些。一下子我几乎撞到一个拦路电网上。你们可曾想得到，北平目前还有什么地方没有不固定性的铁丝网点缀胜利一年后的古城？

两个人起始摸我的身上，原来是检查。从后方昆明来的教师，似不必需要人用这种不愉快的按摩表示敬意。但我不曾把我身份说明，因为这是个尊师重道的教师节，免得在我这个“复杂”头脑和另一位“统一”头脑中，都要发生混乱印象。

好在我头脑装得虽多，身上带得可极少，所以一会儿即通过了。回过头看看时，正有两个衣冠整齐的绅士下车等待检查，样子谦和而恭顺。我知道这两位近十年中一定不曾离开北平，因为困辱了十年，已成习惯，容易适应。

北平的冬天来了，许多人都担心御寒的燃料会有问题。然而，北平十分严重的缺少的不仅仅是煤。煤只能暖和身体，却无从暖和这个大城市中过百万人的疲惫僵硬的心！我们可曾想到在一些零下三十度的地方，还有五十万人在冰天雪地中打仗？虽说那是离北平城很远很远地方的事，却是一件真实事，发展下去可能有二十万壮丁的伤亡，千百万人民的流离转徙，比缺煤生火炉严重得多！若我们住在北平城里的读书人，能把缺煤生大火炉的忧虑，转而体会到那零下三十度的地方战事如何在进行，到十二月我们的课堂即再冷一些，年轻学生也不会缺课，或因缺少火炉而生埋怨。因为读书人纵无能力制止这一代战争的继续，至少还可以鼓励更年轻一辈，对国家有一种新的看法，到他们处置这个国家一切时，决不会还需要用战争来调整冲突和矛盾！如果大家苦熬了八年回到了北平，连这点兴趣也打不起，依然只认为这是将军、伟人、壮丁、排长的事情，和自己全不相干，很可能我们的儿女，就免不了会有一天以此为荣，参加热闹。为人父或教人子弟的，实不能不把这些事想得远一点、深一点！

怀北平

熊佛西

北平真是天下最可爱的地方，什么瑞士、罗马、巴黎、柏林、伦敦、纽约，简直可以说没有资格和它比拟！

有人说北平太古老了，在这儿住久了的人不容易激起创造的精神。

又有人说北平的生活太舒适了，青年人住久了会志气消沉。

其实这是错误的。据我所知，北平在外形方面虽是古老，但在精神上却非常前进！我们看近百年来的中国政治改革运动，近年来的新文化运动，哪一件不是发动于北平？假使不信，你可以将现在国内的专门学者统计一下，他们的原籍虽不一定是北平，可是他们对于学问的研究却大都成就于北平！现在有多少革命的青年，直接或间接，受了当年北平新文化运动的影响！

有一个外国人批评北平说：在北平住一天，你或许就想离开，因为你觉得北平的风沙讨厌；假使住了三天，你觉得北平有点可爱；假使你住上三年，你一定会忘记你的原籍而把北平当作你的故乡——一个永远你不愿离开的地方！

我觉得北平的可爱倒不一定是因为它那古老辉煌的建筑物，也不是它那恬静风雅的生活方式：例如玩玩古董，画画字画，逛逛公园，放放风筝，养养鸽子……更不是因为它那佳肴美食，例如正阳楼的涮羊肉，便宜坊的挂炉鸭，同和居的烤馒头，东兴楼的乌鱼蛋，致美斋的烩鸭条，灶温的烂肉面，砂锅居的砂锅白肉，月盛斋的酱羊肉，信远斋的酸梅汤，王致和的臭豆腐，六必居的酱菜……我觉得北平最可爱的是“北平人”！

北平的人实在太可爱了！永远是那样的敦厚和蔼。你在北平住那么多年，你虽满嘴的南方口音，你曾给他们欺侮过吗？你到任何铺子里去买东西，哪一次不是茶呀烟呀的招待你？哪一次不是迎进送出？甚至你一点儿东西没有买，伙计们还是满面堆着笑容把你送出大门，恭恭敬敬地向你说了一声：“您走了！”

说也奇怪，我在北平住了这么多年，从来没有听见过“囤积居奇”的字样，物价永远是那样的均衡。这足见北平没有投机取巧的商人！且北平当年的政治的确相当的腐化，但我从没有听见过地方的“权势”囤积货物，操纵粮食的事情。也很少见到土匪抢劫！

甚至你穿着破旧的衣履去上衙门，去买东西，去逛公园，去参加亲友的婚丧喜庆，决没有人鄙视你。决不像别的地方以外表的衣履而判定一个人的人格的贵贱！

在北平住着，决不会使你有异乡之感。

“公正客气”是我们中华民族伟大的特色，而在中国人里面尤以北平人为最公正最客气。也许正因为我们过分“公正客气”的缘故，所以我们数十年来不断地受着外来强盗的蹂躏与宰割！

不幸，北平现在在敌人的铁蹄下蹂躏着！北平，可爱的北平啊，你几时才能摆脱敌人的铁蹄而恢复你那朴质、优乐、恬静、和平、雄壮的本色呢?

想北平

老　舍

设若让我写一本小说，以北平作背景，我不至于害怕，因为我可以拣着我知道的写，而躲开我所不知道的。让我单摆浮搁的讲一套北平，我没办法。北平的地方那么大，事情那么多，我知道的真觉太少了，虽然我生在那里，一直到二十七岁才离开。以名胜说，我没到过陶然亭，这多可笑！以此类推，我所知道的那点只是“我的北平”，而我的北平大概等于牛的一毛。

可是，我真爱北平。这个爱几乎要说而说不出的。我爱我的母亲。怎样爱？我说不出。在我想做一件讨她老人家喜欢的事情的时候，我独自微微地笑着；在我想到她的健康而不放心的时候，我欲落泪。语言是不够表现我的心情的，只有独自微笑或落泪才足以把内心揭露在外面一些来。我之爱北平也近乎这个。夸奖这个古城的某一点是容易的，可是这就把北平看得太小了。我所爱的北平不是枝枝节节的一些什么，而是整个儿与我的心灵相黏合的一段历史，一大块地方，多少风景名胜，从雨后什刹海的蜻蜓一直到我梦里的玉泉山的塔影，都积凑到一块儿，每一小的事件中有个我，我的每一思念中有个北平，这只有说不出而已。

真愿成为诗人，把一切好听好看的字都浸在自己的心血里，像杜鹃似的啼出北平的俊伟。啊！我不是诗人！我将永远道不出我的爱，一种像由音乐与图画所引起的爱。这不但辜负了北平，也对不住我自己，因为我的最初的知识与印象都得自北平，它是在我的血里，我的性格与脾气里有许多地方是这古城所赐给的。我不能爱上海与天津，因为我心中有个北平。可是我说不出来！

伦敦、巴黎、罗马与堪司坦丁堡，曾被称为欧洲的四大“历史的都城”。我知道一些伦敦的情形；巴黎与罗马只是到过而已；堪司坦丁堡根本没有去过。就伦敦、巴黎、罗马来说，巴黎更近似北平——虽然“近似”两字要拉扯得很远——不过，假使让我“家住巴黎”，我一定会和没有家一样地感到寂苦。巴黎，据我看，还太热闹。自然，那里也有空旷静寂的地方，可是又未免太旷；不像北平那样既复杂而又有个边际，使我能摸着——那长着红酸枣的老城墙！面向着积水滩，背后是城墙，坐在石上看水中的小蝌蚪或苇叶上的嫩蜻蜓，我可以快乐地坐一天，心中完全安适，无所求也无可怕，像小儿安睡在摇篮里。是的，北平也有热闹的地方，但是它和太极拳相似，动中有静。巴黎有许多地方使人疲乏，所以咖啡与酒是必要的，以便刺激；在北平，是温和的香片茶就够了。

论说巴黎的布置已比伦敦、罗马匀调得多了，可是比上北平还差点事儿。北平在人为之中显出自然，几乎是什么地方既不挤得慌，又不太僻静：最小的胡同里的房子也有院子与树；最空旷的地方也离买卖街与住宅区不远。这种分配法可以算——在我的经验中——天下第一了。北平的好处不在处处设备得完全，而在它处处有空儿，可以使人自由地喘气；不在有好些美丽的建筑，而在建筑的四周都有空闲的地方，使它们成为美景。每一个城楼，每一个牌楼，都可以从老远就看见。况且在街上还可以看见北山与西山呢！

好学的，爱古物的，人们自然喜欢北平，因为这里书多古物多。我不好学，也没钱买古物。对于物质上，我却喜爱北平的花多菜多果子多。花草是种费钱的玩意儿，可是此地的“草花儿”很便宜，而且家家有院子，可以花不多的钱而种一院子花，即使算不了什么，可是到底可爱呀。墙上的牵牛、墙根的靠山竹与草茉莉，是多么省钱省事而也足以招来蝴蝶啊！至于青菜、白菜、扁豆、毛豆角、黄瓜、菠菜等，大多数是直接由城外担来而送到家门口的。雨后，韭菜叶上还往往带着雨时溅起的泥点。青菜摊子上的红红绿绿几乎有诗似的美丽。果子有不少是由西山与北山来的，西山的沙果、海棠，北山的黑枣、柿子，进了城还带着一层白霜儿呀！哼，美国的橘子包着纸，遇到北平的带霜儿的玉李，还不愧杀！

是的，北平是个都城，而能有好多自己产生的花、菜、水果，这就使人更接近了自然。从它里面说，它没有像伦敦的那些成天冒烟的工厂；从外面说，它紧连着园林、菜圃，与农村。采菊东篱下，在这里，确是可以悠然见南山的；大概把“南”字变个“西”或“北”，也没有多少了不得的吧。像我这样的一个贫寒的人，或者只有在北平能享受一点清福了。

好，不再说了吧；要落泪了，真想念北平呀！

旧京速写

贺昌群

一闪眼十多年，生活在上海滩的所谓工业社会里，生活随着钟表的摆动铸成了定型，倒也不觉得怎么讨厌，反而一旦脱了轨，却有些不惯起来。虽然有时十分气闷不过了，情愿赶着制造一两篇东西出来卖了钱，随着几个朋友作个短期旅行，却也别具风味，我们这样的竟经游了好几处江南风物秀丽的地方，如今这些印象还深深地珍藏在记忆里。

去年，离开上海时，有个朋友对我说："上海总是我们的根据地，几年后最好仍得转到上海来。"朋友的话，自然是表示他对于这种变态的都市生活还不曾厌倦，连带的意思，或许因为上海是出版界的中心，稿费生活的人们所寄托的地方吧。不幸我的这位朋友如今已在敌人的大炮和炸弹轰击之下做了失业的牺牲者，不得不放弃了这种畸形的都市生活到内地去了。

北来一年多，对于北方的风俗习惯，世态人情，印象是一天淡薄一天，每日过的是打钟上课的生活，与在上海时刻板似的编辑生活，不过是五十步百步而已。

北方的一切，自然是“北方的”，这话并不含糊，一个人只要想到用“南方的”这个词儿做对比，大概就得了。假如还不明白，我再说，譬如上海战事，南方人有这样的勇气，可是不能“打破砂锅问到底”，徒然成了一种感情的发泄，长江流域的人似乎都犯着这样的毛病；然而天津战事，北京人已被证明没有这样勇气，似乎陷在屈辱的保守中，较少一些感情的冲动。这两种在国家的生存上不都是危险的病态吗？再从普通社会生活说，北平的人似乎比京沪的人认真些，所以这里中等阶级的人，较江南同等阶级的人多一些闲情，不那样扰扰攘攘的。（例如，这里的花店特别多，爱花惜草，也是一种闲情，而这里无论贫家富户总是花儿草儿的，上海的人就难得了。）然而，这当中却都具有一种绝对的同一的国民性，就是民族衰微期中道德上、精神上的堕落。要消灭这种堕落的根性，自然只有仍用口头禅的话来说、必须国民自己振作起来，督促国家政治上轨道，努力从事社会建设，社会改革之一途。

南北的经济情形，现在远不如古书中所记的了，古书说，北人勤俭重农，多富豪，而“江淮以南，无冻饿之人，亦少千金之家”。这情形现在真不能这么说。在北平天津竟找不出一家国人自办的大商号可与上海的相比拟，天津号称最大的百货商店，较之上海的先施永安，简直是小巫见大巫。北平更不用说，前门外大栅栏一带的各大商店几乎门可罗雀，而东安市场西单商场却格外热闹，大概这就是人们常说的资产阶级的没落，而小资产阶级增多，小资产阶级的没落，而贫民增多，于是乎社会大贫矣。自山西的汇兑业被银行抵倒之后，上海变成全国经济中心，南方人已执金融界的牛耳，旧京的昔日豪华，已如春去，北方社会眼见的一天寂寞一天。

在这寂寞的景象中，北平独有令人流连的去处。在上海我们向来过着紧张的生活，连撒污的时间有时也得列在日程表内，这里却什么都是从从容容的，大街上人们总是怡然自得地走着，偶而呜呜来一辆汽车，老远老远就躲了。这里又是洋车的世界——洋车的装制很精致，比上海的“包车”有过之无不及，——无论冷街僻巷的树荫下，总看见三五辆悄悄地待着。最能显示这古城的风光的，是当日长人静，偶然一二辆骡车的铁轮徐转声，和骆驼颈铃的如丧钟的动摇声，或是小棚屋里送出来的面棒的啪啪声，在沉静的空气中，响应得愈加沉静。还有呢，在炎炎夏日当空时，人们是稀稀疏疏懒洋洋地这里那里躺在树荫下，紧贴着墙边见到一两个行人，这时你便可听到拿着两个小铜碟当当地敲着：“酸梅汤您来一碗呀”，这样叫着的声音，格外亲切，常使我想到《水浒》上梁山泊好汉的豪壮的口吻。——我爱听北方劳农民众的这种口吻，这里面藏着爽直的真情，饱含着诗的美，可惜我没有这样的诗才，不能从这中间拣选出适当的字句来，组成一些美好的诗篇。

初来这里，似乎觉得满眼都是灰色的，房屋这么低矮，一般不盖瓦，是用泥灰或草和泥砌的，这大概是御防风灾吧，尤其是农村的房屋，我很替他们担心，要是像江南梅雨时节，准会坍塌。今年，据说长江中部的低气压流行到北方来，雨量特多，而这古城里的房屋和墙壁就倒了不少。房屋的建设（当然不算洋房）总是三合或四合，中间一个天井，没有例外，而楼屋是没有的，却比上海乡下那种中国式的房子舒畅得多。前清所谓京官们的住屋，那结构我觉得也有趣。日本人有句话“不到日光，不要言轮奂”。

日光的殿宇代表日本的建筑，不到北平亦不要谈中国的建筑。代表中国的建筑，自然是属于故宫的各种建筑了。

我说北平独有令人流连的去处，是有“历史癖”的人才容易感到。你如果要想领略古代的制作，这里有周鼎殷盘，秦砖汉瓦；你如要想鉴赏法书名画，这里有唐宋元明各家的手泽；你如果要摩挲古董，这里有得是，不过你得谨防假冒；你如要结伴清游，这城内有三海（中海、南海、北海）和中山公园，可以泡壶香片，坐在树荫下或水榭上，手持一卷，这样整天的时间便可悄悄滑过，要是五脏神起了风潮，也不用回家，就在茶桌上叫一盘“窝窝头”或面食，很可口；如果还有游兴，城外远郊近郭之地，如颐和园如西山，风景的幽秀也不下于西湖，还可以连带去凭吊圆明园的遗址，高吟拜伦吊希腊的名句：

Eternal summer gilds them yet，（长夏骄阳纷灿烂，）
But all，except their sun，is set，（忧伤旧烈之无余。）

每到阴历正月，北平仍保存着旧来“过年”的盛况，别的不用说，只这琉璃厂海王村公园一带，自初十到十五的几日间，吃的玩的，什么古董字画，沿街摊得水泄不通。北平人做玩意儿，的确比上海城隍庙的高明，虽然土气颇重，而别具心机。这当中既好看又好吃的，我却很欣赏“冰糖壶卢”，最好是西琉璃厂信远斋的。这名儿，去年曾纠正我一个错误的观念，要是读者不曾到过北方，这也许于你是一点新知识。你看过鲁迅君仿张衡四愁的《我的失恋》一诗吗？那诗第二首是：我的所爱在闹市。想去寻她人拥挤，仰头无法泪沾耳。爱人赠我双燕图，回她什么——冰糖壶卢。从此翻脸不理我，不知何故兮使我糊涂。

这“冰糖壶卢”我从前总以为是冠生园卖的那种空心磁菩萨或磁葫芦，里面装糖，给孩子玩的。哪知大谬不然，这冰糖壶卢是海棠果（北平出产最多），外面浇上一层糖衣，有时剖开中间嵌上一片胡桃或山楂糕，颜色是红的黄的都有，极玲珑可爱，七寸来长的竹竿上这样穿着六七个，只卖十二个铜子，就是这东西！

说到琉璃厂也是令人可以盘桓竟日的，但这去处却与三海公园不同了，这儿是旧书店的大卖场，仿佛像东京的神田和本乡一样，大小书店新的旧的都集中在这里。北平的书肆，可以分为三个区域，一是琉璃厂一带，二是隆福寺一带，三是东安市场，琉璃厂一带，新旧书店杂列着，隆福寺几乎全是线装书店，东安市场除一二线装书店外，全是第二手的洋装或假装书铺或摊子。到这些地方的顾主们大概也可以分三种不同型的人，琉璃厂是遗老遗少和“摩登”都有，隆福寺便全是古香古色的老的少的所谓学者之类了，东安市场内一望人头济济，都是青年男女逡巡着。前几个月，这里的翻版书充斥于市，近来经上海各家书店告发，渐渐绝迹了。

常听人说，北平是文化的中心，自然不仅是这几处旧书肆便可代表的，应当包括故宫博物院、古物陈列所、历史博物馆、自然博物馆、国立北平图书馆和那些古色斑斓的古董铺。我们在这古城里所见到的，无处不是文化的遗骸，不觉会使你起一种怀古的幽情。你如进故宫，看到“金銮宝殿”（乾清宫）会使你油然想到当年主宰全国政治的发动机，就在这横顺不过几步宽的台基上的一张矩形椅上，真是 marvellous！关于故宫，我打算在最近整理一篇游记出来，给未曾去过的读者一个卧游的机会。

北平文化机关中，使我满意而又不满意的是国立北平图书馆，在藏书的质的方面，她是令我们满意的，虽然量并不甚多。可是建筑上就花了一二百万，只是油漆听说就得十几万，而只成一个工字形的建筑，那内部的容积可想而知。要是置身其间，真如刘姥姥闯进大观园，令人手足无所措的。我们这种穷国民，只希望有更多的图书给我们阅览，似乎用不着这样富丽堂皇的专销外国材料的建筑。从这些地方，可以看到我们国民性穷俭是穷俭得来连洗澡钱都可以节省，穷奢是穷奢得来务求极致，一门一窗都要与外国最讲究的比肩，好像中国真是很富有的。我不信像北平图书馆的这种建筑，就算是代表泱泱大国之风，或就是代表中国的建筑。

上边拉杂写了许多，似乎我把北平吹成了一个“乐园”，这里我得赶紧声明，我原说是有历史癖的人不妨来这儿观光一下，因为在这样舒松的环境里，周围是或浓或淡的暮气笼罩着，生活是只有趋于逸乐的陷阱中，对于社会国家的思想算是多事，时间观念自然更是淡薄，这也可以从些小事里举出证据来。譬如在澡堂里浴洗完了，照例要困一觉或躺个四五十分钟，这并不算什么，因为较有时间观念的上海人也是这样。可是，这中间绝不同的是这里还得叫一两盘菜，一瓶白干儿，一个人自斟自酌地就在这小几上喝起来，待到耳烧面烧的时候，才躺一觉，早已是一两个钟头了。听说北平某著名学者每上澡堂，总得悠悠地吃完一块钱的美国橙子才了事。这些话未免唠叨，可不是吗？所以常有人说，中国的振兴，希望还是在长江流域，我想是有道理的。

梦北平

无名氏

1

小镇坐落在群山窔奥，地势高亢，冬季西北风如大瀑布，不断从扁鱼形的山嘴子里泻进来，把镇上气压激荡得特别低。夜来被窗外“呼呼”风声惊醒，我浑身不自觉地打起寒战，听枕畔萦回着苍暗的“沙沙”声，知道那灰色雨鞭又在打着黄桷树与洋梧桐的肥大叶掌了。睁眼望房内毛茸茸的黝暗与白色窗纸的朦胧亮光，听着那沉郁的雨声，我不禁想起北平：北平的大风沙夜公寓里的温暖炉火。入冬以后，那座荒凉的城虽少雨，但夜长风沙大，最容易令一个江南客联想起雨声的。

可是，北平……

我的心突然抽紧了。我们不难想象，经过残酷的搓揉与压榨，这个有灵魂的大城的面貌，现在是变得怎样可怕的歪扭了，那冷冷的废宫门口的冷冷的白石狮子，夜半也许在偷垂冷冷的泪……

2

唉，我怎样说才好呢？

首先，必须在我们面前，铺起一片金碧辉煌的琉璃瓦，一片蒙腾腾如黄雾的风沙，一棵棵没有尽头的古槐，一群群灵活的、燕子似的自行车……

3

我还记得，西单靠宣武门那头的一爿铺子，铺面是陈旧而阴森的，门口永远烧着一盆熊熊的红火。客人来了，一脚蹬在四周板凳上，接过堂倌一盆鲜红的肉片，放在猩红色的火上慢慢烤，然后蘸着佐料，和着一大碗一大碗的白酒，送到肚里。

这是蒙古式的吃法，令人想起塞外荒漠，古铜色大月亮照映着寂寞毡幕。

占据这爿馆子的客堂的，是一座座暗棕色酒缸，缸盖上放一只粗毛竹制的筷筒，便算是座子。一些有着阴暗的但并不绝望的脸孔的劳动者，就默默坐在旁边，喝着堂倌现从酒缸内舀出来的白酒。

每经过这爿馆子，我就想起左拉的叫作“酒窟”的那本小说。

但北平人是没有巴黎人的疯劲的。从这古城的氛围里，他们先天地濡染到一种斯文。这斯文，在公寓掌柜吸长长旱烟管时可以见到，在洋车夫喝酸梅汤时可以见到，在店伙计提鸟笼逛北海时可以见到，在拾煤渣的孩子哼起“杨延辉坐宫院”时可以见到，在烤白薯的老人叫卖时可以见到……

4

我还记得，第一次在北平街上散步时，那远远的坐落在北海的白色喇嘛塔，就像一个亲密友人，站在我旁边。如果走上塔的四周，被绿树组织成的北平市，便如一片碧绿的大海，展在眼前，而那废宫的杏黄琉璃瓦，则似金子样在绿海上闪烁绮丽的花朵。

5

我还记得，初踏上御桥“金鳌玉蝀”的白石身子时，似乎还听见古帝王脱去龙袍的声音；一个璀璨如花的梦是凋落了……

6

北平的夏季是燥热的，在古槐所投下的圆圆绿荫里，常憩下两三辆哑默的独轮车。车夫喝过酸梅汤后，摇着蒲扇赶苍蝇而假寐了，说不出理由的，在绿荫中，我就默默守着，端详那熟睡的朴质的脸，直到他打了一个喷嚏醒来。

7

听，那摇金钱板的来了，他站在一家公寓门口，囔囔地唱着，“大老板，福气好……”

8

一根槐蚕的游丝在长长的夏日中长长地拖着，长长地，长长地……

9

让我们在这个大城的街上散步吧！街很能表现出这座古城的斯文而宽大的风度。北平有着太丰富的宝藏，因为它有着太多的斯文而宽大的街。

在一条又一条的街中，我的记忆里，三座门大街分量最重。这是一条极洁净而安静的街，它令我想起一个不喜说话的朋友，来自古旧的华贵门第，而极爱清洁。雨后，这条街分外洗得白洁，那三座裔丽的牌坊，经雨水洗刷，透露出辉煌的冷艳。几乎每落雨，我总喜欢在这条街上走，让纤纤雨脚在荷叶伞上舞蹈，荡起轻悄的回音。有时微雨，索性不带伞，不戴帽子，让头发在雨丝中浸湿，眼睛望着那黏滑的如涂上膏油的柏油路，那精致的雅洁的街道，走着走着，心地仿佛也跟着精致而雅净起来。雨中景山分外显得凄苦，山后的白皮松林，被雨水拍打，似呻吟着淡淡的忧伤，映衬着山前故宫的长长的朱红宫墙、朱红宫门、门上的金黄铜桩与华丽的金狮子头，门口白色石狮子凝视着白色街道……

10

不再弹忧郁的曲子吧。

三十年来，这座古城是与每个进步事象同呼吸的。在古城的衰老的身上涂染过数不清的猩红的鲜血与酸辛的眼泪，埋藏着无数善良的热情语句与悲愤的吼声。不要看轻它是如一株老树样衰颓而佝偻了，时候来了，正与过去许多次一样，这株老树变成一条年轻而愤怒的红龙，周身满涂红血，它将引颈长啸，发出令统治者发抖的咆哮！

我们期待这伟大的咆哮！

忆北平的旧岁

张向天

到底北平这古城是座彻头彻尾的老城池，不但前门各处的城砖是老灰色，城内的旗民拘守着旧日王谢的生活，保守着老念头，就连在年节的岁时上，也是依然谨守旧制，大家通行旧岁。古城中不是曾闹过新运动吗？掀起过风飙全国的新思潮吗？并也熔炼出许多各式各样的新人物吗？但，古城依然是古城，旧习尚依然畅行着。

由东北的沈阳流亡到古城去，有五年多的工夫。也许是因了关内关外在清朝时就打成了一片，而一直到今天还是如此的！所以虽然由遥远的沈阳跑到北平去，但所见所受，和在沈阳时候比较起来，也没有什么绝大的差别。按着在沈阳的住民讲起“北京”来，真有些超过事实，而有入神话的境界了。比如他们说北京城墙，有多么高大，城门有多么阔宽，城门的门环都是金子做的。至于论到京城人民的日常食用等事，更传说得十分离奇，如今还流行在东北各地的一出《老妈开嗙》的奉天落子，便是专为讲述北京的神奇繁华而盛传着。故事的内容，是说一个三河县的农妇到皇城的阔人家做老妈，后来骑了一匹驴返回故乡。故里有很多的街坊向她探问北京的情形，这位老妈就胡言八扯地大吹一阵。那些听者们，都惊奇得目瞪口呆，不知所以。从这出流行的奉天落子里，便可以看出沈阳和北平虽然只有一千多里的间隔，但其间的路闻途说，却已经十分令人不敢置信了。但仔细讲起来，北京与沈阳又有什么特别呢？真还没有什么特别，不过北平比沈阳，在气象上，北平更为恢廓伟大罢了！

如今暂以北平的旧岁而言，就可以看得出来了。

先由旧历腊月的腊八讲起：北京人吃“腊八粥”，确比沈阳人的腊八食用为阔绰。沈阳人的腊八粥，制法简单，只供人吃；而北京人的腊八粥，却制法繁杂，米也不是只一种米，而是杂和了各色各式的细米、豆等物，再加上芰实、莲子、枣、栗子。当粥做成后，粥上再覆以鲜色的桃仁、杏仁、瓜子、青丝、红丝、佛手、白糖、花生仁等，装点得五色缤纷，非常悦目。告祀祖，祭神，神祖祭完，才得以给人吃。人吃毕，还须用粥涂墙抹壁，凡庭院门户、树木等物，均得用粥装点，更须喂猫、饲犬、鸡鸭等禽类。这种排场，按北京人看，名之为“谱”，是非讲求不可的。这如果和沈阳比起来，所差的，只有豪华阔绰之别，不过一个外臣的派头，一个是家主的侈费而已。

到旧历元旦这天，北京人多在五更后祭神，烧香放鞭炮，以后是全家吃饺子。吃饺子以后，另有一顿合家同吃的团圆饭。在这餐饭中，椒柏酒是一项不可少的饮品，表示是一年复始的意思。

至于拜年的规矩，是大人对大人拜年也有礼物相送的。比如有戚友登堂拜年，主人还须拿出礼物来赠送，按北京人叫作送

“百事大吉盒”，中有柿饼、核桃、桂圆、枣、栗子、花生仁等物。这些物品都含有取义的，例如柿子有“事事如意”的取义，核桃是“和和气气”，桂圆是“富贵升高”，枣、栗子是“早生贵子”。至于幼年哥儿拜年，则须送压岁钱了。

但北平旧岁中最称特色的还是宗教上的信条，而不是年节的礼俗。这一点是值得特别提出来的。

北平的旧年，在正月初一和初二，除了人的供养要侈豪以外，还须有神祖的供奉。例如在元旦日有祭神祀祖，初二要去财神庙求财神。原来财神庙在彰仪门外，按了习俗说，凡是上庙焚香越早的，越有灵验。因此每年正月初二的黄昏初晓中，古城里的财迷们，早已是千万成群地集候在彰仪门里，静等开门，好挤出门外，早到一步。每年正月初二时候，古城的广安门里，时常有因拥挤争先而打得头破血流，妇孺被挤得呼天抢地，情形之惨，又有如难民争车抢船之惨了。但是那些勤苦人们，第一等财迷们，却老早在初一那天，就已经跑到财神庙附近的小店中，挨冷受冻地度过一宵，因为“近水楼台”而先到庙堂了！这些财迷的求财方法，叫作“借元宝”，其实名为借，乃是偷。原来焚香的人们，一面叩头焚香，一面是趁了和尚不注意的时候，顺手在神案下的纸元宝筐中，偷几个纸元宝，放在怀中，拿回家去，供在财神案前。凡是偷得越多，财也越富。但最紧要的，是凡偷得以后，第二年的正月初二,一定要加倍偿还；否则惹了神怒，不止财发不成，并且还要荡家的。说到“偷元宝”，并不要什么训练的，也不难做，原来这“偷元宝”已经成为公开的秘密，和尚并不紧严地看守，而是任人偷取，但是必须多放香资。

最奇特的是白云观庙会。白云观在西便门外，由元旦日开庙一直到十九日，在正月十八日这天，叫作“燕九会”，也叫作“会神仙”。按白云观是供祀元时长春真人邱处机的观址，因之此“燕九会”应该叫作“燕邱会”才是。从前在正月十八日那天晚上，善男信女们一定要在观里过宿一宵以会神仙，男则大福大寿，女则多贵多男，因而在会神仙时候，常要演出风流喜剧的。但到民国以来，这种风俗似乎是不行了，不过在十八日这天的占城人士骑驴逛白云观，到老人堂看老人，却是一件极风行的事。

在逛庙中，最著名的还有一个逛大钟寺。大钟寺在德胜门外，又名觉生寺，寺殿三层，最上一层是钟楼，上悬大钟，因而有名。钟的高有一丈五尺，径一丈四尺，纽高七尺，共重八万七千多斤。全钟内外，都镌有全部华严经文，每年旧岁元旦开庙，到十五日方止。游人极众，除了焚香祀神之外，都是来看大钟的。在大钟的顶上，有两个大如手拳的气孔，孔里悬着铜铃，凡是来看大钟的游客，都好用大铜子投气孔，这叫作“打金钱眼”。如果打中，则锵然一声，表示击中铜铃，因以卜一年中的吉运。这也是寺僧生财方法。听说从前僧众的日用资多仰之于此。每天来庙“打金钱眼”的人，何止数千，因而每日晚间僧人收点钟下铜子，多以斗量。如今，因为古城的不景气，这一项入款，已经激减。僧人们讲起来，也是一件击心的痛事。

另外有火神庙、护国寺、铁塔寺、三官庙等庙会，也是非常热闹。再有安定门的黄寺，德胜门外的黑寺，雍和宫等喇嘛庙的打鬼、跳舞、布扎等，更是引动阖城居民，拥挤往观。

以上所说的北平旧岁的节俗在宗教信仰上的种种，却是古城旧岁中不与人同的独有节目了。

北平古城至今虽然沦陷了有五个多月，但一想到古城的旧年景象，和逛庙的人众拥挤情形，不禁使我更亲切地忆起北平。

记得去年旧历年时，笔者还特别地走遍古城的各个庙会，那一点熙熙攘攘地度岁的盛况，确是永不能忘的。

古城市街上，在旧历年底时候更显得繁荣了，往来着为衣食奔走，要债索欠的人们。西单、东单、西四、东四、前门、黄宝市及后门各个大街，都是非常拥挤。尤其在东安市场里，那些卖灯笼、气球的贩子，一家挨一家地排陈着；卖冰糖葫芦的贩子，尽着吃奶力气大声招卖。

在杂乱拥挤的市容中，还可以看到穿高跟鞋的摩登女学生们，半裸着膝腿，颤颤巍巍地高骑在慢步嘚嘚的小毛驴上，摇摆过市。这是北京女学生们的习尚，多好骑驴逛大钟寺、白云观，又好赛驴，这或是北平的中国妇女骑马入阵的先声罢！不过那些穿高跟鞋的时髦脚趾，放在铁驴镫中，终觉不是太合适。

在和平门外，师范大学的附近，排满了席棚，里面满陈展着中国水笔的山水画。画棚子延长占了半个街，如果每个画棚都能走遍尽览，真不是一件容易事呢！识货的人，可以用几角钱买得明清以来的画品、名人笔迹等。

更热闹的是厂甸，又叫海王村公园，附近多是旧书摊、古玩、金石玉器等，在这里，用极低的价钱，可以买来很好的宋刻、元版等好版本书籍。在这里不只高人雅士学者可以大逛，找便宜货，就连庸夫俗子、小孩子们，也可以杂在中间拥挤得推不开、挤不动。这里有食物摊子、玩物贩子；孩子们可以花上几大枚，买一个玻璃长颈喇叭，吹吹打打地跑跳。

沦亡五月多的古城，至今可能是无恙吧？如今恰是度旧岁的时节，古城度岁的情形知道是怎样的呢！？恐怕在这一切旧时的景象中，已经到处杂上了草绿色的异族，威风凛厉地在搜索着！

古城啊！纵有铁骑纵横肆虐，但，耐心地度过今个旧岁吧！过了冬天就是春天，春天来的时候，难道还有威凛逼人的冰寒吗？

肖伯纳到北平

端木蕻良

抱着包袱的小商人，一两个小学生，荷枪的兵士，小脚的老太太……煤渣似地从一列通车里抛下来。搬货夫穿梭似地忙碌，警察、侦探，机警地鼠视着。饭店的接车，一面对着一般没有中国的旅行经验的行侣们嚷嚷、纠缠、威诱……一面对着熟识的马车夫飞眼。

一切又变安静。

月台上站着两个肥硕的仆役，头上戴着红箍，写着：HTOEL de Pekin。

两三个学生在巡礼。一个外国人燃着雪茄。

电灯忽然亮了，群众的情绪，立刻的紧张起来。专车潮水般地滚来。灯光里，褐色的皮衣，巴黎的小帽，猩红的唇，斑白的发，一幅翻涌的镜头，幻成银幕中的列车。突然地，在一个窗棂里，映出一颗斑白的头。“嘿咿！”群众嘈杂地集中在窗下向前飞驰。

在门外写着 A 字车厢的第一个座位，便坐着这位 77 岁的青年。精致的呢帽，遮没了宽阔的额角。银色的白须，摊散在一件宽大的橡皮呢的外衣上。锋利的目光，冷冷地向窗外刺了一眼，便立刻地转过去，无目的地凝视着。对面坐着的一位外国绅士，很礼貌地向群众微笑。车厢的门口，颀立着一位苗条的女郎，捻弄着项上的红巾，轻妙地，高傲地，睨视着黏附在车窗上的头。

肖，屹然不动。

头的波纹，又骚然地皱起来，白色的浪花，肖的面影，便浮出了以前国联调查团的专车的车门。

他的音波，借着古老的北平的空气而传播到群众耳朵里的第一声，便是“Yes——！”这是当他接到路透社记者卡片的时候。他的第二句话，便是“No！”这是当他听见一个中国记者请求他说几分钟话的时候。

白衣侍者，很熟练地扶着他走下车来，一张花旗票很巧妙地掖在那侍者的手里。

这样，这颗苹果的脸，这个耸立的长人，便一脚踏在这有名的 Peking Dast 上了。胸前挂着一副夹鼻眼镜，一只小照相机，一只望远镜；右手，拿着一具轻便的行军床和一支手杖。还有看不清是不是打高尔夫球的棒子。

车中坐在肖对面的绅士，很潇洒地走来向我握手。几句简单的问答之后，我便被大家推送到肖的面前。

走出站门，他忽然想起了缓行的太太，于是便回来寻找。很谨慎地把他穿着黑衣的枯老的太太引进汽车之后，他也坐定在车中。

两个记者，拿出一把卡片交给他，肖除了几个简单的“No,

No，No”之外，便说了一句：我没有什么问题。

一个记者，很固执地要求肖同车到北京饭店去。终于被一个随行的中国绅士告之：“按规定，这里（汽车前车厢）只能坐两个人，所以……”终于，那记者，在傍晚的风里，和一个蜜柑脸的记者，很懊恼地讨论着：我们还是到六国饭店去吧。

绛色的自用“824”的汽车，在古城的门洞里消失了。有一个人说：“这幕喜剧闭幕了。”于是，群众散了场。

我重新回到车厢里去，英勇地拿起肖所遗下的点心大嚼。

点心上刻着一个小丑的脸。但是，那脸上有一副讽刺的笑。这笑，足可使一般资产阶级的学者发抖。巧妙地辩护着，自己如何地鼓不起欢迎莱顿爵士的勇气。

回来杂记

朱自清

回到北平来，回到原来服务的学校里，好些老工友见了面用道地的北平话道："您回来啦！"是的，回来啦。去年刚一胜利，不用说是想回来的。可是这一年来的情形使我回来的心淡了，想象中的北平，物价像潮水一般涨，整个的北平也像在潮水里晃荡着。然而我终于回来了。飞机过北平城上时，那棋盘似的房屋，那点缀着的绿树，那紫禁城，那一片黄琉璃瓦，在晚秋的夕阳里，真美。在飞机上看北平市，我还是第一次，这一看使我连带地想起北平的多少老好处，我忘怀一切，重新爱起北平来了。

在西南接到北平朋友的信，说生活虽艰难，还不至如传说之甚，说北平的街上还跟从前差不多的样子。是的，北平就是粮食贵得凶，别的还差不离儿。因为只有粮食贵得凶，所以从上海来的人，简直松了一大口气，只说"便宜呀！便宜呀！"我们从重庆来的，却没有这样胃口。再说虽然只有粮食贵得凶，然而粮食是人人要吃日日要吃的。这是一个浓重的阴影，罩着北平的将来。但是现在谁都有点儿且顾眼前，将来，管得它呢！粮食以外，日常生活的必需品，大致看来不算少；不是必需而带点儿古色古香的那就更多。旧家具，小玩意儿，在小市里，地摊上，有得挑选的，价钱合适，并且有时候很贱。这是北平老味道，就是不大有耐心去逛小市和地摊的我，也深深在领略着。从这方面看，北平算得是“有”的都市，西南几个大城比起来真寒碜相了。再去故宫一看，嗐，可了不得！虽然曾游过多少次，可是从西南回来这是第一次。东西真多，小市和地摊儿自然不在话下。逛故宫简直使人不想买东西，买来买去，买多买少，算得什么玩意儿！北平真“有”，真“有”它的！

北平不但在这方面和从前一样“有”，并且在整个生活上也差不多和从前一样闲。本来有电车，又加上了公共汽车，然而大家还是悠悠儿的。电车有时来得很慢，要等得很久。从前似乎不至如此，也许是线路加多，车辆并没有比例的加多吧？公共汽车也是来得慢，也要等得久。好在大家有的是闲工夫，慢点儿无妨，多等点时候也无妨。可是刚从重庆来的却有些不耐烦。别瞧现在重庆的公共汽车不漂亮，可是快，上车，买票，下车都快。也许是无事忙，可是快是真的。就是在排班等着吧，眼看着一辆辆来车片刻间上满了客开了走，也觉痛快，比望眼欲穿的看不到来车的影子总好受些。重庆的公共汽车有时也挤，可是从来没有像我那回坐宣武门到前门的公共汽车那样，一面挤得不堪，一面卖票人还在中途站从容地给争着上车的客人排难解纷。这真闲得可以。

现在北平几家大型报都有几种副刊，中型报也有在拉人办副刊的。副刊的水准很高，学术气非常重。各报又都特别注重学校消息，往往专辟一栏登载。前一种现象别处似乎没有，后一种现象别处虽然有，却不像这儿的认真——几乎有闻必录。北平早就被称为“大学城”和“文化城”，这原是旧调重弹，不过似乎弹得更响了。学校消息多，也许还可以认为有点生意经；也许北平学生多，这么着报可以多销些？副刊多却决不是生意经，因为有些副刊的有些论文似乎只有一些大学教授和研究院学生能懂。这种论文原应该出现在专门杂志上，但目前出不起专门杂志，只好暂时委屈在日报的余幅上：这在编副刊的人是有理由的。在报馆方面，反正可以登载的材料不多，北平的广告又未必太多，多来它几个副刊，一面配合着这古城里看重读书人的传统，一面也可以镇静镇静这多少有点儿晃荡的北平市，自然也不错。学校消息多，似乎也有点儿配合着看重读书人的传统的意思。研究学术本来要悠闲，这古城里向来看重的读书人正是那悠闲的读书人。我也爱北平的学术空气，自己也只是一个悠闲的读书人，并且最近也主编了一个带学术性的副刊，不过还是觉得这么多的这么学术的副刊确是北平特有的闲味儿。

然而北平究竟有些和从前不一样了。说它“有”吧，它“有”贵重的古董玩器，据说现在主顾太少了。从前买古董玩器送礼，可以巴结个一官半职的。现在据说懂得爱古董玩器的就太少了。礼还是得送，可是上了句古话：什么人爱钞？什么人都爱钞了。这一来倒是简单明了，不过不是老味道了。古董玩器的冷落还不足奇，更使我注意的是中山公园和北海等名胜的地方，也萧条起来了。我刚回来的时候，天气还不冷，有一天带着孩子们去逛北海。大礼拜的，漪澜堂的茶座上却只寥寥的几个人，听隔家茶座的伙计在向一位客人说没有点心卖，他说因为客人少，不敢预备。这些原是中等经济的人物常到的地方；他们少来，大概是手头不宽心头也不宽了吧。

中等经济的人家确乎是紧起来了。一位老住北平的朋友的太太，原来是大家小姐，不会做家里粗事，只会做做诗，画画画。这回见了面，瞧着她可真忙。她告诉我，用人减少了，许多事只得自己干；她笑着说现在操练出来了。她帮忙我捆书，既麻利，也还结实，想不到她真操练出来了。这固然也是好事，可是北平到底和从前不一样了。穷得没办法的人似乎也更多了。我太太有一晚九点来钟带着两个孩子走进宣武门里一个小胡同，刚进口不远，就听见一声“站住！”向前一看，十步外站着一个人，正在从黑色的上装里掏什么，说时迟，那时快，顺着灯光一瞥，掏出来的乃是一把明晃晃的尖刀！我太太大声怪叫，赶紧转身向胡同口跑，孩子们也跟着怪叫，跟着跑。绊了石头，母子三个都摔倒，起来回头一看，那人也转了身向胡同里跑。这个人穿得似乎还不寒碜，白白的脸，年轻轻的。想来是刚走这个道儿，要不然，他该在胡同中间等着，等来人近身再喊“站住！”这也许真是到了无可奈何才来走险的。近来报上常见路劫的记载，想来这种新手该不少吧。从前自然也有路劫，可没有听说这么多。北平是不一样了。

电车和公共汽车虽然不算快，三轮车的却确比洋车快得多。这两种车子的竞争是机械和人力的竞争，洋车显然落后。洋车夫只好更贱卖自己的劳力。有一回雇三轮儿，出价四百元，三轮儿定要五百元。一个洋车夫赶上来说：“我去，我去。”上了车他向我说要不是三轮儿，这么远这个价他是不干的。还有在雇三轮儿的时候常有洋车夫赶上来，若是不理他，他会说：“不是一样吗？”可是，就不一样！三轮车以外，自行车也大大地增加了。骑自行车可以省下一大笔交通费。出钱的人少，出力的人就多了。省下的交通费可以帮补帮补肚子，虽然是小补，到底是小补啊。可是现在北平街上可不是闹着玩儿的，骑车不但得出力，有时候还得拼命。按说北平的街道够宽的，可是近来常出事儿。我刚回来的一礼拜，就死伤了五六个人，其中王振华律师就是在自行车上被撞死的。这种交通的混乱情形，美国军车自然该负最大的责任。但是据报载，交通警察也很怕咱们自己的军车。警察却不怕自行车，更不怕洋车和三轮儿。他们对洋车和三轮儿倒是一视同仁，一个不顺眼就拳脚一齐来。曾在宣武门里一个胡同口看见一辆三轮儿横在口儿上和人讲价，一个警察走来，不问三七二十一，抓住三轮车夫一顿拳打脚踢。拳打脚踢倒从来如此，他却骂得怪，他骂道："× 你有民主思想的妈妈！"那车夫挨着拳脚不说话，也是从来如此。可是他也怪，到底是三轮车夫罢，在警察去后，却向着背影责问道："你有权力打人吗？"这儿看出了时代的影子，北平是有点儿晃荡了。

别提这些了，我是贪吃得了胃病的人，还是来点儿吃的。在西南大家常谈到北平的吃食，这呀那的，一大堆。我心里却还惦记一样不登大雅的东西，就是马蹄儿烧饼夹果子。那是一清早在胡同里提着筐子叫卖的。这回回来却还没有吃到。打听住家人，也说少听见了。这马蹄儿烧饼用硬面做，用吊炉烤，薄薄的，却有点儿韧，夹果子（就是脆而细的油条）最是相得益彰，也脆，也有咬嚼，比起有芯子的芝麻酱烧饼有意思得多。可是现在劈柴贵了，吊炉少了，做马蹄儿并不能多卖钱，谁乐意再做下去！于是大家一律用芝麻酱烧饼来夹果子了。芝麻酱烧饼厚，倒更管饱些。然而，然而不一样了。

市声拾趣

张恨水

我也走过不少的南北码头，所听到的小贩吆唤声，没有任何一地能赛过北平的。北平小贩的吆唤声，复杂而谐和，无论其是昼是夜，是寒是暑，都能给予听者一种深刻的印象，虽然这里面有部分是极简单的，如“羊头肉”“肥卤鸡”之类，可是他们能在声调上助字句之不足。至于字句多的，那一份优美，就举不胜举，有的简直是一首歌谣，例如夏天卖冰酪的，他在胡同的绿槐荫下，歇着红木漆的担子，手扶了扁担，吆唤着道：“冰淇淋，雪花酪，桂花糖，搁得多，又甜又凉又解渴。”这就让人听着感到趣味了。又像秋冬卖大花生的，他喊着：“落花生，香来个脆啦，芝麻酱的味儿啦。”这就含有一种幽默感了。

也许是我们有点主观，我们在北平住久了的人，总觉得北平小贩的吆唤声，很能和环境适合，情调非常之美。如现在是冬天，我们就说冬季了。当早上的时候，黄黄的太阳，穿过院树落叶的枯条，晒在人家的粉墙上，胡同的犄角儿上，兀自堆着大大小小的残雪。这里很少行人，有两三个小学生背着书包上学，于是有辆平头车子，推着一个木火桶，上面烤了大大小小二三十个白薯，歇在胡同中间。小贩穿了件老羊毛背心儿，腰上系了条板带，两手插在背心里，喷着两条如云的白汽，站在车把里叫道："噢……热啦……烤白薯啦……又甜又粉，栗子味。"当你早上在大门外一站，感到又冷又饿的时候，你就会因这种引诱，要买他几大枚白薯吃。

在北平住家稍久的人，都有这么一种感觉，卖硬面饽饽的人极为可怜，因为他总是在深夜里出来的。当那万籁俱寂、漫天风雪的时候，屋子外的寒气，像尖刀那般割人。这位小贩，却在胡同遥远的深处，发出那漫长的声音："硬面……饽饽哟……"我们在暖温的屋子里，听了这声音，觉得既凄凉，又惨厉，像深夜钟声那样动人，你不能不对穷苦者给予一个充分的同情。

其实，市声的大部分，都是给人一种喜悦的，不然，它也就不能吸引人了。例如，炎夏日子，卖甜瓜的，他这样一串的吆唤着："哦！吃啦甜来一个脆，又香又凉冰淇淋的味儿。吃啦，嫩藕似的苹果青脆甜瓜啦！"在碧槐高处一蝉吟的当儿，这吆唤是够刺激人的。因此，市声刺激，北平人是有着趣味的存在，小孩子就喜欢学，甚至借此凑出许多趣话。例如卖馄饨的，他吆喝着第一句是"馄饨开锅"。声音洪亮，极像大花脸唱倒板，于是他们就用纯土音编了一篇戏词来唱："馄饨开锅……自己称面自己和，自己剁馅自己包，虾米香菜又白饶。吆唤了半天，一个子儿没卖着，没留神丢了我两把勺。"因此，也可以想到北平人对于小贩吆唤声的趣味之浓了。

皇城风景线

第二辑

南海的艺术化

高长虹

北平的四处公园，在她们的品格上分类：先农是下流人物传舍，中山装满了中流人物，北海略近于是绅士的花园，那么，南海！让我赠你以艺术之都的嘉名吧！只有南海，她像是一个少女，还没有属于任何一人，她也没有沾染上任何人的习气，她才是自然的女儿。处女的心，洁白的灵魂，未来的天国，艺术家们的乐园呢！一般人们嫌她太寥落了，都不去接近她，这正是她的幸运！艺术家们便会来给她献上那美丽的衣裳！可惜那些假山，它们像是她脸上的黑痣，身上的红斑，手指上的抓痕啊！然而它们损伤不了她的美。因为美，在它的最高的原理上，也仍然容纳那缺陷存在。看那落花铺满了水面，当那毛毛雨像音乐似的从天空绵延了来，你会想象到那是一群鱼儿般大的天女在吐唾沫，那比绵子更细看不见纹缕的空气所做成的面幕呵！而它比水晶还更透亮，在那下面你瞧瞧那是多么——那不朱而红，不粉而白，围地捧拱出在那褐绿的伞盖之上，那水波在怎样乘隙竞争明丽！

来，随便找一个亭子停歇了吧！来，随便找一所房子，安设起艺术的发电机吧！

南海最需要的是音乐会。中国的公园，我知道的，有上海的虹口公园，到夏天来的时候，每礼拜四总有一次音乐的演奏。在公园里，最适宜的艺术是音乐了。现在北平全城轻易遇不见一次音乐会，南海又没有音乐台，所以在这里定期举行音乐的演奏，一时是办不到的。必须经过相当的经济上的设备。但在这里，先设立一个小规模的艺术的机关，却是立刻可能的事。

北海漫写

高长虹

人看得人太多了的时候，便想看看树木花鸟、石头和轻云，这便叫作赏玩风景。北海也有南方的风味。我在西北旅行了两个礼拜，整日整夜，看见的是灰土和沙漠，听见的也是灰土和沙漠，乃至想象的、梦见的，也是灰土和沙漠变作人形打吵子！骤然今天到北海，我真像回到南方了！你一听见声响，便可以想得见那草上的波纹呵！芦草变作美人儿，她们在凌波微步呢！可是，你将从哪里找得见一点尘土？哪怕北平再往北方迁移一千里，只要有三海在，灰土止步吧！古来的时候，只有皇帝们才能在这里享福。因为不那样时，他们早已要迁都到杭州去了。而今是民主时代，所以每一个老百姓——但也以腰藏二十枚铜圆者为限——都是无冠帝王了！

我离开北平不到半个月，北海中的草繁茂得多了。从前是没水的泥皮的地方，现在一望都是生动的绿野了。荷花也已开放。今年北平的荷花，总算是开得晚了些。然而这目前的繁荣锦簇，能说是初夏苦旱的痕迹吗？

我真得同情于西北方的朋友们，虽然我自己不愿在那里居一月啊！他们虽然不是由于选择的结果，然而实际上他们选择了那最苦的生活过了。从张家口到北平的路上，我听见几个旅客在赞美东北的富庶。他们有的说：到奉天去好了，哪里不是个吃饭！这话的意义就是说，总不过都是个吃饭的问题，何必一定留恋故乡呢？我也常听得朋友们艳谈东北，山多么高，森林多么广袤啊！我只是还没有去过，虽然我已计议过这一两天内便去来呢！但是，当然现在又不能去了！

我这两天真想回到南方去。我不想在上海久停。我想去的是庐山、普陀、无锡、镇江、杭州，哪怕就是玄武湖也好的！

在那有树木和水的地方，风吹过我们身边的时候，就像是风吹过水和树木的身边，也是像水和树木吹过我们的身边。这种感觉，不但凉爽，而且润洁，的确像是女性的陶融，自然是一个最美的女子！而美的女子也是自然！

平庸的游人们当然是最好到那平庸的中山公园去写意了！因为一切都是对的，所以三海留给诗人和艺术家以不少的清净。我在北海停了两点钟，没有看见五十个人，所以她做了我的最好的工作室了！荷花的芬芳，你试试夹带在风中一息，吹送入我的文字中吧！

后门大街

朱光潜

人生第一乐趣是朋友的契合。假如你有一个情趣相投的朋友居在邻近，风晨雨夕，彼此用不着走许多路就可以见面，一见面就可以毫无拘束地闲谈，而且一谈就可以谈出心事来，你不嫌他有一点怪脾气，他也不嫌你迟钝迂腐，像约翰生和包斯威尔在一块儿似的，那你就没有理由埋怨你的星宿。这种幸福永远使我可望而不可攀。第一，我生性不会谈话，和一个朋友在一块儿坐不到半点钟，就有些心虚胆怯，刻刻意识到我的呆板干枯叫对方感到乏味。谁高兴向一个只会说"是的"，"那也未见得"之类无谓语的人溜嗓子呢？其次，真正亲切的朋友都要结在幼年，人过三十，都不免不由自主地染上一些世故气，很难结交真正情趣相投的朋友。"相识满天下，知心能几人？"虽是两句平凡语，却是概乎言之。因此，我唯一的解闷的方法就只有逛后门大街。

居过北平的人都知道北平的街道像棋盘线似的依照对称原则排列。有东四牌楼就有西四牌楼，有天安门大街就有地安门大街。

北平的精华可以说全在天安门大街。它的宽大、整洁、辉煌，立刻就会使你觉到它象征一个古国古城的伟大雍容的气象。地安门（后门）大街恰好给它做一个强烈的反衬。它偏僻、阴暗、狭隘、局促，没有一点可以叫一个初来的游人留恋。我住在地安门里的慈慧殿，要出去闲逛，就只有这条街最方便。我无论是阴晴冷热，无日不出门闲逛，一出门就很机械地走到后门大街。它对于我好比一个朋友，虽是平凡无奇，因为天天见面，很熟习，也就变成很亲切了。

从慈慧殿到北海后门比到后门大街也只远几百步路。出后门，一直向北走就是后门大街，向西转稍走几百步路就是北海。后门大街我无日不走，北海则从老友徐中舒随中央研究院南迁以后（他原先住在北海），我每周至多只去一次。这并非北海对于我没有意味，我相信北海比我所见过的一切园子都好，但是北海对于我终究是一种奢侈，好比乡下姑娘的唯一一件的漂亮衣，不轻易从箱底翻出来穿一穿的。有时我本预备去北海，但是一走到后门，就变了心眼，一直朝北去走大街，不向西转那一个弯。到北海要买门票，花二十枚铜子是小事，免不着那一层手续，究竟是一种麻烦；走后门大街可以长驱直入，没有站岗的向你伸手索票，打断你的幻想。这是第一个分别。在北海逛的是时髦人物，个个是衣裳楚楚、油头滑面的。你头发没有梳，胡子没有刮，鞋子也没有换一双干净的，“囚首垢面而谈诗书”，已经是大不韪，何况逛公园？后门大街上走的尽是贩夫走卒，没有人嫌你怪相，你可以彻底地“随便”。这是第二个分别。逛北海，走到“仿膳”或是“漪澜堂”的门前，你不免想抬头看看那些喝茶的中间有你的熟人没有，但是你又怕打招呼，怕那里有你的熟人，故意地低着头匆匆地走过去，像做了什么坏事似的。在后门大街上你准碰不见一个熟人，虽然常见到彼此未通过姓名的熟面孔，也各行其便，用不着打无味的招呼。你可以尽量地饱尝着“匿名者”（Jucognsio）的心中一点自由而诡秘的意味。这是第三个分别。因为这些缘故，我老是牺牲北海的朱梁画栋和香荷绿柳而独行踽踽于后门大街。

到后门大街我很少空手回来。它虽然是破烂，虽然没有半里路长，却有十几家古玩铺，一家旧书店。这一点点缀可以见出后门大街也曾经过一个繁华时代，阅历过一些沧桑岁月，后门旧为旗人区域，旗人破落了，后门也就随之破落。但是那些破落户的破铜破铁还不断地送到后门的古玩铺和荒货摊。这些东西本来没有多少值得收藏的，但是偶尔遇到一两件，实在比隆福寺和厂甸的便宜。我花过四块钱买了一部明初拓本《史晨碑》，六块钱买了二十几锭乾隆御墨，两块钱买了两把七星双刀，有时候花几毛钱买一个瓷瓶，一张旧纸，或是一个香炉。这些小东西本无足贵，但是到手时那一阵高兴实在是很值得追求。我从前在乡下时学过钓鱼，常蹲半天看不见浮标晃影子，偶然钓起来一个寸长的小鱼，虽明知其不满一咽，心里却非常愉快，我究竟是钓得了，没有落空。我在后门大街逛古董铺和荒货摊，心情正如钓鱼。鱼是小事，钓着和期待着有趣，钓得到什么，自然更是有趣。许多古玩铺和旧书店的老板都和我由熟识而成好朋友，过他们的门前，我的脚不由自主地踏进去。进去了，看了半天，件件东西都还是昨天所见过的。我自己觉得翻了半天还是空手走，有些对不起主人；主人也觉得没有什么新东西可以卖给我，心里有些歉然。但是这一点不尴尬，并不能妨碍我和主人的好感，到明天，我的脚还是照旧地不由自主地踏进他的门，他也依旧打起那副笑面孔接待我。

后门大街龌龊，是毋庸讳言的。就目前说，它虽不是贫民窟，一切却是十足的平民化。平民的最基本的需要是吃，后门大街上许多活动都是根据这个基本需要而在那里川流不息地进行。假如你是一个外来人，在后门大街走过一趟之后，坐下来搜求你的心影，除着破铜破铁破衣破鞋之外，就只有青葱大蒜、油条烧饼和卤肉肥肠，一些油腻腻灰灰土土的七三八四和苍蝇骆驼混在一堆在你的昏眩的眼帘前晃影子。如果你回想你所见到的行人，他不是站在锅炉边嚼烧饼的洋车夫，就是坐在扁担上看守大蒜咸鱼的小贩。那里所有的颜色和气味都是很强烈的。这些混乱而又秽浊的景象有如陈年牛酪和臭豆腐乳，在初次接触时自然不免惹起你的嫌恶；但是如果你尝惯了它的滋味，它对于你却有一种不可抵御的引诱。

别说后门大街平凡，它有的是生命和变化！只要你有好奇心，肯乱窜，在这不满半里路长的街上和附近，你准可以不断地发现新世界。我逛过一年以上，才发现路西一个夹道里有一家茶馆。花三大枚的水钱，你可以在那儿坐一晚，听一部《济公传》或是《长坂坡》。至于火神庙里那位老拳师变成我的师傅，还是最近的事。你如果有幽默的癖性，你随时可以在那里寻到有趣的消遣。有一天晚上我坐在一家旧书铺里，从外面进来一个跛子，向店主人说了关于他的生平一篇可怜的故事，讨了一个铜子出去。我觉得这人奇怪，就起来跟在他后面走，看他跛进了十几家店铺之后，腿子猛然直起来，踏着很平稳安闲的大步，唱“我好比南来雁”，沉没到一个阴暗的夹道里去了。在这个世界里的人们，无论他们的生活是复杂或简单，关于谁你能够说“我真正明白他的底细”呢？

一到了上灯时候，尤其在夏天，后门大街就在它的古老躯干之上尽量地炫耀近代文明。理发馆和航空奖券经理所的门前悬着一排又一排的百只烛光的电灯，照相馆的玻璃窗里所陈设的时装少女和京戏名角的照片也越发显得光彩夺目。家家洋货铺门上都张着无线电的大口喇叭，放送京戏鼓书相声和说不尽的许多其他热闹玩意儿。这时候后门大街就变成人山人海，左也是人，右也是人，各种各样的人。少奶奶牵着她的花簇簇的小儿女，羊肉店的老板扑着他的芭蕉叶，白衫黑裙和翻领卷袖的学生们抱着膀子或是靠着电线杆，泥瓦匠坐在阶石上敲去旱烟筒里的灰，大家都一齐心领神会似的在听，在看，在发呆。在这种时候，后门大街上准有我；在这种时候，我丢开几十年教育和几千年文化在我身上所加的重压，自自在在地沉没在贤愚一体、皂白不分的人群中，尽量地满足牛要跟牛在一块儿，蚂蚁要跟蚂蚁在一块儿那一种原始的要求。我觉得自己是这一大群人中的一个人，我在我自己的心腔血管中感觉到这一大群人的脉搏的跳动。

后门大街，对于一个怕周旋而又不甘寂寞的人，你是多么亲切的一个朋友！

上景山

许地山

无论哪一季，登景山，最合宜的时间是在清早或下午三点以后。晴天，眼界可以望朦胧处；雨天，可以欣赏雨脚的长度和电光的迅射；雪天，可以令人咀嚼着无色界的滋味。

在万春亭上坐着，定神看北上门后的马路（从前路在门前，如今路在门后），尽是行人和车马，路边的梓树都已掉了叶子。不错，已经立冬了，今年天气可有点怪，到现在还没冻冰。多谢芰荷的业主把残茎都去掉，叫我们能看见紫禁城外护城河的水光还在闪烁着。

神武门上是关闭得严严的。最讨厌是楼前那支很长的旗杆，侮辱了全个建筑的庄严。门楼两旁树它一对，不成吗？禁城上时时有人在走着，恐怕都是外国的旅人。

皇宫一所一所排列着非常整齐。怎么一个那么不讲纪律的民族，会建筑这么严整的宫廷？我对着一片黄瓦这样想着。不，说不讲纪律未免有点过火，我们可以说这民族是把旧的纪律忘掉，正在找一个新的咧。新的找不着，终久还要回来的。北京房子，皇宫也算在里头，主要的建筑都是向南的，谁也没有这样强迫过建筑者，说非这样修不可。但纪律因为利益所在，在不言中被遵守了。夏天受着解愠的熏风，冬天接着可爱的暖日，只要守着盖房子的法则，这利益是不用争而自来的。所以我们要问，在我们的政治社会里有这样的熏风和暖日吗？

最初在崖壁上写大字铭功的是强盗的老师，我眼睛看着神武门上的几个大字，心里想着李斯。皇帝也是强盗的一种，是个白痴强盗。他抢了天下，把自己监禁在宫中，把一切宝物聚在身边，以为他是富有天下。这样一代过一代，到头来还是被他的糊涂奴仆，或贪婪臣宰，讨、瞒、偷、换，到连性命也不定保得住。这岂不是个白痴强盗？在白痴强盗之下才会产出大盗和小偷来。一个小偷，多少总要有一点跳女墙钻狗洞的本领，有他的禁忌，有他的信仰和道德。大盗只会利用他的奴性去请托攀缘，自赞赞他，禁忌固然没有，道德更不必提。谁也不能不承认盗贼是寄生人类的一种，但最可杀的是那班为大盗之一的斯文贼。他们不像小偷为延命去营鼠雀的生活；也不像一般的大盗，凭着自己的勇敢去抢天下。所以明火打劫的强盗最恨的是斯文贼。这里我又联想到张献忠。有一次他开科取士，檄诸州举贡生员，后至者妻女充院，本犯剥皮，有司教官斩，连坐十家。诸生到时，他要他们在一丈见方的大黄旗上写个帅字，字画要有斗的粗大，还要一笔写成。一个生员王志道缚草为笔，用大缸储墨汁将草笔泡在缸里三天，再取出来写，果然一笔写成了。他以为可以讨献忠的喜欢，谁知献忠说："他日图我必定是你。"立即把他杀来祭旗。献忠对待念书人是多么痛快。他知道他们是寄生的寄生。他的使命是来杀他们。

东城西城的天空中，时见一群群旋飞的鸽子。除去打麻雀、逛窑子、上酒楼以外，这也是一种古典的娱乐。这种娱乐也来得群众化一点。它能在空中发出和悦的响声，翩翩地飞绕着，叫人觉得在一个灰白色的冷天，满天乱飞乱叫的老鸹的讨厌。然而在刮大风的时候，若是你有勇气上景山的最高处，看看天安门楼屋脊上的鸦群，噪叫的声音是听不见，它们随风飞扬，直像从什么大树飘下来的败叶，凌乱得有意思。

万春亭周围被挖得东一沟，西一窟。据说是管宫的当局挖来试看煤山是不是个大煤堆，像历来的传说所传的。我心里暗笑信这说的人们，是不是因为北宋亡国的时候，都人在城被围时，拆毁艮岳的建筑木材去充柴火，所以计划建筑北京的人预先堆起一大堆煤，万一都城被围时，人民可以不拆宫殿。这是笨想头。若是我来计划，最好来一个米山。米在万急的时候，也可以生吃。煤可无论如何吃不得。又有人说景山是太行的最终一峰。这也是瞎说。从西山往东几十里平原，可怎么不偏不颇在北京城当中出了一座景山？若说北京的建设就是对着景山的子午，为什么不对北海的琼岛？我想景山是明开紫禁城外的护城河所积的土。

琼岛也是垒积从北海挖出来的土而成的。

从亭后的树缝里远远看见鼓楼。地安门前后的大街，人马默默地走。城市的喧嚣声，一点也听不见。鼓楼是不让正阳门那样雄壮地挺着。它的名字，改了又改，一会儿是明耻楼，一会儿又是齐政楼，现在大概又是明耻楼吧。明耻不难，雪耻得努力。只怕市民能明白那耻的还不多，想来是多么可怜。记得前几年“三民主义”“帝国主义”这套名词随着北伐军到北平的时候，市民看些篆字标语，好像都明白各人蒙着无上的耻辱，而这耻辱是由于帝国主义的压迫。所以大家也随声附和，唱着打倒和推翻。

从山上下来，崇祯殉国的地方依然是那棵半死的槐树。据说树上原有一条链子锁着，庚子联军入京以后就不见了，现在那枯槁的部分，还有一个大洞，当时的链痕还隐约可以看见。义和团运动的结果，从解放这棵树发展到解放这民族。这是一件多么可以发人深思的对象呢？山后的柏树发出幽恬的香气，好像是对于这地方的永远供物。

寿皇殿锁闭得严严的，因为谁也不愿意努尔哈赤的种类再做白痴的梦。每年的祭祀不举行了，庄严的神乐再也不能听见，只有从乡间进城来唱秧歌的孩子们，在墙外打的锣鼓，有时还可以送到殿前。

到景山门，回头仰望顶上方才所坐的地方，人都下来了。树上几只很面熟却不认得的鸟在叫着。亭里残破的古佛还坐着结那没人能懂的手印。

古城

李道静

居住在古城后门一带的人真是幸福，因为那地方白天既少车马喧闹，夜里又实在静得像一座古庙，十天半月不出门皆无碍，其实说来也真的没有出门必要。春天来时我爱在枣树下睡一个长长午觉，醒时日头还极高，有什么事尽可从容去做，或者正赶上隔胡同谁家在办丧事，远远悲凉金属音衬着沉重大鼓声舒缓地送过墙来，觉得眼前都还在梦里，这个梦境实在美极了。这些天日子显得长一点，有人告我院中一株丁香已发芽，我看他说这话很快乐，真的我已好些天没见他，今天却碰到在院子里晒太阳了。当时我正忙着有事出去，夜里归来才想起，但我并不觉得可惜，因为在我想象里它原应该是发了芽的。

这实在是个人对此古城的一点偏爱，别人自然也有他不同的看法，大抵古城本身即够美，一个人这里住着，日子堆积下来，想皆不缺少一点人事上牵连，此则旁人无所感触者在自己却常怀眷恋，古城实无处不美也。近来皆在回忆里打发日子，回忆所及亦皆是与此古城有过一段因缘的一些人物，把这个意思告给远方朋友们，他们会笑我痴愚否？前些年离开古城一段日子，碰到有曾客古城者，相处就非常亲密，仿佛曾经是极相熟的朋友了。昔年西林先生曾撰一剧曰《北京的空气》，说是在想北京想得要死时写成的，此语颇可道出怀念古城者的一点真实情感。我十四岁离家，十一年中大部分日子皆在古城中度过，我能思想时候是在这个城里，我的朋友是在这个城里，那个被云山阻隔地方老实说也只是我一个家了。我可以这样说：我有母亲，我有朋友，我有一个家，我有一个值得眷恋的古城。

如此说来你们可以懂得我是一个异乡人了，异乡人在你们眼里许是陌生的，他看古城一切也许真的并不跟你们所感觉到的一样，但我想这都没有关系。我喜爱这个古城中人的朴实，正如我喜欢我们那地方那些野蛮人一样，这一点我想我们是相同的。前些年有一位上海朋友写他的北游印象道：“北平王府井大街据说是一条最繁华最富有异国情调的马路，但比起霞飞路来还是相差得太远了。”这种论调跟我听另一位说北平不如天津的话全然一样。老实说，这古城自有它的特色，它无须有异国情调这种附丽的美。上海使我们住不惯的缘由大概它实实只是黄浦江边一块寂寞的土地，除了洋房汽车外别无所有，它可以吸引若干异国人盛赞它的繁荣，但对我们却缺少趣味也。

我曾经在真正“北京人”家庭中度过几年日子，我喜欢他们那种三大枚黄酱五大枚羊肉的俭朴生活，也极爱看年轻小姑娘们穿了刚浆洗的蓝布袍子陪着母亲上庙会的情境。他们对我都极好，常常劝我回去看看老人家，却又实实舍不得我走，我真的相安得好像在自己家了。前年两位朋友未走时，赶到除夕我们大抵都爱在外边吃晚饭，微醺中相偕穿街越巷，一边谈着昔日在家里过年情形，听四下黑暗里的炮仗声，觉得有种说不出来的情味。回到家时居停主人正在上供，门全敞着，满院灯光氤氲，那年轻小姑娘总是第一个跑出来把一个橘子或一包杂拌糖塞在我手里，那笑在夜的温暖安静空气里特别显得清脆美丽，我真的也觉得自己年轻了好多了。于是我有一个安适的梦，在梦里觉得自己已经在朝阳门瓮洞里走着，那是第二天的事，每年大年初一我们大抵都爱在吃得很晚的午饭后到东岳庙走走的。

这里写下的实在仅是个人偏爱此古城的一点点声洒颜色，也许古城真正的美并不是这个，我曾说过我的朋友皆在这个城里，使我最怀念的也仅只是跟朋友最有关的罢了，所以说我也还是在写我自己的创作。去年残夏某日于北城访友不遇，怅怅之余，顺道什刹海独坐，这自然是我喜爱的一个地方，两位朋友未离古城时我们常到这里闲谈。那天天气透着特别凉爽，我在凉风中痴痴坐了两个多钟头，归来写了下面几句话："天气真是凉爽，凉爽中透着浓重的秋意了。想象几阵凉风过后，海滨更要荒凉起来，有人偶然过此，将会忘却瞬间过去的炎热，忘却这地方曾给予人们许多快乐和幸福，而只觉得眼前乃是一幅萧瑟的城市山林图了。我自己也好笑自己，是不是当炒栗子上市时，当满街散溢着温暖香味的黄昏时，忙着回家去赶晚饭，或者买了东西应该即刻催车回去，而像许多披着淡茄色毛衣的俏丽影子，也向往着温暖家中新亮的灯了，而我此刻心境又实实荒凉。真个的，假若鸿雁果能捎书，我愿意趁着它'避寒'的方便，把我此刻心情告诉那片温暖下的我的朋友们。"

现在正当天寒岁暮，午后斜阳中到附近庙会走走，也许寒风中意外可以带回一两盆蜡梅作案头清供，异乡人的年景将不会显得寂寞了。但我也向往盛夏夜里躺在床上听四下里幽沉的音乐，古城原来并不寂寞的。

菜市口

许钦文

在故都，对于我的知识关系最大的虽然是沙滩的大楼；因为四妹的缘故，石驸马大街红楼的印象也不浅；可是关于生活，最不能忘怀的是宣武门外的菜市口。

因我十八岁初到“北京”时就到南半截胡同的绍兴县馆去住，言语隔膜，怕得骡车夫故意捣乱，行到菜市口，一见着“北半截胡同”的牌子，就着急得要命，又恨又怕，不知道南半截胡同原是在北半截胡同里面的，闹了许久才清楚，所以还没有到达寓所，就先把这地方于慌忙中看了个明白。

有名的《呐喊》是在绍兴县馆里产生的，想来作者，当时也常在菜市口这地方经过，我的《故乡》《赵先生的烦恼》《鼻涕阿二》和《毛线袜》的一大部分，还有《回家》的后半，也都在这地方写成，如今一回忆着，总还觉得有些感情。《故乡》的原稿大半都在《晨报》副刊上发表，当时的晨报馆也就设在菜市口一边的丞相胡同里。

虽然故都，在路面不曾铺好的时候，有人说天晴时像个香炉，下雨以后是个墨盒；所谓香炉，就是一有风就要刮起灰尘来。可是从菜市口出发，东往骡马市大街，由珠市口而到前门；北进宣武门去西单牌楼等处，早都没有了这种情形。而且一到夜间，风总停息；我曾屡次同伏老于月下从公用库一直地踱回寓所，边走边说，只觉有趣；到了菜市口，说声“明天见！”他进丞相胡同去看校样，我到绍兴县馆里去写稿子。

即使到了半夜过，南半截胡同里卖果儿冰糖和硬面饽饽的叫声仍然不时可以听到；花两三个大子儿，不但可以点点心，也是很助兴趣的。

从菜市口去文化街的琉璃厂固然很近，离先农坛和天桥也不远；元庆的杰作《大红袍》就是傍晚游了天桥，当夜在绍兴县馆里一气呵成的。

故都的浴堂里面总是烧得很暖热的；菜市口附近的浴堂，价钱便宜，也还干净；在那里先剃个头，洗澡以后躺一下，于懵懂中很容易“捉住意境”；我的初期的小说，大概是这样想好了格局的。

广安市场想是由“菜市”而来的；出售的菜蔬固然很多，部分也分得仔细，不但卖猪脚爪猪舌头各有专摊，连鸡爪鸭掌也是分别卖的。于晨光曦微中，一般“好家婆”，蓬着头发，挽着篮子，接二连三地出入其间，富有“生的情趣”。

在菜市口，最热闹的是中秋节的前几晚，成串的葡萄，血红的柿子，更其醒目的是高大的“兔儿爷”，耸着两耳，翘着嘴巴，真是神气活现；一经看到，我总有“笑不得”之感。卖水果和兔儿爷的摊子是这样的多，从丞相胡同的口子一直摆到北半截胡同，简直不留一点空地。

每到年边，杀羊也颇可观，好像整夜都在做屠的工作，一到早晨，店堂里一长排一长排地挂得密密层层，地上结起点点的红冰。

菜市口的店铺，自然同故都一般的商家一样，只要你进去，无论是只买一两个铜子的茶叶，总也好好地招待，临走还说声“回见！”他们不但应付主顾来得客气，就是对于学徒，似乎也比南方的商人和气得多。

因为到和济去印书面，接洽校样，我也曾常从菜市口西行，往来于广安门头。元庆且很喜欢在那里游玩；虽然比较的冷静些，却也富于故都的情趣，很是朴素。

“广安门”，这固然做了元庆的画题；他的杰作之一的《一瞥》，以流畅轻快的笔调胜，也是取材于此的。

曾经有过两回，我为困窘所袭，深深地陷入悲观；不知所措，无可奈何地漂泊北上。可是一到前门下车，不觉兴奋起来，就以为人生的路本来很广，以前固执，只是可笑。这是因为故都的道路广而直，建筑雄壮，空气又清，很远的景物一望可见，形成着伟大的气魄；站在丁字路的菜市口，也可以这样感觉到。

厂甸

周作人

琉璃厂是我们很熟的一条街。那里有好些书店、纸店、卖印章墨盒子的店，而且中间东首有信远斋，专卖蜜饯糖食，那有名的酸梅汤十多年来还未喝过，但是杏脯蜜枣有时却买点来吃，到底不错。不过这路也实在远，至少有十里吧，因此我也不常到琉璃厂去，虽说是很熟，也只是一个月一回或三个月两回而已。然而厂甸又当别论。厂甸云者，阴历元旦至上元十五日间琉璃厂附近一带的市集，游人众多，如南京的夫子庙，吾乡的大善寺也。南新华街自和平门至琉璃厂中间一段，东西路旁皆书摊，西边土地祠中亦书摊而较整齐，东边为海王村公园，杂售儿童食物玩具，最特殊者有长四五尺之糖葫芦及数十成群之风车，凡玩厂甸归之妇孺几乎人手一串。自琉璃厂中间往南一段则古玩摊咸在焉，厂东门内有火神庙，为高级古玩摊书摊所荟萃，至于琉璃厂则自东至西一如平日，只是各店关门休息五天罢了。厂甸的情形真是五光十色，游人中各色人等都有，摆摊的也种种不同，适应他们的需要，儿歌中说得好：新年来到，糖瓜祭灶。姑娘要花，小子要炮。老头子要戴新呢帽，老婆子要吃大花糕。

至于我呢，我自己只想去看看几册破书，所以行踪总只在南新华街的北半截，迤南一带就不去看，若是火神庙那简直是十里洋场，自然更不敢去问津了。

说到厂甸，当然要想起旧历新年来。旧历新年之为世诟病也久矣，维新志士大有灭此朝食之概，鄙见以为可不必也。问这有多少害处？大抵答语是废时失业，花钱。其实最享乐旧新年的农工商他们在中国是最勤勉的人，平日不像官吏教员学生有七日一休沐，真是所谓终岁作苦，这时候闲散几天也不为过，还有那些小贩趁这热闹要大做一批生意，那么正是他们工作最力之时了。过年的消费据人家统计也有多少万，其中除神祃炮仗等在我看了也觉得有点无谓外，大都是吃的穿的看的玩的东西，一方面需要者愿意花这些钱去换快乐，另一方面供给者出卖货物得点利润，交易而退各得其所，不见得有什么地方不对。假如说这钱花得冤了，那么一年里人要吃一千多顿饭，算是每顿一毛共计大洋百元，结果只做了几大缸粪，岂不也是冤枉透了吗？饭是活命的，所以大家以为应该吃，但是生命之外还该有点生趣，这才觉得生活有意义，小姑娘穿了布衫还要朵花戴戴，老头子吃了中饭还想买块大花糕，就是为此。旧新年除与正朔不合外别无什么害处，为保存万民一点生趣起见还是应当存留，不妨如从前那样称为春节，民间一切自由，公署与学校都该放假三天以至七天。——话说得太远了，还是回过来谈厂甸买书的事情罢。

厂甸的路还是有那么远，但是在半个月中我去了四次，这与玄同半农诸公比较不免是小巫之尤，不过在我总是一年里的最高纪录了。二月十四日是旧元旦，下午去看一次，十八、十九、二十五这三天又去，所走过的只是所谓书摊的东路西路，再加上土地祠，大约每走一转要花费三小时以上。所得的结果并不很好，原因是近年较大的书店都矜重起来，不来摆摊，摊上书少而价高，像我这样“爬螺蛳船”的渔人无可下网。然而也获得几册小书，觉得聊堪自慰。其一是戴氏注《论语》二十卷合订一册，大约是戴子高送给谭仲修的吧，上边有“复堂所藏”及“谭献”这两方印。这书摆在东路南头的一个摊上，我问一位小伙计要多少钱，他一查书后粘着的纸片上所写“美元”字样，答说五元。我嫌贵，他说他也觉得有点贵，但是定价要五元。我给了两元半，他让到四元半，当时就走散了。后来把这件事告诉玄同，请他去巡阅的时候留心一问，承他买来就送给我，书末写了一段题跋云：

“民国廿三年二月廿日启明游旧都厂甸肆，于东莞伦氏之通学斋书摊见此谭仲修丈所藏之戴子高先生《论语注》，悦之，以告玄同，翌日廿一玄同往游，遂购而奉赠启明。”跋中廿日实是十九，盖廿日系我写信给玄同之日耳。

其二是《白华绛村阁诗》十卷，二册，一函。此书我以前有，今偶然看见，问其价亦不贵，遂以一元得之。《越缦堂诗话》的编者虽然曾说：“清季诗家以吾越李莼客先生为冠，《白华绛村阁集》近百年来无与辈者。”我于旧诗是门外汉，对于作者自己“夸诩殆绝”的七古更不知道其好处，今买此集亦只是乡曲之见，诗中多言及故乡景物殊有意思，如卷二《夏日行柯山里村》一首云：“溪桥才度庳篷船，村落阴阴不见天。两岸屏山浓绿底，家家凉阁听鸣蝉。”很能写出山乡水村的风景，但是不到过的也看不出好来吧。

其三是两册丛书零种，都是关于陆氏《草木鸟兽虫鱼疏》的，即焦循的《诗陆氏疏》，南菁丛刻本，与赵佑的《毛诗陆疏校正》，聚学轩本。我向来很喜欢陆氏的《虫鱼疏》，只是难得好本子，所有的就是毛晋的《陆疏广要》和罗振玉的新校正本，而罗本又是不大好看的仿宋排印的，很觉得美中不足。赵本据《郘亭书目》说它好，焦本列举引用书名，其次序又依《诗经》重排，也有他的特长，不过收在大部丛书中，无从抽取，这回都得到了，正是极不易遇的偶然。翻阅一过，至“流离之子”一条，赵氏案语中云：“窃以鹗枭自是一物，今俗所谓猫头鹰……哺其子既长，母老不能取食以应子求，则挂身树上，子争啖之飞去，其头悬着枝，故字从木上鸟，而枭首之象取之。”猫头鹰之被诬千余年矣，近代学者也还承旧说，上文更是疏状详明有若目击，未免可笑。学者笺经非不勤苦，而于格物欠下功夫，往往以耳为目，赵书成于乾隆末，距今百五十年矣，或者亦不足怪，但不知现在何如，相信枭不食母与乌不反哺者现在可有多少人也。

厂甸

寿 玺

“天气很好，我们哪儿去逛逛呢？厂甸去好不好？”

这两句话，还是在下到北京的头一天，在一家咖啡馆里，听着旁边座上的人说的。这天是阴历正月初十光景，北京宣武门外赶驴市香炉营迤东，西河沿迤西，一条南新华街，人山人海般热闹，汽车、马车、人力车拥挤得水泄不通，好像20年前，正阳门洞里坌车的一样。看官，这大约就是逛厂甸的诸位在那里发狂热了。

怎么有了这厂甸呢？说起来话很长，难得这个当儿上，列位都挤了车，急切到不了厂甸里头，且等在下腾出一些工夫来，把厂甸的故事，表白一番。话说厂甸本是城外的一个村落，辽的时候，叫作什么燕下乡海王村，后来便成了一座琉璃窑厂。乾隆三十六年，修理窑厂时节，从地下刨出一块李内贞的墓碑，地名载得明明白白的，这就是海王村名的证据了。清朝中叶以后，便给一般书贾们占据起来。益都李南涧先生作的《书肆记》，江阴缪小山先生作的《书肆后记》，叙述得很是清楚，列位想都看过，也用不着在下饶舌。百十年来，肆贾们每趁新年休假的时候，摆些书摊，点缀些零星玩意儿，做成十足的太平景象，列位想来也都领略过的。

“歇歇，喝碗茶。这儿有座。高座雅亮，得瞧。”

海王村公园里边，横七竖八，摆了几张桌子，夹杂着几十张骨牌凳子，和几条七分宽三尺长的冷板凳。靠东两三张桌子，已经有人围定，落花生、西瓜子的壳儿，扔了一土台子。靠西一连七八张桌子，静悄悄地，不见一个人。这时候游人目光，都专注在东廊，便是走路的人，也都挤在土台子靠东相近。在下方才进门觉得有些诧异，古人有两句诗，说的“西下夕阳东上月，一般花影有寒温”，难道这小小海王村公园，东西两边，倒分得出什么盛衰兴废，就和太阳月亮的代谢一样吗？心里想着，不知不觉便走向东廊下来。

园里正北便是商品陈列所的大楼，东西两廊都是些古董字画铺，平时冷清万状，一到新年，却陈设得精致异常。铺长们手慌脚乱，照应主顾忙得不得开交。这时东廊下两个古董店的中间，本来挂着一块咫庐匾额的，新近换了一张招租条子，园丁因利乘便就打扫起来，摆上几个茶桌子，算是临时茶棚的雅座，装潢虽不富丽，地方倒也清雅，来游厂甸的人，大半是挤得满身大汗，口中凶渴，看见茶座，便当他是蓬莱仙境，什么龙井、香片、红梅自然就是甘露一样了。还有眷属同游的，益发不肯坐在露天地里，个个都走到雅座去。到了门首，知道座儿满了，重新又回转来恰恰同后面来的人碰面正着，挤作一团，这就是东廊下人山人海的现象了。

在下进的是南面正门，转过土台倒有点迷了方向，原来东廊下还有一个便门呢，心想这般人敢是夺门而出，夺门而进，所以挨挤吗？正然纳闷，猛听背后有人喊着我的名字，不免回头一望，我那朋友却是从西边门里进来。这一下子，我更莫名其妙，这是海王村公园，不是小说上的八门金锁阵呀。

我那朋友说道："这里闹得慌，我们还是到火神庙去走走，或者发现些孤本书籍，饱一饱眼福。"我道："火神庙现在专摆书摊吗？"我那朋友笑着拉我转身出了南门。走着谈着，到了一家古董铺门首，挨身进去，转一个弯便是个大院落。院子里满摆着大案子，珠宝玉器，各种奢侈品，正在那里争奇斗艳，便是石崇王恺斗富也不过如此。我道："你怕公园闹，这里不更闹吗？我们到火神庙去，你半路里忽然高兴，来看古董，何苦呢！"我那朋友笑得打跌道："请问这不是火神庙是什么地方？你真变成阿土生了。内院南北两个墙角里，都有书摊，我们就去看吧。"

"这部《字触》，仿佛在'粤雅堂丛书'内见过，版本还好，但是20元太贵了，薄薄两本书，又不是孤本，这么大的价钱，还能够买吗？这部《元四家诗》，确是汲古阁本，50元还可买得。这首一页两方图章，恐怕有点疑问，前几天在朱方吴氏斋中，见他藏书内一部，似乎不是这两方图章，我们还得考较考较。"

"老兄，图章另是一个问价，你看第二本纸色略黄，墨色略深，大约原本残缺，找出这本来配的。"

"不错，不细看还是看不出来。价钱公道，权且留下，孤本书不可得，这也慰情聊胜无呢。现在读书人差不多成了景星凤凰，你看卖书买书的就也寥落得很，杜工部的诗说'天下方未宁，健儿胜腐儒'，我们飘飘风尘间，且看他们健儿要阔便了。"

“岂但健儿，就是盛名鼎鼎的版本家，他搜罗旧本，何尝是为的读书，不过宋錾几千金，明版几千金，只问版本，也顾不及考察书目，这还不是买书带着要阔吗？即便满架琳琅，和富家豪室的金屋珠帘可有什么分别呢？”

“天要黑了，我们去吧。”

琉璃厂大街迤东迤西，南新华街迤南迤北，行人如蚁，女的牵着小孩，小孩的手中大半拿着轻气球、糖葫芦，一般白发老者，华服少年，掺杂在中间，五光十色连缀起来，仿佛天然国徽似的，捉对儿在街上跳舞。列位，这敢就是太平景象吗？

天桥风景线

姚　克

北平先农坛的北面是一片大空地。站在先农商场门口向两边一望，都是估衣铺和“地摊”。四季的各色的衣服，像万国旗一般飘扬着；一片乱嘈嘈的声音在空气中颤动。

“嗳！黑绉的棉裤只卖二元四毛啦！……小大氅小孩子穿正合适啦！……蓝布的……”

由此向东南循着路走去，就是高等华人所不去的“天桥”——北平下层阶级的乐园。

高低不平的土道旁，连绵地都是“地摊”，穿的、用的，甚至于旧书和古董，色色都有。我跟着蚂蚁似的群众在这土道上挤向前去；前面密密层层排着小店铺，露天的小食摊、茶店、小戏馆、芦席棚、木架，和医卜星相的小摊、胡琴、锣鼓、歌唱、吆喝的声音，在我耳鼓上交响着；一阵葱蒜和油的气息向我鼻子里直钻。

芦席棚下聚着黑压压的人，瞠目结舌地望着台上一个十八九岁，擦了满脸胭脂的姑娘。

“俏……后生……嗳，嗳，唷……”她一边打着在手中的两块铜片，一边刁声浪气地唱着。

“这妞儿不错……有意思。”站在我前面的瘦子和耳后有个小瘤的同伴说。

我可是听不出什么意思，便走到邻近的一个棚下。这是皮簧的清唱，两个黑衣的人，一个打着绰板，一个拉胡琴；两个梳着小辫子的六七岁的女孩子站在两条凳上，脸向着外，尽着嗓子向听客们唱。不过这个场子很清，人们似乎宁可花几元去听梅兰芳的。

走出这个棚再向前去，都是露天的场子；也有张着布篷的，也有搭着木架的，其余竟连篷架都没有，只有头上的青天，脚下的黑土，和周围一圈黄脸的闲人。

其中最大的是马戏班——不是海京伯马戏团——的场子：四面都由绳网和布幕遮围着，凌空搭起很高的“三上吊”的木架，要花几个铜子才可以进去看。但这倒并不新奇，我在南方看得多了。

此处有几种玩意儿是南方所没有的。最引人注目的是踏高跷的“秧歌”。在远远就可以望见七八个穿各色戏装的演员在半空中晃来晃去，做种种的姿势。此处有四班秧歌，最少的有六个人，最多的有九个，各人扮着不同的角色，脚上都踏着三尺来高的跷。其中一个斜背着古钟式的鼓，名为“花鼓”，一面表演，一面嗵嗵地敲；另一个打着一面小锣。自始至终是一个节奏，像有声电影中非洲黑人的音乐。

虽名为秧歌，我却没有听见他们唱。他们只扭扭摆摆地做哑剧。所表演的是什么故事，我可不明白；看去仿佛是京戏中《凤阳花鼓》一类的男女调情戏；也有演《八蜡庙》式的武戏，蹦着跷翻旋子。纵然不懂剧情，也觉得很有趣味。

还有耍河叉的，南方有时也有；不过我记得只在上海新世界大世界见过，城隍庙就没有这个。这“河叉”是四五尺长一根两头有三尖的叉。耍的人赤着膊，河叉在他浑身上下旋转，有时飞起一丈多高，落下来仍接着在他身上翻滚。

走到尽头处，有一个露天场子围着一堆瞧热闹的人。我挤进去一看是两个“摔跤的”在那里角力。他们上身赤着膊，只穿一件粗麻布的特别背心，胸腹都袒露着。其中一个是大肚子，肚皮像瓠一般凸出，形状很好笑。

“我就不服这口气，”大肚子指着他的伴当说，“只准你摔倒我，不准你趴下。只等我一趴下——哗哈！大伙儿就都乐啦！”

“哈……哈……”看客们哄然笑了。

噼啪，噼啪。在肉和肉的搏击声中，大肚子和他的同伴扭作一团。才一眨眼，他已把他凌空抱了起来。但那人手脚快，双手扳住他的颈项，两条腿就夹住了他凸出的肚皮，若要摔倒他，大肚子自己也得跌翻。

“哈……哈……”观众看大肚子没法想，都很高兴。

“你瞧！他们只帮你！”大肚子放下他的伴当，忽地说。

“哈哈……”众人又笑了。

我刚离开这片场子，背后哄哄的又是一片笑声。回头一瞧，原来大肚子被他的伴当摔翻了，正趴在地上喘气儿。

我走过秧歌的场子，踏高跷的演员正抱拳打躬地向看客们讨钱，众人多半是只瞧热闹不掏腰包的，登时都一哄而散，剩下冷清清的场子。

杂在蒜气触鼻的人堆里，我挤到了前门大街。在我背后的是这片广漠的“乐园”在那里布施“笑”给众人。凛冽的朔风吹着我僵冻的耳轮，摇曳着丝一般细的远远的皮簧歌声。

那两个凳上的女孩子还在那里唱。

想起东长安街

张恨水

46岁的我，有五分之二的岁月，托足于北平，北平与我此生，可说有着极亲密的关系。可是在失陷前的前两年，我毅然决然，举室南下，含着隐痛离开这第二故乡。我并不是怕会沦陷在敌人的铁蹄下，是敌人给予我的刺激，无法教我忍受了。

我的家在西南城角，而工作地点，却在东北城角，两下来往，使馆区内的东长安街，是必经之地。而在这一条街上走，就必有一个遇见敌兵的机会。马路与使馆区外的操场，只一短栏之隔。当我转过东单牌楼的时候，一眼便看到那穿黄制服、大马靴、红帽边的敌兵，约莫三五十名，架了机关枪，伏在操场地面上，向西城瞄准。他那种旁若无人的样子，已是看不惯。后来更不客气，马路这边的槐树林子里，有着他们的哨兵，猛不提防，他呜嘟嘟在树林子里吹起来。在操场里的那群野兽提了步枪，做冲锋的样子，横闯过马路来。人力车夫与挑担的小贩，每次必让他们撞翻一大片。站在路边的岗警，熟视无睹，被撞的人只有自认晦气，爬起来赶快跑走。

这一阶段，让我常常闪开东长安街，绕路他行。半年之后，情形更逼近一步了，报上常登着，某日某时，日军在东长安街、霞公府、东单练习巷战，临时断绝交通。是个稍有廉耻的中国人看到这新闻，怎不气炸了肺？当然，也没有谁去碰他这场巷战。但是在巷战二三小时后，东安市场的王府井大街尚觉杀气未除，徒手寇兵，每队六七十人，四人一排，在马路中心迈着便步，去逛东安市场，我曾两次遇见，都由车夫很机警地、老远避入小胡同里去。又半年之后，这练习巷战的范围，越发推广，东长安街树林里，随时可由寇兵埋伏做射击状，几乎那里不算是中国领土了。因此，我把经过的道路，由南道改北道，经皇城根过后门什刹海，西出太平仓。这是一条隐蔽的路，照说可以不逢寇迹了。不想就在什刹海岸之上，常常发现骑着阿拉伯大马的寇宪兵，两三骑一排，揽辔四顾，缓缓而行。马蹄铁打着那路面，啪啪有声。他们尽管在马路中心，行若无事地走，一切车马行人，都远远离开了他们。

虽然，这一些悲痛，今日颇为少煞，有时还稍感安慰。这话怎说？在“七七”事变以后，那在东长安街练习巷战的兽兵，首先便消耗在我们的枪口上，听说台儿庄一役，被歼最多的那批寇军，便是在平津驻防过的，他们目无中国，教他们便死在中国人手上。假使那些东长安街练习巷战的寇兵，还有不曾做炮灰的，他现在认得中国人了吧？认识那些在东长安街避开他们练习巷战的中国人，并非怕事吧？我虽然艰苦备尝，我还健在，想到当年在眼前耀武扬威的寇兵，有多少还能像我这样作回忆的？我便心中怡然自得。换句话说，也就是抗战这一页历史的伟大。

北京城的中轴线

朱祖希

时至今日，“北京中轴线”已为人们所熟知。有关部门也正在积极筹划，申报列入世界遗产名录。然而很长一段时间以来，在讲述“北京中轴线”时，总有点“似是而非”的感觉。有人认为，“北京的中轴线在今天的旧鼓楼大街及其往南的延长线上，明初建北京城时才往东移到今天的位置的”。

其实，对于这种说法，早在数十年前，时任故宫博物院院长的单士元就在其《故宫札记》中这样写道：“1964 年中国科学院考古所徐苹芳同志，曾以考古科学钻探技术坚定元代大都中轴线的位置。他们从现存北京钟鼓楼大街西的旧鼓楼大街向南，越什刹海、地安门西恭俭胡同一带到景山西门至陟山门大街一线上，按东西方向由北向南排探过 6 条探沟，均未发现元代路基土。然后，他们往东在今地安门大街上钻探，结果在景山北墙外探出东西宽约 28 米的大街路路基一段。在景山寿皇殿前探出大型建筑物基址，又在景山北麓下探出元代路基，证实从鼓楼到景山的大街就是元大都南北中轴线大街，而与今天地安门南北大街是重合的。寿皇殿前的基址正是元宫城北门厚载门的基址。这就完全证实明代北京城的中轴线就是元大都中轴线，元大内就建在这条中轴线上，明宫紫禁城又建在元大内旧址上。”

一

自公元13世纪初，成吉思汗伐金起，至1264年忽必烈称“汗”，在建立元朝的半个世纪中，蒙古军不断向中亚、东欧发动战争，并建立起了地跨欧亚大陆的“大蒙古帝国”，但这时汗国的政治中心，仍然是蒙古草原上的哈剌和林（今蒙古国鄂尔浑河东岸）。燕京只是蒙古统治者控制华北、中原的一个重要战略据点。

元至元元年（1264年）忽必烈称汗。元初仍都开平（今内蒙古多伦附近），称上都。但随着政治、军事重心的南移，其都城南迁的决心也日益强盛，并于元至元三年（1266年）派谋臣刘秉忠来燕京相地。考虑到中都旧城的宫室已毁，蒙古人又有不愿在别人的废墟上营建新宫室的习俗。何况，作为原中都城水源地的莲花池水系“水流涓微”“土泉疏恶”，而忽必烈来燕京时曾驻跸的所在——琼华岛周围湖水浩森，完全可以依傍高梁河水系修建大都城。

大都城于元至元四年（1267年）开始修建，十一年（1274年）宫城大内建成；十三年（1276年）大都城垣建成。这便是历史上赫赫有名的“大汗之城”——元大都城。元大都是中国两千余年封建社会中最后一座按既定的规划，平地创建的都城，面积近51平方公里，而从规划的完整性和面积的宏大来说，它是当时世界上最突出的。

据中国社会科学院考古研究所对元大都曾进行的考古勘探和重点发掘，已经基本上探明了大都外城、皇城、宫城的轮廓，庙坛、官署的位置和主要街道的布局，并发表了大都城平面复原示意图。

据勘察报告和复原图可知，大都城东西宽约 6.7 公里，南北长约 7.6 公里，面积 50.9 平方公里，呈南北略长的矩形。若以元代 1 尺长合 31.5 厘米计，约合宽 14.1 里，长 16 里，周长 62.2 里。这与史书所载大都城方 60 里的数字相符。大城的东、南、西三面各开三门，北面开二门，共 11 门。皇城、宫城在大城的南半部，皇城北的钟鼓楼处集中了各种市；太庙和社稷坛分布在东西两城最南的城门——齐化门、平则门间大街的北侧。整个元大都城基本上比附了《周礼·考工记》营国制度中所规定的“旁三门”“面朝后市，左祖右社”，而其尺度则已远远超过“方九里”的规模。其北面只开二门，则又传承了汉魏洛阳城以来都城北垣正中不开门的传统。

全城有南北向的“经街”9 条，除东西顺城街外，尚有 7 条街，分别通向南北城上的 5 座城门；另有 6 条东西向的“纬街”，除南北顺城街外，尚有 4 街分别通向东西城上的各门。在由经、纬街划分成若干纵长的矩形地块内，等距离地辟有东西向的巷，即“胡同”。每条胡同的两端可直通大街，不再有封闭的坊墙。中国古代的城市由封闭的里坊制转变成开放的街巷制，虽始于唐末五代的江南，但在北宋中期于汴梁（开封）由里坊制改造为街巷制后成为定制。大都城却是第一个，也是唯一一个按照街巷制原则进行规划、在平地上创建的都城。

若将元大都城复原图的四角画对角线以求其几何中心，则可发现它正位于鼓楼（齐政楼）处，而在鼓楼正北方，恰当光熙门至崇仁门之间的中分点位置建有钟楼。在钟、鼓楼间连以南北大街，并向北延伸至北墙，形成了全城的几何中分线。这条中分线即是元大都城北半城的中轴线。今日的旧鼓楼大街，便是它的遗迹。而自大城正南门丽正门，宫城正门崇天门向北延伸，穿过主殿大明殿、延春阁，直抵北门的规划建设中轴线。上述南北半城的中轴线之间相距 129 米。

这种既遵循王城规划的古制，又结合大都城所在地的地理条件，把全城分成南北两个半城：在南半城的中轴线上建宫城，南起大城的正南门丽正门，北止于万宁寺中心阁；而在北半城的几何中分线（中轴线）的南端建鼓楼（齐政楼），在其正北建钟楼，形成一条南北向的街，甚至在全城的几何中心点建的“中心之台”。这种在城的南半部强调建设中轴线的同时，又在城的北半部强调几何中分线的处理手法，说明在规划大都城时由于地理条件的限制而不得不将中轴线东移。

二

明太祖洪武元年（1368 年）八月，徐达、常遇春率军北上，突破大都城的齐北门，并占领了大都，改称“北平”，取“北方太平”之意。但是，为便于军事上的防守，遂把大都城北部曾因遭遇火灾而显得较为空旷、荒凉之地让出城外——在原北城的南五里，并借一条海子东流的小河作护城河，在其南侧砌筑新城垣。其西段正遇海子宽阔的水面，便不得不选择其最窄处与原西垣相接。

这样，明北京城的西北角便成了一个斜角。正因于此，也把海子原有的一片水面隔在了城外（即后来的“太平湖”，现已消失）。明洪武十三年（1380 年）燕王朱棣就藩北平。洪武三十一年（1398 年）明太祖驾崩，其长孙朱允炆即位，是为建文帝。建文元年（1399 年）燕王朱棣起兵南下，史称“靖难之役”，并于建文四年（1402 年）正月升北平为北京，改北平府为顺天府，并做迁都的准备。永乐五年（1407 年）五月开始兴建北京宫殿。永乐八年（1410 年）朱棣至北京，在奉天殿接受朝贺。十七年（1419 年）十一月展拓北京南城，即将原大都城南垣以今天的东西长安街一线，南移二里，重筑新城。永乐十八年（1420 年）十一月，北京宫殿、城池告成，翌年正月初一日，便以北京为京师。

明北京城的规划建设完全继承了大都城南半城的中轴线，即自丽正门（后改正阳门）北上，经过承天门（天安门）、紫禁城、万岁山、北安门、海子桥（万宁桥）、鼓楼、钟楼。但有两个突出的变化：一是把全城的几何中心点移到了万岁山（景山）；二是把原先位于中心阁之西，位居大都城北半城中轴线上的标志性建筑鼓楼、钟楼东移，并把它们作为明北京城中轴线的北端点。

明嘉靖三十二年（1553 年），为加强京师的防务，开始加筑外城，进而把北京中轴线的南起点也移到了永定门。这样，便最终完成了我们日后所见的南起永定门，北上经正阳门、大明门、紫禁城、地安门，北止于鼓楼、钟楼，全长 7.8 公里，贯通全城南北、统领全城规划建设的北京中轴线。正是这条跌宕起伏、错落有致的北京中轴线，把很多重重封闭、自成空间格局的平面组织串成一体，形成了一条压倒一切的主轴，并通过它将整个北京城，无论是从空间组织上，还是体量的安排上都完全连贯了起来，使整个北京城呈现出一种既跌宕起伏，又有极为完整的节奏感，从而达到了完美的艺术效果。

我们可以自豪地说，明北京城的规划和中心建筑群的布局，不仅有其非常深厚的中华民族理念和文化渊源，而且也是都城中轴线运用的最高成就。这是当今世界上一条最长、最伟大，也是最壮丽的城市中轴线。

三

考古发掘证明，黄河流域最早的宫殿建筑，多是采取背北面南的。《周礼·天官》说的“惟王建国，辨方正位，面南为尊”就是这个。不仅如此，战国历代帝王自诩为天帝的“元子”，即天子。其所做的一切都是“奉天承运”。而中国封建社会的政体，又是一个以北天区为原型的文化物——中央集权于皇帝一身，郡县对中央形成拱极之势；帝王与群臣，犹如北极星，由群星拱卫着。

孔子说：“为政以德，譬如北辰，居其所而众星拱之。”正因如此，“象天设都，法天而治”也就成了中国封建社会亘古不变的原则，即模拟以北极为中心的天国秩序——皇帝所居的宫城，必定要效法天帝居于“天中”的紫微宫，而在与天相对应的“地中”（“土中”）修筑“紫禁城”，并在其正南方辟出一条通向皇帝宝座的御道，以供百官朝觐，万民敬仰，即“通天之路”。这个自周秦以来，尤其是隋唐以来长期延续的基本定式，即将主要的建筑物安排在中轴线上，左右取得均衡对称，辅之以高低起伏，构建出一个在空间布局上最大限度地突出“普天之下，唯我独尊”的大一统思想，面南为尊，则是我们位居北半球这一特殊的地理位置的先祖崇拜北辰的文化产物。

至于有关北京中轴线存在有偏离子午线的问题，并由此而演绎出许多揣测，我们是否可以这样去解释：罗盘中的指南针本身就存在磁偏角问题。对此，战国时代的天文学家也早已有所察觉。宋初，曾供职于司天监的天文学家杨惟德，就曾在进献皇帝的《茔原总录》一书中这样说："取丙午、壬子之间是天地中，得南北之正也。"换而言之，北京中轴线存在有偏离子午线的现象，是很正常的。所以，也毋须去附会什么，以至于弄得很神秘。

胡同

朱 湘

我曾经向子惠说过，词不仅本身有高度的美，就是它的牌名，都精巧之至。即如《渡江云》《荷叶杯》《摸鱼儿》《真珠帘》《眼儿媚》《好事近》这些词牌名，一个就是一首好词。我时常翻开词集，并不读它，只是拿着这些词牌名慢慢地咀嚼。那时我所得的乐趣，真不下似读绝句或是嚼橄榄。京中胡同的名称，与词牌名一样，也常时在寥寥的两三字里面，充满了色彩与暗示，好像龙头井、骑河楼等名字，它们的美是毫不差似《夜行船》《恋绣衾》等词牌名的。

胡同是“衚衕”的省写。据文字学者说，是与上海的弄一同源自巷字。元人李好古作的《张生煮海》一曲之内，曾经提到羊市角头砖塔儿衚衕，这两个字入文，恐怕要算此曲最早了。各胡同中，最为国人所知的，要算八大胡同；这与唐代长安的北里、清末上海的四马路的出名，是一个道理。

京中的胡同有一点最引人注意，这便是名称的重复：口袋胡同、苏州胡同、梯子胡同、马神庙、弓弦胡同，到处都是，与王麻子、乐家老铺之多一样，令初来京中的人，极其感到不便，然而等我们知道了口袋胡同是此路不通的死胡同，与“闷葫芦瓜儿”“蒙福禄馆”是一件东西。苏州胡同是京人替住有南方人不管他们的籍贯是杭州或是无锡的街巷取的名字。弓弦胡同是与弓背胡同相对而定的象形的名称。以后我们便会觉得这些名字是多么有色彩，是多么胜似纽约的那些单调的什么 Fifth Avenue、Fourteenth Street，以及上海的侮辱我国的按通商五口取名的什么南京路、九江路。那时候就是被全国中最稳最快的京中人力车夫说一句：“先生，你多给两子儿。”也是得偿所失的。尤其是苏州胡同一名，它的暗示力极大。因为在当初交通不便的时候，南方人很少来京，除去举子；并且很少住京，除去京官。南边话同京白又相差的那般远，也难怪那些生于斯、卒于斯、眼里只有北京、耳里只有北京的居民，将他们聚居的胡同，定名为苏州胡同了（苏州的土白，是南边话中最特彩的，女子是全国中最柔媚的）。梯子胡同之多，可以看出当初有许多房屋是因山而筑，那街道看去是如梯子似的。京中有很多的马神庙，也可令我们深思，何以龙王庙不多，偏多马神庙呢？何以北京有这么多马神庙，南京却一个也不见呢？南人乘舟，北人乘马，我们记得北京是元代的都城，那铁蹄直踏进中欧的鞑靼，正是修建这些庙宇的人呢？燕昭王为骏骨筑黄金台，那可以说是京中的第一座马神庙了。

京中的胡同有许多以井得名。如上文提及的龙头井以及甜水井、苦水井、二眼井、三眼井、四眼井、井儿胡同、南井胡同、北井胡同、高井胡同、王府井等等，这是因为北方水分稀少，煮饭、烹茶、洗衣、沐面，水的用途又极大，所以当时的人，用了很笨缓的方法，凿出了一口井之后，他们的快乐是不可言状的，于是以井名街，纪念成功。

胡同的名称，不特暗示出京人的生活与想象，还有取灯胡同、妞妞房等类的胡同。不懂京话的人，是不知何所取意的。并且指点出京城的沿革与区分：羊市、猪市、骡马市、驴市、礼士胡同、菜市、缸瓦市，这些街名之内，除去猪市尚存旧意之外，其余的都已改头换面，只能让后来者凭了一些虚名来悬拟当初这几处地方的情形了。户部街、太仆寺街、兵马司、缎司、銮舆卫、织机卫、细砖厂、箭厂，谁看到了这些名字，能不联想起那辉煌的过去，而感觉一种超现实的兴趣？黄龙瓦、朱垩墙的皇城，如今已将拆毁尽了。将来的人，只好凭了皇城根这一类的街名，来揣想那内城之内、禁城之外的一圈皇城的位置吧？那丹青照耀的两座单牌楼呢？那形影深嵌在我童年想象中的壮伟的牌楼呢？它们哪里去了？看看那驼背龟皮的四牌楼，它们手拄着拐杖，身躯不支的，不久也要追随早夭的兄弟于地下了！破坏的风沙，卷过这全个古都，甚至不与人争韬声匿影如街名的物件，都不能免于此厄。那富于暗示力的劈柴胡同，被改作辟才胡同了；那有传说作背景的烂面胡同，被改作澜缦胡同了；那地方色彩浓厚的蝎子庙，被改作协资庙了。没有一个不是由新奇降为平庸，由优美流为劣下。狗尾巴胡同改作高义伯胡同；鬼门关改作贵人关；勾阑胡同改作钩帘胡同；大脚胡同改作达教胡同，这些说不定都是巷内居者要改的，然而他们也未免太不达教了。阮大铖在南京的裤裆巷，伦敦的 Botten Row 为贵族所居之街，都不曾听说他们要改街名，难道能达观的只有古人与西人吗？内丰的人外啬一点，并无轻重。

司马相如是一代的文人，他的小名却叫犬子。《子不语》书中说，当时有狗氏兄弟中举。庄子自己愿意为龟。颐和园中慈禧太后居住的乐寿堂前立有龟石。古人的达观，真是值得深思的。

大观园里和大观园外

刘梦溪

中国文学是个大宝库，里面有无尽珍藏。古典小说《红楼梦》是中国文学宝库中一颗璀璨的明珠，在中国文学史上占有特殊的位置。

一

中国文学的各种文体，《红楼梦》里应有尽有，文备众体不足以形容。中国历史上那些文采风流的特异人物，小说开卷的第二回，就通过冷子兴和贾雨村茶肆对话的方式，从隐逸诗人陶渊明和竹林七贤的领袖嵇康、阮籍说起，一直说到女诗人薛涛，和大胆追求爱情的卓文君、红拂、崔莺莺，前后不下30个人物。历朝历代的诗人、文学家、艺术家，更是经常成为《红楼》人物日常品评的话题。第四十九回香菱学诗，史湘云高谈阔论，满嘴是“杜工部之沉郁，韦苏州之淡雅”“温八叉之绮靡，李义山之隐僻”。

甚至连贾母的大丫鬟鸳鸯，为抗拒大老爷贾赦要纳她为妾的举动，骂前来自称有“好话”告诉她的金嫂子，开口便骂出了艺术典故：“什么‘好话’！宋徽宗的鹰、赵子昂的马，都是好画儿！”既不识字又没有文化的丫鬟，竟然知道擅长瘦金书的宋徽宗会画鹰，元代的赵孟頫善画马，而且用谐音的方式随詈叱的语言淋漓诙谐而出。可见艺术与文学已经成为《红楼梦》里贾府的日常生活和人物语言的一部分了。

更不要说，书中还有众多关于结社、吟诗、联句、拟匾额、题对联、拆灯谜、行酒令、听说书、看本戏、赏音品笛、丹青绘事的描写。单是由于对《负荆请罪》戏名的不同表述，让宝玉、宝钗、黛玉之间展开一场何等惊心动魄的心理战。至于男女主人公，时当阳春三月、落红成阵的惹人季节，偷读《西厢记》，借妙词，通戏语，以之作为谈情的引线；隔墙欣赏《牡丹亭》，女主人公林黛玉听艳曲，惊芳心，心痛神痴，眼中落泪，则是文学欣赏达至共鸣境界的绝妙写照。那么我提出《红楼梦》是中国文学的集大成之作，应该不是出于偏好的夸张溢美之词，而是理据昭然真实不虚的判断。

但《红楼梦》里所有这些艺文活动，大都是在大观园中发生的。这座可大可小、虚虚实实、人间天上诸景备的园林，是红楼人物的集中活动场所，是小说作者精心打造的理想世界。男女主人公贾宝玉和林黛玉，贾家的三位小姐迎春、探春、惜春，地位略同于黛玉而具有永久居住权的薛宝钗，还有不时飘忽而来飘忽而去的史湘云，以及服侍他们并与之形影相伴的大小丫鬟，如同天意安排一般顺理成章地诗意地栖居在这里。

山水园林加上青春美丽，使大观园成为爱情的滋生地。不仅是宝黛的爱情，还有龄官和贾蔷的爱情，小红和贾芸的爱情，司棋和潘又安的爱情，以及其他或明或暗的红楼儿女的爱情。宝黛的爱情也有许多头绪穿插进来，各类角色带着不同的意向互相交织在一起。贾宝玉和林黛玉如醉如痴的爱情，自然是贯穿始终的主线，但薛宝钗的介入使这条主线爱情变成了三人的世界。还有爱说话、大舌头、开口便是“爱哥哥”的史大姑娘，也让黛玉感到似乎是模模糊糊的竞争对手。三人的世界于是变成四人的世界。头绪交错的爱情和对最终婚姻归宿的追求纠缠在一起，就不单纯是两小无猜的儿女之私，而是融进了深层的社会内容。

男女主人公本身的爱情意识是简单的，除了爱不知有其他。爱就是一切，包括生与死。但当事人背后亲长的意图伦理，往往视婚姻为社会与政治的交换物。这就使得婚恋行为不只是青春美貌的竞争，而且是财产和社会地位的较量。正是由于后者的因素，薛宝钗婚姻追求的最后获胜，变得有先兆而无变数。宝黛之间纯真的爱情因此经受到严峻考验。林黛玉痴情的感召、隽语的激励和诗意的熏陶，使早期带有某种泛爱倾向的怡红公子，很快变得痴心与钟情合一，不结合就宁可死亡或出家，成为两位当事人横下一条心的选择，他们最终取得了爱情的胜利。

二

大观园外面的世界又如何呢？如果说大观园是女儿的世界，那么大观园外面的贾府则是以男人为主轴的世界。他们的名字刻板雷同，贾政、贾赦、贾敬、贾珍、贾琏、贾蓉、贾蔷、贾瑞，遇有大的仪式排列名单，极易混淆。要么名号怪异，什么詹光

（沾光）、霍启（火起）、单聘仁（善骗人）、卜固修（不顾羞）之类。大观园外也有女人，但她们是男人的女人。王夫人是贾政的女人，邢夫人是贾赦的女人，尤氏是贾珍的女人，王熙凤是贾琏的女人。

不过《红楼梦》的诡异处在于，男人不过是游身在外的徒有虚名的性别符号，家政主事管理的权力统由女人来执掌。所以贾府的当家人是王熙凤以及同出金陵王氏一族的王夫人。此一性别管理模式也延续到管家人等，如赖大家的、周瑞家的、来升家的、林之孝家的、张材家的、王兴家的、吴新登家的、王善保家的。至于这些“家的”背后男性人士的情况，似有若无，作者并不关心。

同为女人，妻的地位要高于妾，庶出远逊嫡传，这是中国历来的妻妾制度和嫡庶制度使然。精明干练的探春和其生母赵姨娘的畸形关系，就是由此而生成。探春不得不把生母的地位置于宗法伦常的框架之内。此外还有一类女人，如兼有钗黛双美的秦可卿，温柔软弱而又女人味十足的尤二姐，她们是沾上“淫”字的特种尤物，只好成为吃着碗里望着锅里的无良男人的欲望工具。她们是猎色的目标，不是爱情的对象。那个贾府上下人等都可以上手的鲍二家的，也属于此类人物，只不过品级低下粗俗而已。尤二姐和鲍二家的都死于王熙凤之手，醋妒阴狠而又和权力结合在一起的漂亮女人，是她们可怕的克星。

《红楼梦》的艺术天平因作者的好恶而倾斜。有美都归大观园，有丑必归宁国府，是作者预设的价值伦理。秦可卿和公公贾珍的韵事就发生在宁国府的天香楼。尤二姐和贾珍、贾琏兄弟，也是宁国府的家戏自演。贾蓉和王熙凤的眉目传情，也是东府里人人都知道的一道风景。难怪被关在马厩里的焦大，敢于以“爬灰的爬灰，养小叔子的养小叔子”的“今典”公开醉骂，说宁国府只有大门外的两个石狮子干净。难怪秦可卿的判词有句：“造衅开端实在宁。”

大观园是充满诗意的青春女儿的世界，但和大观园外面的世界并非没有联系。总有因了各种缘故需要进到园子里来的园外人。宝玉和各位小姐的教养嬷嬷以及管理她们的这个“家的”那个“家的”，就是园子里面的园外人。承担闺房之外劳役的那些干体力活的小厮，也不得不随时出出进进。遇有大型的社交或宗教礼仪活动，大观园的儿女们偶尔也有走出园子的机会。如第二十九回清虚观打醮，大观园的人众，车辆纷纷，人马簇簇，全员出动了。但园子里的丫鬟们，一般不允许离园外出。除非特殊恩许，如第五十一回袭人探望母病，那是花小姐立功获宠之后，俨然以“妾”的身份近乎衣锦还乡似的成此一行。

还有就是因“过失”而被逐的丫鬟，对当事者来说，完全是被动的行为。最有名的案例，是金钏被逐、司棋被逐和晴雯被逐。被逐的举动，是通过强力手段把园内人变成园外人。被逐的结果无不以悲剧告终。金钏投井而死，司棋撞墙而亡，晴雯病饿而终。至于小姐们离园，只有出嫁了。例如第七十九回贾赦将迎春许配给孙绍祖，邢夫人便把迎春接出了大观园。唯一的例外是王熙凤，大观园里和大观园外的关防，她可以任意打破。她在园里园外都有合法的身份。她的美貌、诙谐和善解人意，和小姐丫鬟女儿们站在一起，没有人会视她为园外人。大观园存在的特殊意涵，唯凤姐知道得最清楚。当大观园的姊妹们邀请她出任诗社的“监社御史”，她立即拿出五十两银子，并且说：“我不入社花几个钱，不成了大观园的反叛了，还想在这里吃饭不成？”其实这是说，大观园是贾府大家族中一个具有单独意涵的王国，其特殊地位，以凤姐之尊亦不敢小觑。不要忘记，此园的原初功能是专门建造的省亲别墅，后经元妃特命许可众姊妹才得以搬进去居住。如果仅仅看到所具有的实用价值，而忽略其作为象征的文化符号的意义，就本末倒置了。

另一方面，王熙凤的贪欲和狠辣，又使她成为大观园外面世界的弄权杠杆。而老祖宗贾母则是平衡家族各种势力的最高权威。女性的地位在权力结构中凌驾于男性之上，不独上层、中间层、中下层布局明显，家族宝塔的顶端层级也不例外。

三

读者诸君如果对《红楼梦》的这种结构意图感到困惑，不妨温习一下贾宝玉的经典名言：“女儿是水做的骨肉，男人是泥做的骨肉。我见了女儿，我便清爽，见了男子，便觉浊臭逼人。”其对女儿情有独钟，自不在话下。但需要辨明的是，他强调的是女儿，即尚未出嫁的女孩子，并不泛指所有的女性。对出嫁后的女儿，宝玉另有言说：“女孩儿未出嫁，是颗无价之宝珠，出了嫁，不知怎么就变出许多的不好的毛病来。虽是颗珠子，却没有光彩宝色，是颗死珠了。再老了，更变的不是珠子，竟是鱼眼睛了。”从无价的宝珠，一变而为光彩尽失的死珠，再变为不成其为珠的鱼眼睛，这个审视女性变化的“三段论”，可谓惊世骇俗。

这番言论的学理哲思在于，社会风气和习俗对人的本性的污染是惊人的，足可以让人的本然之性完全迷失，直至将人变成非人。第五十九回“柳叶渚边嗔莺叱燕”，可以看作图解宝玉“三段论”的原典故事。此事导源于探春理家施行的新经济政策，将大观园的花草树木分由专人承包管理，柳叶渚一带的承包者，是小丫头春燕的姨妈，她自己的妈妈也得了一份差事。在春燕看来，这两姊妹越老越看重钱，对承包一事认真得“比得了永远基业还利害”。所以当她们看到宝钗的丫鬟莺儿折柳枝编花篮，便把气撒到春燕身上，以致当众大打出手。究其原委，无非是利益驱使，利令智昏。因此大观园从此就不得安宁了。用平儿的话说：“各处大小人儿都作起反来了，一处不了又一处。”果不其然，紧接着的第六十回，赵姨娘就和唱戏的芳官等小女孩子打作一团。下面的第六十一回，则是迎春的大丫鬟司棋带着一群小丫头，大闹了园中的公共厨房。诗意的大观园，一下从天上落到了尘埃里。

最后是王熙凤施展计谋，将贾琏偷娶的尤二姐也骗到大观园里来居住，直至被逼自杀了事。这等于园子外面的人可以在园子里面找到死所，园里园外已混一而无分别。至于第七十回林黛玉重建桃花社，不过是诗意黄昏的回光返照而已。且看黛玉《桃花行》的结尾所写：“泪眼观花泪易干，泪干春尽花憔悴。憔悴花遮憔悴人，花飞人倦易黄昏。”呈现的是一派春尽花飞人憔悴的凄凉景象。待到众女主填写柳絮词，除了宝钗仍存青云之想，探春、宝玉、黛玉、宝琴四人所填，都不约而同暗寓“离散”两字。《红楼梦》一书的深层哲理，竟成为一次诗社雅聚的主旋律。这并不奇怪，因为很快就是“惑奸谗抄检大观园”的情节了，使已经落在地上的大观园，又在自我残杀中消散得近乎干净。敏感的探春当着抄检者的面说道：“你们别忙，自然连你们抄的日子有呢！你们今日早起不曾议论甄家，自己家里好好地抄家，果然今日真抄了。咱们也渐渐地来了。可知这样大族人家，若从外头杀来，一时是杀不死的，这是古人曾说的‘百足之虫，死而不僵’，必须先从家里自杀自灭起来，才能一败涂地！”这是勇于担当的三小姐的激愤之词，亦未尝不是贾府命运的写实之语。

只是不曾料到，贾府的败落居然由大观园的衰败来作预演，而且抄家也是先从大观园抄起。是啊！既然女性在贾府统治层占有特殊的地位，那么摧折的风暴也必然从女性集中的地方刮起。大观园作为贾氏家族命运的象征符号，其所遭遇的兴衰比家族本身的兴衰要深在得多。小说的文学意象显示，当大观园的命运和整个贾府的命运完全合一的时候，《红楼梦》所描写的深广的社会内涵便露出了真容。

潭柘寺戒坛寺

朱自清

早就知道潭柘寺，戒坛寺。在商务印书馆的《北平指南》上，见过潭柘的铜图，小小的一块，模模糊糊的，看了一点没有想去的意思。后来不断地听人说起这两座庙，有时候说路上不平静；有时候说路上红叶好。说红叶好的劝我秋天去；但也有人劝我夏天去。有一回骑驴上八大处，赶驴的问逛过潭柘没有，我说没有。他说潭柘风景好，那儿满是老道，他去过，离八大处七八十里地，坐轿骑驴都成。我不大喜欢老道的装束，尤其是那满蓄着的长头发，看上去啰哩啰唆龌里龌龊的。更不想骑驴走七八十里地，因为我知道驴子与我都受不了。真打动我的倒是"潭柘寺"这个名字。不懂不是？就是不懂的妙。躲懒的人念成"潭拓寺"，那更莫名其妙了。这怕是中国文法的花样；要是来个欧化，说是"潭和柘的寺"，那就用不着咬嚼或吟味了。还有在一部诗话里看见近人咏戒台松的七古，诗腾挪夭矫，想来松也如此。所以去。但是在夏秋之前的春天，而且是早春；北平的早春是没有花的。

这才认真打听去过的人。有的说住潭柘好，有的说住戒坛好。有的说路太难走，走到了筋疲力尽，再没兴致玩儿；有人说走路有意思。又有人说，去时坐了轿子，半路上前后两个轿夫吵起来，把轿子搁下，直说不抬了。于是心中暗自决定，不坐轿，也不走路；取中道，骑驴子。又按普通说法，总是潭柘寺在前，戒坛寺在后，想着戒坛寺一定远些；于是决定住潭柘，因为一天回不来，必得住。门头沟下车时，想着人多，怕雇不着许多驴，但是并不然——雇驴的时候，才知道戒坛去便宜一半，那就是说近一半。这时候自己忽然逞起能来，要走路。走罢。

这一段路可够瞧的。像是河床，怎么也挑不出没有石子的地方，脚底下老是绊来绊去的，教人心烦。又没有树木，甚至于没有一根草。这一带原是煤窑，拉煤的大车往来不绝，尘土里饱和着煤屑，变成黯淡的深灰色，教人看了透不出气来。走一点钟光景，自己觉得已经有点办不了，怕没有走到便筋疲力尽；幸而山上下来一条驴，如获至宝似地雇下，骑上去。这一天东风特别大。平常骑驴就不稳，风一大真是祸不单行。山上东西都有路，很窄，下面是斜坡；本来从西边走，驴夫看风势太猛，将驴拉上东路。就这么着，有一回还几乎让风将驴吹倒；若走西边，没有准儿会驴我同归呢。想起从前人画风雪骑驴图，极是雅事，大概那不是上潭柘寺去的。驴背上照例该有些诗意，但是我，下有驴子，上有帽子眼镜，都要照管；又有迎风下泪的毛病，常要掏手巾擦干。当其时真恨不得生出第三只手来才好。

东边山峰渐起，风是过不来了；可是驴也骑不得了，说是坎儿多。坎儿可真多。这时候精神倒好起来了，崎岖的路正可以练腰脚，处处要眼到心到脚到，不像平地上。人多更有点竞赛的心理，总想走上最前头去；再则这儿的山势虽然说不上险，可是突兀、丑怪，巉刻的地方有得是。我们说这才有点儿山的意思，老像八大处那样，真教人气闷闷的。于是一直走到潭柘寺后门，这段坎儿路比风里走过的长一半，小驴毫无用处，驴夫说："咳，这不过给您做个伴儿！"

墙外先看见竹子，且不想进去。又密，又粗，虽然不够绿。北平看竹子，真不易。又想到八大处了，大悲庵殿前那一溜儿，薄得可怜，细得也可怜，比起这儿，真是小巫见大巫了。进去过一道角门，门旁突然亭亭地矗立着两竿粗竹子，在墙上紧紧地挨着，要用批文章的成语，这两竿竹子足称得起"天外飞来之笔"。

正殿屋角上两座琉璃瓦的鸱吻，在台阶下看，值得徘徊一下。神话说殿基本是青龙潭，一夕风雨，顿成平地，涌出两鸱吻。只可惜现在的两座太新鲜，与神话的朦胧幽秘的境界不相称。但是还值得看，为的是大得好，在太阳里嫩黄得好，闪亮得好，那拴着的四条黄铜链子也映衬得好。寺里殿很多，层层折折高上去，走起来已经不平凡，每殿大小又不一样，塑像摆设也各出心裁。看完了，还觉得无穷无尽似的。正殿下延清阁是待客的地方，远处群山像屏障似的。屋子结构甚巧，穿来穿去，不知有多少间，好像一所大宅子。可惜尘封不扫，我们住不着。话说回来，这种屋子原也不是预备给我们这么多人挤着住的。寺门前一道深沟，上有石桥；那时没有水，若是现在去，倚在桥上听潺潺的水声，倒也可以忘我忘世。边桥四株马尾松，枝枝覆盖，叶叶交通，另成一个境界。西边小山上有个古观音洞。洞无可看，但上去时在山坡上看潭柘的侧面，宛如仇十洲的《仙山楼阁图》；往下看是陡峭的沟岸，越显得深深无极，潭柘简直有海上蓬莱的意味了。寺以泉水著名，到处有石槽引水长流，倒也涓涓可爱。只是流觞亭雅得那样俗，在石地上楞刻着蚯蚓般的槽，那样流觞，怕只有孩子们愿意干。现在兰亭的“流觞曲水”也和这儿的一鼻孔出气，不过规模大些。晚上因为带的铺盖薄，冻得睁着眼，却听了一夜的泉声；心里想要不冻着，这泉声够多清雅啊！寺里并无一个老道，但那几个和尚，满身铜臭，满眼势利，教人老不能忘记，倒也麻烦的。

第二天清早，20多人满雇了牲口，向戒坛而去，颇有浩浩荡荡之势。我的是一匹骡子，据说稳得多。这是第一回，高高兴兴骑上去。这一路要翻罗喉岭。只是土山，可是道儿窄，又曲折，虽不高，老那么凸凸凹凹的。许多处只容得一匹牲口过去。平心说，是险点儿。想起古来用兵，从间道袭敌人，许也是这种光景罢。

戒坛在半山上，山门是向东的。一进去就觉得平旷；南面只有一道低低的砖栏，下边是一片平原，平原尽处才是山，与众山屏蔽的潭柘气象便不同。进二门，更觉得空阔疏朗，仰看正殿前的平台，仿佛汪洋千顷。这平台东西很长，是戒坛最胜处，眼界最宽，教人想起“振衣千仞冈”的诗句。三株名松都在这里。“卧龙松”与“抱塔松”同是偃仆的姿势，身躯奇伟，鳞甲苍然，有飞动之意。“九龙松”老干槎丫，如张牙舞爪一般。若在月光底下，森森然的松影当更有可看。此地最宜低回流连，不是匆匆一览所可领略。潭柘以层折胜，戒坛以开朗胜，但潭柘似乎更幽静些。戒坛的和尚，春风满面，却远胜于潭柘的；我们之中颇有悔不该住潭柘的。戒坛后山上也有个观音洞。洞宽大而深，大家点了火把嚷嚷闹闹地下去；半里光景的洞满是油烟，满是声音。洞里有石虎、石龟、上天梯、海眼等，无非是凑凑人的热闹而已。

还是骑骡子。回到长辛店的时候，两条腿几乎不是我的了。

慈慧殿三号

朱光潜

慈慧殿并没有殿，它只是后门里一个小胡同，因西口一座小庙得名。庙中供的是什么菩萨，我在此住了三年，始终没有探头去一看，虽然路过庙门时，心里总要费一番揣测。慈慧殿三号和这座小庙隔着三四家居户，初次来访的朋友们都疑心它是庙，至少，它给他们的是一座古庙的印象，尤其是在树没有叶的时候；在北平，只有夏天才真是春天，所以慈慧殿三号像古庙的时候是很长的。它像庙，一则是因为它荒凉，二则是因为它冷清，但是最大的类似点恐怕在它的建筑，它孤零零地兀立在破墙荒园之中，显然与一般民房不同。这三年来，我做了它的临时“住持”，到现在仍没有请书家题一个某某斋或某某馆之类的匾额来点缀，始终很固执地叫它“慈慧殿三号”，这正如有庙无佛，多一事不如省一事。

慈慧殿三号的左右邻家都有崭新的朱漆大门，它的破烂污秽的门楼居在中间，越发显得它是一个破落户的样子。一进门，右手是一个煤栈，是今年新搬来的，天晴时天井里右方隙地总是晒着煤球，有时门口停着运煤的大车以及它所应有的附属品——黑麻布袋、黑牲口、满面涂着黑煤灰的车夫。在北方居住过的人会立刻联想到一种类型的龌龊场所。一沾上煤没有不黑不脏的，你想想德胜门外，门头沟车站或是旧工厂的锅炉房，你对于慈慧殿三号的门面就可以想象得一个大概。

和煤栈对面的——仍然在慈慧殿三号疆域以内——是一个车房，所谓“车房”就是停人力车和人力车夫居住的地方。无论是停车的或是住车夫的房子照例是只有三面墙，一面露天，房子对于他们的用处只是遮风雨；至于防贼，掩盖秘密，都全是另一个阶级的需要。慈慧殿三号的门楼右手只有两间这样三面墙的房子，五六个车子占了一间；在其余的一间里，车夫、车夫的妻子和猫狗进行他们的一切活动：做饭、吃饭、睡觉、养儿子、会客谈天等。晚上回来，你总可以看见车夫和他的大肚子的妻子“举案齐眉”式地蹲在地上用晚饭，房东的看门的老太婆捧着长烟杆，闭着眼睛，坐在旁边吸旱烟。有时他们围着那位精明强干的车夫听他演说时事或故事。虽无瓜架豆棚，却是乡村式的太平岁月。

这些都在二道门以外。进二道门一直望进去是一座高大而空阔的四合房子。里面整年地鸦雀无声，原因是唯一的男主人天天是夜出早归，白天里是他的高卧时间；其余尽是妇道之家，都挤在最后一进房子，让前面的房子空着。房子里面从“御赐”的屏风到四足不全的椅凳都已逐渐典卖干净，连这座空房子也已经抵押了超过卖价的债项。这里面七八口之家怎样撑持他们的槁木死灰的生命是谁也猜不出来的疑案。在30年以前他们是声威煊赫的“皇代子”，杀人不用偿命的。我和他们整年无交涉，除非是他们的“大爷”偶尔拿一部宋拓圣教序或是一块端砚来向我换一点烟资，他们的小姐们每年照例到我的园子里来两次，春天来摘一次丁香花，秋天来打一次枣子。

煤栈，车房，破落户的旗人，北平的本地风光算是应有尽有了。我所住持的“庙”原来和这几家共一个大门出入，和它们共用“慈慧殿三号”的门牌，不过在事实上是和它们隔开来的。进二道门之后向右转，当头就是一道隔墙。进这隔墙的门才是我所特指的“慈慧殿三号”。本来这园子的几十丈长的围墙随处可以打一个孔，开一个独立的门户。有些朋友嫌大门口太不像样子，常劝我这样办，但是我始终没有听从，因为我舍不得煤栈车房所给我的那一点劳动生活的景象，舍不得进门时那一点曲折和跨进园子时那一点突然惊讶。如果自营一个独立门户，这几个美点就全毁了。

从煤栈车房转弯走进隔墙的门，你不能不感到一种突然惊讶。如果是早晨的话，你会立刻想到“清晨入古寺，初日照高林，曲径通幽处，禅房花木深”几句诗是恰好配用在这里的。百年以上的老树到处都可爱，尤其是在城市里成林；什么种类都可爱，尤其是松柏和楸。这里没有一棵松树，我有时不免埋怨百年以前经营这个园子的主人太疏忽。柏树也只有一棵大的，但是它确实是大，而且一走进隔墙门就是它，它的浓荫布满了一个小院子，还分润到三间厢房。柏树以外，最多的是枣树，最稀奇的是楸树。北平城里人家有三棵两棵楸树的便视为珍宝，这里的楸树一数就可以数上十来棵，沿后院东墙脚的一排七棵俨然形成一段天然的墙。我到北平以后才见识楸树，一见就欢喜它。它在树木中间是神仙中间的铁拐李，庄子所说的“大本臃肿而不中绳墨，小枝卷曲而不中规矩”，拿来形容楸似乎比形容樗更恰当。最奇怪的是这臃肿卷曲的老树到春天来会开类似牵牛的白花，到夏天来会放类似桑榆的碧绿的嫩叶。这园子里树木本来很杂乱，大的小的、高的低的，不伦不类地混在一起；但是这十来棵楸树在杂乱中辟出一个头绪来，替园子注定一个很明显的个性。

我不是能雇用园丁的阶级中人，要说自己动手拿锄头喷壶吧，一时兴到，容或暂以此为消遣，但是“一日曝之，十日寒之”，究竟无济于事，所以园子终年是荒着的。一到夏天来，狗尾草、蒿子、前几年枣核落下地所长生的小树，以及许多只有植物学家才能辨别的草都长得有腰深。偶尔栽几棵丝瓜、玉蜀黍，以及西红柿之类的蔬菜，到后来都没在草里看不见。我自己特别挖过一片地，种了几棵芍药，两年没有开过一朵花。所以园子里所有的草木花都是自生自长用不着人经营的。秋天栽菊花比较成功，因为那时节没有多少乱草和它做剧烈的“生存竞争”。这一年以来，厨子稍分余暇来做“开荒”的工作，但是乱草总是比他勤快，随拔随长，日夜不息。如果任我自己的脾胃，我觉得对于园子还是取绝对的放任主义较好。我的理由并不像浪漫时代诗人们所怀想的，并不是要找一个荒凉凄惨的境界来配合一种可笑的伤感。我欢喜一切生物和无生物尽量地维持它们的本来面目，我欢喜自然的粗率和芜乱，所以我始终不能真正地欣赏一个很整齐有秩序，路像棋盘，常青树剪成几何形体的园子，这正如我不欢喜赵子昂的字、仇英的画，或是一个中年妇女的油头粉面。我不要求房东把后院三间有顶无墙的破屋拆去或修理好，也是因为这个缘故。它要倒塌，就随它自己倒塌去；它一日不倒塌，我一日尊重它的生存权。

园子里没有什么家畜动物。三年前宗岱和我合住的时节，他在北海里捉得一只刺猬回来放在园子里养着。后来它在夜里常作怪声气，惹得老妈见神见鬼。近来它穿墙迁到邻家去了，朋友送了一只小猫来，算是补了它的缺。鸟雀儿北方本来就不多，但是因为几十棵老树的招邀，北方所有的鸟雀儿这里也算应有尽有。长年的顾客要算老鸹。它大概是鸦的别名，不过我没有下过考证。在南方它是不祥之鸟，在北方听说它有什么神话传说保护它，所以它虽然那样的“语言无味，面目可憎”，却没有人肯剿灭它。它在鸟类中大概是最爱叫苦爱吵嘴的。你整年都听它在叫，但是永远听不出一点叫声是表现它对于生命的欣悦。在天要亮未亮的时候，它叫得特别起劲，它仿佛拼命地不让你享受香甜的晨睡，你不醒，它也引你做惊惧梦。我初来时曾买了弓弹去射它，后来弓坏了，弹完了，也就只得向它投降。反正披衣冒冷风起来驱逐它，你也还是不能睡早觉。老鸹之外，麻雀甚多，无可记载。秋冬之季常有一种颜色极漂亮的鸟雀成群飞来，形状很类似画眉，不过不会歌唱。宗岱在此时硬说它来有喜兆，相信它和他请铁板神算家所批的八字都预兆他的婚姻恋爱的成功，但是他的讼事终于是败诉，他所追求的人终于是高飞远扬。他搬走以后，这奇怪的鸟雀到了节令仍旧成群飞来。鉴于往事，我也就不肯多存奢望了。

有一位朋友的太太说慈慧殿三号颇类似《聊斋志异》中所常见的故家第宅，“旷废无居人，久之蓬蒿渐满，双扉常闭，白昼亦无敢入者……”但是如果有一位好奇的书生在月夜里探头进去一看，会瞟见一位散花天女，嫣然微笑，叫他“不觉神摇意夺”，如此等情，我本凡胎，无此缘分，但是有一件“异”事也颇堪一“志”。有一天晚上，我躺在沙发上看书，凌坐在对面的沙发上共着一盏灯做针线，一切都沉在寂静里，猛然间听见一位穿革履的女人滴滴答答地从外面走廊的砖地上一步一步地走进来。我听见了，她也听见了，都猜着这是沉樱来了——她有时踏这种步声走进来。我走到门前掀帘子去迎她，声音却没有了，什么也没有看见。后来再三推测所得的解释是街上行人的步声，因为夜静，虽然是很远，听起来就好像近在咫尺。这究竟很奇怪，因为我们坐的地方是在一个很空旷的园子里，离街很远，平时在房子里绝对听不见街上行人的步声，而且那次听见步声分明是在走廊的砖地上。这件事常存在我的心里，我仿佛得到一种启示，觉得我在这城市中所听到的一切声音都像那一夜所听到的步声，听起来那么近，而实在却又那么远。

法藏塔小记

蒋伟涛

北京正式作为皇都的历史，是从金中都开始的。1153年，金迁都燕京，改名中都，由此开创了北京作为国都的历史。今年恰逢北京建都860周年，遗憾的是，从历史学和考古学的角度看，作为北京建都历史见证的金代建筑遗存大多随历史化为灰烬。其中，作为南城重要建筑的法藏塔在新中国成立后的1965年被人为拆除，实为一大憾事。

说起法藏塔，不得不说起法藏寺，顾名思义，法藏塔因建在法藏寺而得名。法藏寺俗称法塔寺，是北京著名的大寺庙，位于今天的北京体育馆附近。

法藏寺建于金大定年间（1161—1189年），原名弥陀寺。法藏塔建于金代，又名弥陀塔，距今已有800多年的历史，具体建设年份不详。法藏寺和法藏塔，以其独有的建筑艺术风格闻名于京城数百年，历史文献多有记载。《鸿雪因缘图记·夕照飞铙》载："塔为明沙门道孚建，道孚即飞钵禅师也。"明朝景泰二年（1451

年）由太监裴善静重新修缮，改称法藏寺。与沈鲤、吕坤同被誉为万历年间天下“三大贤”的明朝政治家郭正域（1554—1612年）在《法藏寺诗》中云：“古刹城南寺，莲花处处开。金轮平地转，香雨半天来。清话逢元度，论文有辩才。真知非幻境，云水两徘徊。”可见当时法藏寺周围的景观很是美丽。法藏寺在明代属崇南坊，当年法藏寺规模很大，后来因为年久失修，山门、大殿都已毁损，而其塔独存。《宸垣识略》记载：“法藏寺在霍家桥，俗称白塔寺。”

据《日下旧闻考》所记：“北地多风，故塔不能空，无可登者。法藏寺弥陀塔独空其中，可登。塔崇十丈，窗八面。窗置一佛，凡五十八佛。佛设一灯。岁上元夜，僧燃灯绕塔奏乐，金光明空，乐作天上矣。”清光绪年间震钧著《天咫偶闻》记载：“天坛之东有法藏寺，浮图十三级，登之所见甚远，都人以重九登高于此。寺已毁尽，惟浮图仅存，而往者如故。其中容人之地无多，登者蚁附至绝顶，则才容二客挨肩而过。斗室之中，喘息不得出，竟不知其何乐。”可见在光绪年间，法藏寺已经毁损严重，不存人间，只有法藏塔茕茕孑立。明万历至崇祯年间（1573—1644年）北京地图可以看到法藏寺和法藏塔的标示，表明两者同时存在。《日下旧闻考》是于敏中、英廉等人于乾隆年间奉旨编撰的，可见法藏寺在清乾隆年间尚存，清乾隆十五年（1750年）《京城全图》可以互相印证。但震钧在《天咫偶闻》中则说“寺已毁尽”，震钧生于咸丰年间，卒于民国初，清宣统年间（1909—1911年）北京城图只有法藏塔的标示而无法藏寺的标示，可见法藏寺当毁于20世纪初。

目前我国的古塔可以分为楼阁式、亭阁式、密檐式、花式塔、金刚宝座塔等样式，塔身平面有方形、六角形、八角形和圆形四种，唐代楼阁式塔均为方形，五代之后多为六角形和八角形。法藏塔是比较典型的楼阁式塔，共有七层，高约 30 米，平面为八角形，各层每面设有明窗，内置一组佛像，共有 58 尊，佛像神态安详，近身而望，令人心静神宁，其雕刻精细、精美绝伦，显示出古人的非凡绝技。由于北京地区多风，为抵御凛冽北风，塔均为实心，近可拜，但不能登临。唯独法藏塔的结构为塔内中空，内设有砖石砌成的楼梯以供登临，可见此塔建筑风格与其他古塔不同。故明崇祯年间印制的《帝京景物略》一书中，将它和北京其他几座古塔做过这样一番比较："天宁寺，隋塔也；妙应寺，辽塔也；慈寿寺，明塔也。远可以望，近或礼之，无人登焉者……法藏寺弥陀塔，独空可登。"法藏塔由灰色青砖建造，塔基座敦实高大，支撑着整个法塔，使塔的整体有一种和谐之美。塔基中间有一拱形门，高度是塔基座的一半。

塔身第一层有个坐北朝南的弥勒佛，佛的前边是一眼井。塔身层层逐级而收，直至塔顶攒尖。塔顶为青铜所铸，呈下圆上尖状，数百年不生锈，建塔时有金属条自塔顶暗通地下，故数百年未遭雷击。

法藏塔之所以出名，是因为此塔可攀登，所以过去每年农历九月初九登高之时，京师的各界人士，络绎不绝来此塔登高望远，成为京城一大景观。《顺天府志》里说塔有七层，高余十丈："中空可登，天气晴时，北望宫阙，黄瓦参差，西观两坛（即天坛和先农坛），松桧郁茂，西山黛色，如在檐前。"同时《顺天府志》中还记载："岁上元夜，塔遍灯，僧遍绕，奏乐乐佛，金光明空，乐作天上矣。"可见当时法藏寺和法藏塔在节庆时期，僧人秉灯绕塔，影影绰绰，灯塔相映，人流攒动，登高望远，熙熙攘攘，好不热闹。目前，虽然古塔已不存在，但因附近建筑有限高要求，现在站在法藏塔的原址还可以想象当年游客登高望远的美景。夏日，天气晴朗时，透过塔窗，西眺郁郁葱葱、松柏环抱、青郁苍翠的天坛和先农坛；北望气势磅礴、红墙绿瓦的皇宫殿宇，气势恢宏。冬日法藏塔银装素裹，远眺西山，白雪皑皑，西山晴雪，美不胜收。史料载：窗面面，级盘盘，人蚁上而窥观，窗窗方望，九门之堞全焉。《登塔》诗如是说：古塔层城畔，秋毫万里看。登高携赋客，落日眺长安。天地玄相抱，江山郁自盘。谁能绝顶上，不避北风寒。可见此塔令游人流连忘返，乐此不疲，其乐无穷。

对于法藏塔的容貌，笔者在网上曾看到一组法藏塔不同时期的照片，很是珍贵。相传20世纪初法藏塔这里苇塘连片，坟包绵延，粪场遍布，环境卫生极差，沟、塘、坟、粪被人们称为当时的“四害”。一张近景照片可见塔前一座三开间硬山顶的寺庙，可见此张照片起码在1900年左右，估计也是最早的法藏塔照片。另外一张远景照片可见法藏塔周边土地不平，沟壑连连，植被茂密，绿树荫荫，建筑遗存还有不少，但是已经模糊不清，估计这张照片拍摄于1910年左右。还有一张民国时期近景照片可以清晰看出塔基和周围被平整过的土地，但是周围已经没有遗存，估计拍摄于1925年左右。

这些照片的作者现在已无从考证，但是有一位留下姓名的摄影师在此予以介绍。这就是近代法国铁路工程师普意雅先生，他曾于20世纪初拍摄了一组法藏寺的照片，现藏于国家图书馆。普意雅，1862年出生于法国，为法国当时的国立中央工艺学院工程师，1898年来华，任平汉铁路北段总工程师，1906年升任该铁路全路总工程师至1927年去职，1930年9月因病在北平逝世，享年68岁。普意雅对中国的地形、地质、矿产及古迹等颇有研究，曾受中国政府之委托测绘沿铁路详细地图，其中有多幅北平及四郊地图。他对汉学尤感兴趣，曾在本职工作以外，不辞辛苦地拍摄、收藏大量同时期以北京为主，以平汉线周边地区为辅，反映当时风土人情的照片。同时寺庙照片也是他收藏的重点。其中，潭柘寺、戒台寺、大钟寺、西峪寺、妙应寺、碧云寺、卧佛寺等都有照片和寺院平面图。还有许多现在已无存的寺庙的照片，如黄寺、天宁寺、法藏寺以及西郊五塔寺等。他的足迹几乎遍布了京城所有寺庙，为研究中国宗教建筑留下了宝贵的图像资料。也许是普意雅的原因，1908年法国发行了一张以法藏塔为主题的明信片，尤为珍贵。近时期法藏塔的照片就是1955年修建北京体育馆工地上的古塔，可以看到法藏塔孤零零地矗立在居民房之中，周围都是建筑工地，一片荒芜。

关于法塔寺和塔的来历，当地居民有两个民间传说。一个故事说北京的左安门，老北京人都叫“江塔门”或叫“将擦门”，说的是法塔是一个老和尚背来的，进城门的时候因为塔的个头太大很困难，费了好大劲，将将擦着城门洞才背进来，所以左安门又叫“将擦门”。进城之后老和尚乏了，就将塔放到一个苇塘边，塔就叫“乏塔”，寺就叫“法塔寺”，城门就叫“江塔门”，苇塘就是现在的龙潭湖，是老舍说的“龙须沟”的末尾。另一个传说是北京曾有“西五塔东无塔”之说，以天安门中轴线为界，西城有双塔寺、白塔寺白塔、万松老人塔、北海琼岛之白塔，共五座塔，可是东城这边却没有塔。住在北京西城的人一般会说：“说北京吗，西城五塔，东城无塔啊！”后来人们传说，这塔是鲁班爷仿照杭州雷峰塔造的，并令它连夜赶进北京城的东城，结果这塔走乏了才停在这里，于是人们就叫它“乏塔”。无论传说怎样，法塔真真切切地矗立800多年，见证历史的风雨兴衰。

从这两个传说故事来看，民间都认为法塔是“乏塔”的谐音而来。虽说民间传说的历史大多渲染附会，只具备一个历史的影子，不能当史实来看，但对于民间传说要一分为二看，传说故事的确对历史起到一定的补充作用，它的存在并不在于准确记载历史，而在于真实地记录和反映民间对历史的想象和情感。

通过民间“乏塔”的传说故事可以看出周边民众对于法藏塔和法塔寺的真实情感记忆。故事本身包含的真实信息成为次要，而历史情感和再创造成为一道永恒的记忆。

法藏塔建自金代，历经元、明、清、民国时期，矗立了800多年，终因年久失修出现裂缝，并不断扩大，最终没有抵过北方的凛冽寒风，它的塔身渐渐倾斜。清末，京城的第一条铁路距法塔仅数米之遥，列车长鸣，风驰疾驶，每天从法藏塔身边呼啸而过，加剧了法藏塔的毁灭。自入民国后，庙院被辟为两半，法塔处于北院处。历经百年变迁，法藏寺所有殿堂均毁于战乱，遗踪全无，只有法塔保存。解放后，法藏塔塔身逐渐风化，裂痕甚深，危及铁路，为安全起见，于1965年被拆除。

上文所提到的展览照片可能是目前见到的法藏塔的最后身影，它记录了800多年的历史风云，见证了860年的北京建都历史与东城变迁，现在虽然拆掉了，但依旧记在人们心目中。今年恰逢北京建都860周年，不知有关部门是否可以考虑在合适的地点重建法藏塔，结束东城无塔的历史，给东南城增加一处建都史的景观。

宫廷味儿

第三辑

北平的“味儿”

纪果庵

若想以一个单词形容北平的话，那只有“味儿”一词。朋友们一提到北平，总是说：“北平有味儿。”或是说：“够味儿。”什么是“味儿”？我倒先要问你，我们吃砂锅鱼翅或是烤涮羊肉，大家抢着说：“有点味儿，不错！”这里味儿当什么讲？你明白了吃饭的所谓味儿，则生活的所谓味儿，亦复如是——不，北平的味儿，并非专像砂锅鱼翅，或是烤涮羊肉，倒有些像嚼橄榄，颇有回甘，又有些像吃惯了的香烟，无论何时都离不了。要把菜来比附，还是北平自己出产而天下人人爱吃的“黄芽菜”有点近似吧。因为它是真正人人可以享受的妙品。

闲园鞠农《一岁货声》把北平一年到头卖东西的吆卖声都记下来了，冬晚灯下阅读，好像又回到“胡同儿”里，围着火炉谈笑一般，我想，“货声”也要算北平的“味儿”代表之一，其特点是悠然而不忙，隽永而顿挫，绝不让人想到他家里有七八口人等他卖了钱吃饭，等等，这就给人一种舒适。有时还要排成韵律，于幽默之中，寓广告之用，有时加上许多有声无义的字，大有一唱三叹的风致。例如早晨刚起床，就有卖杏仁茶的，其声曰：“杏仁！哎！茶哟。”那是很好的早点，在别处很少吃得到。卖粥的铺子都带卖油条，北平叫“油炸脍”，《一岁货声》记其叫卖声云：“喝粥咧，喝粥咧，十里香粥热的咧；炸了一个焦咧，烹了一个脆……好大的个儿来，油炸的馃咧。”（馃，即脍之谐音）又云：“油又香咧，面又白咧，扔在锅里漂起来咧，白又胖咧，胖又白咧，赛过烧鹅的咧，一个大的油炸的馃咧。”一个大，即一文钱，亦即后来之一个铜板，而可抵今日之法币五角者也。北平之油条，要炸得脆松，故云云。但亦别有一种，是较软的，内城多不卖，而前门及宣武门一带有之，常与豆腐浆杏仁茶合组一摊，应早市者也。区区一粥一油条，而有如许花样，这就是北平的“味儿”。照此例极多，再说两个，以为参考。卖冰激凌云：“你要喝，我就盛，解暑代凉冰激凌。”卖桃云：“玛瑙红的蜜桃来噎哎，……块儿大，瓤儿就多，错认的蜜蜂儿去搭窝。”卖枣云：“枣儿来，糖的咯哒喽，尝一个再来哎，一个光板来。”又衬字多的如卖酪：“咿嘤嗽……酪……喂。”卖砂锅：“咿嘤咦嘤呕嘀嘀啙砂锅哟啙。”后者真是喷薄以出之，有点儿像言菊朋的戏词了。

观察北平的特点，总是在细微地方着眼才有发现。如吃饭，北平人是不愁没米没面的，有小米面、棒子面（即苞芦）、黄米面等。小米面可以蒸“丝糕”，名字好听，吃起来也不难，地道的北平人，可以在里面放了枣、赤糖，格外甜美；还有一种街头摊子，专用小米面做成厚约半寸的饼，放在锅边烘熟，上面是软的，下面有一层焦黄皮，很好吃；棒子面可以煮成粥，蒸为“窝头”，又可以切成小块，煮熟加一点青菜，好像我们吃汤面似的，北京叫“嘎嘎儿”。老实说，在北方，只有这些才是“人间味”，大米白面只有付之“天上”了。不过是像这些琐屑的食品，北平人也要弄出一个“谱儿”，使它格外适口些，好看些。从先我常看见贫苦的老太太到油盐店买调料及青菜（北平每胡同口皆有油盐店肉店，而油盐店都带卖青菜，或带米面，不像南方之买小菜动辄奔走数里以外也），一个铜板，要香菜（即芫荽），要虾米皮，要油，要醋，要酱油都全了，回家用开水一冲，就是一碗极好的清汤，普通常叫这种汤为“神仙汤”，一个铜板而包罗万象，真是“神仙”！吃韭菜饺子必须佐以芥末，吃烤羊肉必有糖蒜，吃打卤面必须有羊肉卤，吃炸酱面之酱，必须是“天源”或“六必居”，抽烟要“豫丰”，买布则八大“祥”，烧酒须东路或涞水，老酒要绍陈，甚至死了人，杠房要哪一家，饭庄要哪一家，执事要全份半份，都要细细考虑，不然总会给人讪笑。这就是所谓“谱儿”，而我们在旁边的人看了，便觉得有味儿。

请放弃功利的观点，有闲的人在茶馆以一局围棋或象棋消磨50岁以后的光阴，大约不算十分罪过吧。我觉得至少比年轻有为而姘了七八个歌女什么的对人类有益处。若然，则北平是老年人好的颐养所在了。好唱的，可以入票房，或是带玩票的茶馆。从前像什刹一溜河沿的戏茶馆，坐半日才六个至十个铜板，远处有水有山，有古刹，近处有垂杨有荷香有市声，饿了吃一套烧饼油条不过四大枚，老旗人给你说谭鑫培的逸史，说刘赶三的滑稽，说什刹海摆冰山的掌故。伙计有礼貌，不酸不大，说话可以叫人回味，“三爷，你早，沏壶香片吧？你再来段，我真爱听你那几口反调！”亲切，而不包含虚伪。养鸟或养虫鱼北平也有不少行家，大清早一起先带鸟笼子到城根去溜溜，有未成名的伶人在喊嗓子，有空阔的野地，有高朗的晴空，鸽子成群地飞来，脆而悠长的哨子声划破了空气的沉寂，然后到茶馆吃杯茶，用热手巾揩把脸。假定世界不是非有航空母舰和轰炸机活不下去的话，像这样的生活还不是顶理想的境界吗？

在北平有一句话非记熟不可，是什么？就是“劳驾”。这在日文，可说是“敬语”，一定要加“果杂依妈死”的。北平的劳驾一语，应用很广，并不一定是托人做了什么事，就要表示谢意的说句“劳驾”。大街上脚踏车和包车互撞了，打得头破血流，旁人或警察来劝架，一造必说：“不是，您不知道，这小子撞了人连劳驾都不道，简直不是东西！”那一造就说：“他妈的，谁先撞谁，我凭什么给你道劳驾，你还应该给我道劳驾呢。”外乡人听了，会疑心到劳驾是什么宝贝东西，要不为什么争得这样厉害？其实劳驾不过一句空话，可是北平人就非常在乎这句代表礼貌的空话，所以，欠了债还不出固然可以道劳驾，就是和人借钱，也未尝不说劳驾，于是劳驾之声，“洋洋乎盈耳哉”。这种表现，十足证明了北平人之讲礼貌，好体面。700 年帝都，贵族、巨宦、达官、学者，哪一条胡同里没有几个？把这块位置在沙漠地带的北狄之国，涵茹成文教之邦，也是势有必至，理有固然的了。在“探亲相骂”一剧中，乡下亲家大受城内亲家之揶揄，这里所说城内，当即暗指北平，北平骂人常以“乡下人”三字代表之，意即谓其无礼貌与鲁莽也。有时我看见担了担子卖酪的旗人，在通衢遇见长亲，立即放下担子请一个“蹲安”：“您好！大叔？”既响亮又柔和，冲口而出，从容而不勉强，雍容而不小气，此亦他处看不到之“王化遗风”也。比邻而住，昨天晚上还见面来的，今天一清早，第一次相会，一定要问：“您好，您吃茶啦？”这也是旗人的规矩，而浸淫至于一般住户者。但此风在商店里更明显，无论多大的门面，只要你进去，一定很客气地招待，即如瑞蚨祥，是北平第一等绸缎店，顾客进去敬烟敬茶，虽然翻阅许久，一点东西不买，也绝不会被骂为“猪猡”，况且，在这样殷勤招待之下，随你什么人，也不好意思不买他一点，这也未尝不是最好的广告术呢。最近十年，海派作风，才渐有流入北方者，如 ×× 实业社、×× 公司、×× 商店之类，都是带理不理，眼高于顶，道地北平人，很少有人愿意看这副嘴脸，除非大减价，一块钱可以买一条全幅被单的时候。

除去上述特殊的味道以外，北平可以咀嚼的东西太多了，最老的大学、最老的书店、仅存的皇宫苑囿，这是代表文物的；最讲究的戏剧、最漂亮的言语、最温厚的人情，这可以代表生活的艺术……《越缦堂日记》云：“都中风物有三恶：臭虫，老鸦，土妓；天苦多疾风，地苦多浮埃，人苦多贵官；三绝无：好茶绝无，好烟绝无，好诗绝无；三尚可：书尚可买，花尚可看，戏尚可听；三便：火炉，裱房，邸钞；三可吃：牛奶蒲桃，炒栗子，大白菜；三可爱：歌郎，冰桶，芦席棚。凡所区品悬之门国，当无能易一字者矣。……”李氏说话是以刻薄著称的，又特别回护其家乡（绍兴）的好处，然此处亦不能不标举可爱尚可数点。且李氏后半生几乎 30 年的光阴，都住在这古老的城内，光绪以后的日记，很少谈到京师之可厌。现在去李氏之死，又 50 年，他所认为多的、恶的，如今亦大都变作供人回想的对象了。所以，不要就别的说，只就历史一项说，北平已经是比任何城市“够味儿”了。

北平的味儿，不知何日再享受一番。

全聚德的烤鸭

杨奎昌

全聚德在先祖父杨寿山经营时期，为了发展业务，取得社会信誉，从原料的选购到烹调烤制，都严格把关，一丝不苟。主要原料——鸭子，是由几家预约的填鸭坊按时供应，决不向市上的摊贩手中采购。鸭子购入后，立即送到自己设立的填鸭房重新填喂，非使鸭子达到一定重量不予宰杀。

一般来说，鸭子由蛋孵出到宰杀之日，要填成五斤至七斤重，不能超过百日。喂养时间太短，烤出来的鸭肉不够分量，喂养时间过长，烤出来的鸭肉则不鲜嫩。其他作料的购进，也无不经过严格的选择。鸭子宰杀去毛之后，在右膀下挖一个洞，直径三四厘米，由洞口伸进食指和中指，将鸭子的内脏，心、肝、肠、胰等取出。内脏取出后，整个鸭子便成了空筒形，然后将内外洗净，用嘴把鸭皮吹鼓（后因嘴吹不卫生，改用气泵），再从膀下洞口灌入清水，并用一段七八厘米长的秫秸插进鸭尾处，堵塞水的流出。最后将鸭子挂在铁钩上入炉烤制。这样就形成外烤内煮，烤熟后当然是外焦里嫩，肥而不腻了。

全聚德烤鸭用的是挂炉，与便宜坊、六合坊以及杨梅竹斜街内祯源馆的焖炉不同。挂炉烤鸭是用木头烤的，一般用枣木等质地坚硬有果味的果木，这样的木头烧起来有底火；焖炉则是用秫秸烤。挂炉的炉门口是拱形的，而且不要炉门；焖炉炉口有个门，烤时要关上门。鸭子烤好后，外皮的颜色呈红褐色，通体要颜色一致，不能有的地方是红褐色，有的地方是浅黄色。如果是这样的话，这只鸭子就没烤好。实际吃起来，烤成红褐色的鸭子皮是酥脆的，浅黄发白色的就不酥脆，甚至嚼不动。所以，鸭子烤得好坏，主要是掌握火候的问题。

鸭子烤好，到吃的时候，先拔去鸭尾处的秫秸，放出鸭体内的水，然后将鸭肉片成若干薄片，要片片带皮。烤鸭决不能剁成小块或撕拆碎了吃，只能片成薄片，佐以大葱、甜酱或烂蒜蘸酱油，配上烧饼或荷叶饼（即薄饼），确是别具风味的可口美味。

烤鸭和各种以鸭子内脏为原料的炒菜，是独树一帜的美味佳肴。这些佳肴为讲求质量注重信誉的全聚德所特有，因此全聚德的生意蒸蒸日上，兴隆旺盛，店门前常是车水马龙，应接不暇。达官要人、遗老巨商，皆经常光顾全聚德。当时社会上的酬酢，亦必以在全聚德请客为最排场、最阔气、最能显示出东道主的情意。

西来顺的爬四白和鸭泥面包

王孟扬

在20世纪30年代，在西城新兴的商业区——西单，崛起一家新型饭庄——西来顺。

顾名思义，西来顺是与东来顺相对立的，含有旧俗所谓“打对仗”的意思。由于西来顺经营得法，另辟蹊径，这个后起之秀，居然与老牌号的东来顺势均力敌，大有后来居上之势。

叙述西来顺的创业史，首先要介绍一下创办人褚祥。褚祥是北京南城牛街地区的回民，世业厨师，幼时随父兄替人包办筵席，被培训掌握了烹调技术。但他不以墨守陈规为满足，立志要改进清真范围的烹调技术，于是他就毅然打破回民惯例，先后投入汉族经营的大饭庄学艺，后来他又别有慧心地投入汉族西餐馆去学西餐的烹调技术。经过数年之后，他全面掌握了过去所谓满汉以及西洋的烹调技艺。壮年的褚祥，看到东来顺的创业成功，也看到新兴的西单商业区，正缺一个具有规模的清真饭庄，于是醵资在西长安街迤西著名天源酱菜铺隔壁购置一所宽敞的房产，创办一个新型的清真饭馆——西来顺。

西来顺一经开业，营业迅猛展开，不但声誉超过了前门外的老牌号两益轩、同和轩和萃芳园，甚至和东来顺平分秋色。这固然是由于地势的关系，而主要是它以一种新的姿态出现，在菜肴方面，除沿用过去的汉、满、回各族的高级品种并加以改良提高和特重色、香、味三个要素之外，同时还增加了很多新的品种。过去几乎所有旧式饭庄，对于近代从外国引进的菜蔬如西红柿、土豆、莲花白和生菜等，一律拒绝使用，至于新的调料如味精、胡椒、辣酱油、咖喱，特别是番茄酱和牛奶等，更是坚决抵制，他们说是用了这些东西，就会破坏传统风味。而褚祥则决心打破旧的条条框框，大胆而富有创造性地把西餐和中餐调和起来，取人之长，补己之短，做到兼收并蓄，众美齐臻。但他并不是把西餐原封不动地照搬过来，因为那样就必须兼用刀叉，形成不中不西的场面。他利用新的菜蔬和调料，参酌西方的烹调技术，创造新的品种，增加食品花色。兹仅举出几种著名的新菜谱如下：

（1）茉莉竹笋。竹笋就是幼竹内部的一种类似海绵的物质，烹制时先把干竹笋用温水泡开，然后截成适当的寸段，用上好的高汤（即鸡鸭汤）以文火清炖，一俟够了火候，立即盛入带盖的细瓷耳盆中，撒上一层新鲜茉莉花，立即将盆盖盖严，以防走味，俟端到席前时，再将盖打开，顿时迸发出一种清香气息，用瓷羹匙舀食，其醇浓清冽之感，是任何中西菜从未具有的。

（2）爬四白。法用高汤和特种调料按不同的火候，分别煎炖中国大白菜心、茭白、鹿角菜和龙须菜，然后再煨以鲜牛奶汁。由于这四种菜和牛奶都是白色，好似一盘雪练，注于醍醐玉浆中，色、香、味前所未有，俱臻上乘，迥非旧菜所能企及。

（3）鸭泥面包。制时将新鲜面包切成高厚半厘米的碎块，然后用香油炸透，务使其脆而不焦，并要保持高的温度。另将鸭脯捣成烂泥，用极热的高汤煨好，盛于纸盖的盆内，服务员一人端鸭汤盆，一人端面包盆，放到桌上，立即将盖打开，然后将炽热的炸面包块倒入滚烫的鸭泥汤中，因高温油水相遇，立即发出“刺啦”声，引起顾客的惊奇和笑颜，马上用勺食用，其味新颖醇浓，最博食客欢迎。每有生客慕名而来，点菜时说不上原名，只是说：我要那个“刺啦”。

举此三项，可概其余。正因为创制出一系列新的菜肴品种，褚祥成了北平的名庖师，而西来顺也成为与东来顺并驾齐驱的名牌字号。为了和东来顺树立不同的作风，西来顺不卖涮肉，而于院内凉棚下，支炙架火，专门供应烤羊肉，其做法及吃法同于一般，不过认真供应精选羊肉及上好调料，做到货真价实，决不欺人，这是一般名牌生意所共同遵守的原则。

褚祥于 1947 年 7 月因病逝世，当时北平各家报纸，都以“名庖师褚祥逝世”为标题，追述其创建西来顺饭馆和打破常规创造各种新奇菜肴的事迹。

全素刘的素菜

刘文治

旧时各大寺院的僧尼和信佛茹素的人，吃素菜讲究清素，从主料到辅料都要用素品，不能掺杂半点荤腥。全素刘的素菜就严格保证清素，绝对不用鸡鸭汤，而用香菜吊汤或用豆苗汤、黄豆汤、口蘑汤等；不用葱蒜，只用鲜姜；油是香菜油（用小磨香油渍香菜而成）。烹调制作时，都是用小锅烧透，使香味深厚，有甜有咸，甜咸兼备。

全素刘由于做工精细，质量可靠，保持了宫廷风味，而又物美价廉，因而很受顾客欢迎。我们为保证质量，保持信誉，制作时从不贪多图快，粗制滥造。但因家庭人手有限，所以每天在市场只能卖 40 斤左右，卖完为止。常常是货未到市场，顾客已在那里等候。货一到，两个钟头就卖完。那时东交民巷的国际俱乐部照例每月四次向全素刘定购素菜，招待外宾。所以每逢年节，我们全家人都要忙起来，通宵制作，仍是供不应求。全素刘的名声广为传扬。有一次一位港商来京，慕名到东安市场找全素刘买素菜。当他见到我家货摊时，惊讶地说："我在香港就听说全素刘的素菜很有名，我想一定是一家素菜餐厅，原来竟是个小摊子。"

在旧社会，寺庙做佛事，初一、十五唪经，大户人家办丧事开"大棚"（在寺院治丧，斋僧宴客）以及茹素人士举行宴会等，都要吃素席。我 13 岁就跟着父亲到各寺院和顾客家中跑大棚，打下手。广化寺、广济寺、贤良寺等处都常去，那里的和尚多是全素刘的熟顾客，有两位叫悟性和玉宗的法师同我们建立了深厚的友谊。

全素刘自我祖父创业到我父亲接手经营，生意越做越兴旺，以 20 世纪 30 年代中期为最好。但我家人口多，耗费大，资本小，经营规模并没有得到发展，东安市场那个小摊子的日销货量始终保持在 40 斤左右。所获利润情况大体上是：素席和高档菜 60% 左右；中档货如香菇面筋、素火腿、素羊肉等约 40%；低档的大路货如饹馇盒儿、素什锦、豆腐干等平均在 25% ～ 30%。

北京当时还有功德林、菜根香等几家素菜馆，资本都比我们大，彼此之间也有竞争。有一次，我们到打磨厂一家商号去做素席，正好有人从功德林也要了两桌素席送来，一比较，功德林的素菜不是真正清素，四大件也都不成形；用料比我们的差，价钱还比我们贵。从此打磨厂和崇文门外一带商号定做素席，基本上都由我们包了。1939 年，功德林曾请我祖父去当厨师，祖父谢绝了，原因是他不愿把技艺传给外人，他对我们说："咱家的技术不外传，你们小哥们儿多，家口大，没点养家本领不行。你们要好好地学。"

雪香斋的螃蟹

季廼时

20世纪30年代，前门外一带有两家卖螃蟹的店铺。一家是肉市的正阳楼，一家是西观音寺西口的雪香斋。正阳楼铺面较大，平时以卖羊肉为主，秋季也卖螃蟹。它卖的螃蟹，是用大笼蒸出来的，卖的时候论斤约，蒸一屉能接待很多人。雪香斋则是一个小铺子，它和另一家越香斋都是绍兴人开的小酒店，平时专卖绍兴黄酒，另外卖些下酒小菜，就像绍兴的咸亨酒店。秋季它也卖螃蟹，不过规模很小。后来，雪香斋从前门外迁到了长安街六部口附近。只几个月时间，由于业务不景气，就关张了。那时，我同报界同人曾一起去雪香斋吃过螃蟹。由于雪香斋的做法讲究，吃法也讲究，再加上服务周到，因而时间虽短，却给我留下了深刻的印象。

雪香斋买进活螃蟹来，先用凉水冲刷污泥，然后用清水过净。上笼蒸之前，用细麻绳将螃蟹两侧的腿和大钳子分别捆起来，这样可以使螃蟹蒸熟后黄子不散。雪香斋用来蒸螃蟹的笼很小，每屉只蒸一两个，吃一个拿一个，现吃现拿，都是热的。

吃螃蟹本来比较麻烦，但雪香斋却为顾客备有一套小巧的工具：一块薄薄的小砧板，一把木制的小榔头，一把小刀，一个很小的刮子，一共四五件。当你看到这些小巧的工具，便会产生浓厚的兴趣，促使你去亲手操作一番，扳开螃蟹的脐盖儿，金黄的蟹黄香气扑鼻，诱人口腹。而当你敲开螃蟹的大钳子，取出大块的蟹肉，或破开蟹腿，剔出细长的蟹肉时，心里就别提多痛快啦。

雪香斋的主人是个绍兴老头，个子不高，人很热情，他备有上好的镇江香醋和生姜末，任你泼醋擂姜，大快朵颐。主人还将装满绍兴老酒的马口铁制作的桶形酒杯放在滚水中烫好。你可以一边喝，一边吃。如果酒喝完了，螃蟹也吃完了，你还有饭量，也可以要米饭、炒菜或点心。不过，一般人吃上一两个螃蟹也就不想吃饭了。螃蟹的价钱平均算起来每个要五六毛钱，但尖脐、团脐却又不同。九月份尖脐的价钱高些，十月份团脐的价钱高些，即所谓“七尖八团”（夏历七月吃尖脐，八月吃团脐）。

螃蟹吃完，主人还为你预备干菊花，用来搓手抹嘴，然后洗手擦脸，以去掉腥味。

螃蟹还有一种比较讲究的做法，就是在捆螃蟹之前，将紫苏叶碾碎，加盐和花椒，放在锅里炒，晾凉后擀成细末，把螃蟹的脐扒开，将末子撒在里面。据说这样做，既可以去毒，还可以去腥，吃起来特别有味道。老北京的文人墨客和江浙一带的人多喜吃螃蟹，常从市场上买回活螃蟹自己回家这样做。有一次，我去看齐白石，就见他的两个儿子从后院端来四五只不大的螃蟹，呈给老人品尝。白石老人以画螃蟹著名，他也爱吃螃蟹。

过去北京市场上的螃蟹，大部分来自天津的胜芳，余外就是白洋淀的，听说是赵北口的。螃蟹上市，一般都在前门外西河沿卖。那时卖螃蟹，都是一个一个串起来，让人挑。价钱不算高，几毛钱一斤。要是挑好的，就论个儿，三毛钱一个。当时西河沿有一个卖螃蟹的人姓魏，据说他买回活螃蟹还要用小米喂两天，使螃蟹更肥，然后再拿到市场上去卖，所以人们称他为“螃蟹魏（喂）”。他也当仁不让，接受“螃蟹魏”的称号，以招徕顾客。

风檐尝烤肉

张恨水

有人吃过北平的松柴烤肉吗？现在街头橙黄橘绿，菊花摊子四处摆着，尝过这异味的人，就会对北平悠然神往。

据传说，松柴烤牛肉，那才是真正的北方大陆风味，吃这种东西，不但是尝那个味，还要领略那个意境。你是个士大夫阶级，当然你无法去领略。就是我在北平作客的20年，也是最后几年，变了方法去尝的，真正吃烤肉的功架，我也是“仆病未能”。那么，是怎么个景呢？说出来你会好笑的。

任何一条马路上，有极宽的人行路，这路总在一丈开外，在不妨碍行人的屋檐下，有些地方，是可摆着浮摊的。这卖烤牛肉的炉灶，就是放置在这种地方。无论炉灶属于大馆子、小馆子或者饭摊儿，布置全是一样。一个高可三尺的圆炉灶，上面罩着一个铁棍罩子，北方人叫着甑（读如赠），将二三尺长的松树柴，塞到甑底下去烧。卖肉的人，将牛羊肉切成像牛皮纸那么薄，巴掌大一块（这就是艺术），用碟儿盛着，放在柜台或摊板上，当太阳黄黄儿的，斜临在街头，西北风在人头上瑟瑟吹过，松火柴在炉灶上吐着红焰，带了缭绕的青烟，横过马路。在下风头远远地嗅到一种烤肉香，于是有这嗜好的人，就情不自禁地会走了过去，叫声："掌柜的，来两碟！"这时炉子四周，围了四条矮板凳，可不是坐着的，你要坐着，是上洋车坐车踏板，算来上等车了。你走过去，可以将长袍儿大襟一撩，把右脚踏在凳子上。店伙自会把肉送来，放在炉子木架上。另外是一碟葱白，一碗料酒酱油的掺合物。木架上有竹竿做的长棍子，长一尺五六。你夹起碟子里的肉，向酱油料酒里面一和弄，立刻送到铁甑的火焰上去烤烙。但别忘了放葱白，去掺合着，于是肉气味、葱气味、酱油酒气味、松烟气味，融合一处，铁烙罩上吱吱作响，筷子越翻弄越香。

你要是吃烧饼，店伙会给你送一碟火烧来。你要是喝酒，店伙给你送一只杯子，一个三寸高的小锡瓶儿来。那时你左脚站在地上，右脚踏在凳上，右手拿了长筷子在甑上烤肉，左手两指夹了锡瓶嘴儿，向木架上杯子里斟白干，一筷子熟肉送到口，接着举杯抿上一口酒，那神气就大了。"虽南面王无以易也！"

趣味还不止此，一个甑，同时可以围了六七个人吃。大家全是过路人，谁也不认识谁。可是各人在甑上占一块小地盘烤肉，有个默契的君子协定，互不侵犯。各烤各的，各吃各的，偶然交上一句话："味儿不坏！"于是做个会心的微笑。吃饱了，喝足了，在店堂里去喝碗小米稀饭，就着盐水疙瘩，或者要个天津萝卜啃，浓腻了之后再来个清淡，其味无穷。另有个笑话，不巧，烤肉时，站在下风头，炉子里松烟，可向脸上直扑，你得时时闪开，去揉擦眼泪水儿。可是一面揉眼睛，一面夹长筷子烤肉，也有得是，那就是趣味嘛！

这样说来，士大夫阶级，当然尝不到这滋味。不，顺直门里烤肉宛家的灰棚里，东安市场东来顺三层楼上，前门外正阳楼院子里，也可以烤肉吃。尤其是烤肉宛家，每到夕阳西下，喝小米稀饭的雅座里，可以搬出二三十件狐皮大衣，自然，那灰棚门口，停着许多漂亮汽车。唉！于今想来，是一场梦。

记爱窝窝

周作人

爱窝窝为北京极普通的食物，其名义乃不甚可解，载籍中亦少记录，《燕都小食品杂咏》中有爱窝窝一首，注中亦只略疏其形状，云回人所售食品之一而已。阅李光庭著《乡言解颐》，卷五载刘宽夫《日下七事》诗，末章中说及爱窝窝，小注云："窝窝以糯米粉为之，状如元宵粉荔，中有糖馅，蒸熟外糁薄粉，上作一凹，故名窝窝。田间所食则用杂粮面为之，大或至斤许，其下一窝如旧而覆之。茶馆所制甚小，曰爱窝窝，相传明世中宫有嗜之者，因名御爱窝窝，今但曰爱而已。"说甚详明，爱窝窝与窝窝头的关系得以明了，所记传说亦颇近理，近世不有仿膳之小窝窝头乎？正可谓无独有偶。诗为丙午作，盖是道光二十六年，书则在三年后所刊也。七月廿七日记于北平。

王致和臭豆腐

李连邦

民国初年，在贩卖臭豆腐的小贩中有一位显赫一时的人物，他就是清皇室的大阿哥溥儁。此人当年饭来张口，衣来伸手。清室败落后，他穷困潦倒而身无一技之长，不得不挑起“八根绳”（指挑担前后各一筐，每筐用四根绳系在扁担上）卖臭豆腐。他经常在地安门、鼓楼一带叫卖。那里上年纪的老住户可能还有印象，溥儁的吆喝声真是别具一格。据说他这样吆喝：“臭豆腐、酱豆腐、卤虾小菜、酱黄瓜……买臭豆腐饶香油。”他特别高声喊出：“我这是前门外延寿寺街路西，门牌23号真正老王致和的臭豆腐。”这几句话，几十个字，吆喝得抑扬顿挫，有声有色。此人在抗战初期因贫病交迫去世。《实报》的记者王柱宇采访了此事，并来到王致和南酱园参观，参观后题了四个字：“腐臭神奇”。

王致和的臭豆腐也引起了一些外国人的兴趣。1947年，北京燕京大学有几位美国教授曾慕名来到王致和南酱园参观，并拍了许多照片，品尝了臭豆腐的味道，最后还买走了一些回去进行化验。不久，他们又来到酱园，连声称赞说："中国的起司，味道不错！"

王致和的臭豆腐从康熙年间到清末民初，早已大名鼎鼎。人们不吃臭豆腐便罢，要吃便非是王致和的不可。因此后来的同业很难与之竞争。于是便出现了类似"真假王麻子"以假乱真的现象。据笔者所知，过去在宣武门外有一个王政和；在延寿寺街南口有一个叫王芝和；在兴隆街有个致中和；在广安门内有个同致和；等等。他们有的是借音，有的是借字，也有的干脆用同一个商标（王致和以金狮为注册商标）。最可笑的是菜市口有一家姓汪的，他也经营臭豆腐，取名汪致和。以 10000 元现大洋做资本，开业一年，因技术欠佳，将所有的臭豆腐都制成了奇臭无比不能食用的东西。结果是一败涂地，关张了事。原因是他只在字号上做文章，而不讲求制作臭豆腐的技术。

土法冰棍儿

金受申

三国时曹丕写给吴质的书信有“浮甘瓜于清泉，沉朱李于寒水”的名句，后世遂以“浮瓜沉李”形容夏日饮宴的场面。实则“浮瓜沉李”不过是将瓜果用凉水“镇”一下，和今天花色纷繁的冷食冷饮相比，正如小巫见大巫，以口福而言，今天是远远超过古人的。

众多的冷食中，冰棍儿最为方便，不论是坐、立、行，一支在手，盛暑毕消。晚间无事，乘凉街头，孙辈人手一棍，吮得正在开心，小孩遇事每爱刨根问底：“北京什么时候有卖冰棍儿的？”笔者自愧不是考据家，姑就记忆所及，略述西城早期的冰棍儿。

《温热梨汤王宝山》文中，记下了河北河间人王宝山20世纪30年代在西单临时商场设摊出售梨汤，以加意选料，注重火候，赢得顾客的好评。就是这位摊主王宝山，在夏天缺梨的季节，曾制作土法冰棍儿，以维持生计。据笔者所知，他是北京西城制作土法冰棍儿的第一人。

土法冰棍儿做起来非常简单，先将整块的天然冰砸成碎块，置于大木盆内，码放均匀；再把数十个用白铁做成的直径两厘米、长约 15 厘米的圆柱状冰棍模子，插进碎冰块中间；把预先做好的冰棍儿原料，也就是糖水加香精，一个一个地灌入冰棍模子，每个模子中放一根小木棍或竹扦，借助四周冰块的寒冽，不久模子内的糖水就凝固成形，土法冰棍儿就这样做成了。顾客购买时，摊主从木盆中取出一个冰棍儿模子，用手将小木棍或竹扦轻轻一拧，冰棍儿便由模子脱颖而出。这种土法冰棍儿吃起来有如嚼冰，远不如今天冰棍儿的味美适口。只是由于刚刚问世，透着新奇，吸引儿童争相尝新；至于长衫阶级，怕失体统，自然不敢问津。笔者曾多次和摊主闲谈，知道他每天午后要卖冰棍儿一二百支，当时北京人口稀少，这个数字也就很可观了。摊主还说就怕阴天下雨，做好了冰棍儿没人来买，冰块一化，冰棍儿也就糟蹋了！古人有过“长安居，大不易”的慨叹，小本经营如王宝山，更是戛戛乎难哉！

最早的机制冰棍儿，当为西单北大街有光堂糕点铺所制，也是圆柱形状的。

剜荠菜

顾　随

1937 年 4 月 14 日星期三日记

昨夜做了不少的梦。早晨起来，头目也不大清楚，知道又该疏散疏散了。今春还不曾吃荠菜，到太庙去剜荠菜去。坐电车到天安门下来，走进太庙，想是太早了吧，人很少。有一位在太庙门外空场上练习太极拳，两位坐在旁边看，不知是在欣赏，在观摩，还是在指导？有一位大学生模样的青年夹了厚厚的一本书匆匆地在面前走过去。我也忙忙地跑到后河沿。这里人更少，茶桌子都空着，连“看坐的”影儿也看不见。路旁不少野生的荠菜，于是便用自带的小刀开始剜。清明已过了十天，有的荠菜竟开着小小的花，颜色是紫的。这个以前我不知道。

边走边剜，不觉已是一大包。蹲在地下仍旧剜。风吹着，太阳晒着，很舒服。“喝茶吗？”茶役出现了。说是喝，就见他跑回老远的一间小屋里泡了一壶来。出来时忘记吃点心，喝了两杯茶，饿了。问茶役要吃的，回答：“没有。明天才有呢！”“为什么？”“明天黄奖在这里开彩，您来吧？”我的肚子里直响，假设明天得奖，此刻也受不了，而且我并不曾买奖券。终于托茶役到庙外买了两套烧饼麻花来吃了，肚子里才得太平。看了看剜来的菜已经不少，开了茶钱，便出来了。天已快正午了。午饭之后，照例睡一小时。醒来还是不高兴工作；不是春假吗，玩玩吧。

晚饭吃的荠菜馅水饺子，很香，不由得吃多了。今晚怕又睡不好，而且还得做梦。

四季景儿

第四辑

春愁

章依萍

都说是春光来了，但这样荒凉寂寞的北京城，何曾有丝毫春意！遥念故乡江南，此时正桃红柳绿，青草如茵。北京，北京是一块荒凉的沙漠：没有山，没有水，没有花。灰尘满目的街道上，只看见贫苦破烂的洋车，威武雄纠（赳）的汽车，以及光芒逼人的刺刀，鲜明整齐的军衣，在人们恐惧的眼前照耀。骆驼走得懒了，粪夫肩上的桶也装得满了，运煤的人的脸上也熏得不辨眉目了。我在这污秽袭人的不同状态里，看出我们古国四千年来的文明，这便是胡适之梁任公以至于甘蛰仙诸公所整理的国故。朋友，可怜，可怜我只是一个灰尘中的物质主义者！当我在荒凉污秽的街头踽踽独步的时候，我总不断地做“人欲横流”的梦，梦见巴黎的繁华，柏林的壮丽，伦敦、纽约的高楼冲天，游车如电。但是，可怜，可怜我仍旧站在灰尘的中途里，这里有无情的狂风，吹起满地的灰尘，冻得我浑身发抖。才想起今天早晨，忘记添衣。都说是春光来了，何以仍旧如此春寒？我忆起那“我唯一的希望便是你能珍重"的话，便匆匆地回到庙中来了。我想，冻坏我的身体原是不要紧的，因为上帝赐给我的只有痛苦，并没有快乐，我不稀罕这痛苦的可怜生命。但是，假如真真地把身体冻坏了，怎样对得起那爱我而殷勤劝我的朋友？

近来，我的工作的确很忙了，这并不是工作找我，是我找工作。《小物件》中的目耳马伦教士劝小物件说："在那最痛苦的生活中，我只认识了三样乐，工作，祈祷，烟斗。"烟斗是与我无缘的；祈祷，明知是一件无聊的事，但有时也自己欺骗自己，在空虚中找点慰安。工作，努力地工作，这是我近来唯一的信条。在我认识而且钦佩的先辈中，有两个像太阳一般忙碌工作的人：一个是H博士，一个是T先生，H博士的著作，T先生的平民教育，已经成为他们的第二生命了。从前，我看见他们整日匆忙，也曾笑他们过："这两个先生真傻，他们为了世界，把自己忘了！"但近来我觉得，在匆忙中工作，忘了一切，实在是远于不幸的最好方法。我想，假如我是洋车夫，我情愿拉着不幸的人们，终日奔走，便片刻也不要停留。在工作中即便痛苦也是快乐的，天下最痛苦的是不工作时的遐想。只要我把洋车放下一刻，我看不过这现实的罪恶世界，便即刻要伤心起来了。朋友！这是我终日不肯放下洋车的原因，虽然在坐汽车的老爷们看来，一定要笑我把精力无用地牺牲，而且也未免走得太慢！

东城近来也不愿去了，一方面因为忙于工作，另一方面还有个很小的原因，便是东城的好朋友们，近来都成对了。在那些卿卿我我的社会中，是不适宜孤独的人的。拿眼儿去看旁人亲热地拥抱，拿耳朵去听旁人甜蜜地喊"我爱"，当时不过有些肉麻，想来总未免有些自伤孤零。所以我打定主意，不肯到东城去。近来工余的消遣，便是闲步羊市大街，在小摊上面，买两个铜子儿花生，三个铜子儿烧饼，在灰尘的归途中，自嚼自笑。想起那北京的文豪们，每月聚餐一次，登起斗大字的广告，在西山顶上，北海亭边，大嚼高谈，惊俗骇世。他们的幸福，我是不敢希望的，但他们谅也不懂得这花生和烧饼混食的绝好滋味！

最无聊的是晚上，寂寞凄凉的晚上。朋友们一个个都出去了，萧条庭院，静肃无声。我在那破书堆里，找出几本旧诗，吊起喉咙，大声朗诵。这时情境，真像在西山时的胡适之先生一样，"时时高唱破昏冥，一声声，有谁听？我自高歌，我自遣哀情。"近来睡眠的时候很晚，因为室内的炉儿已撤了，被褥单薄，不耐春寒，如其孤枕难眠，倒不如高歌当哭。但有时耳畔仿佛闻人悄道："我爱，夜深，应该睡了。"明知孤灯只影，我爱不知在哪里。但想起风尘中犹有望我珍重的人，也愿意暂时丢却书儿，到梦中去寻刹那间的安慰。"好梦难重作，春愁又一年！"

春雷

孙福熙

我之所以久留北京者，想看北京的雪是一大原因。在南方，天气太热，或者一年竟没有雪的，有时，下着积不起来，而且常常下不多厚，被雨水冲去了。因此我愿在多雪而雪不易消融的北京等候他。可是，等候着，等候着，我爱的雪还是没有来。上海的来信说已在下雪了，北京还没有；甚且里昂人见雪的消息也已送到了，北京还是没有雪。我虽不能精密地解析，我相信，我在北京的怠惰，就是这种失望造成的。

前几天，日光骤然的骄红了，春风跟着鼓舞，好在风筝来得热闹，我决计抛弃对于雪的想望，全副精神地等待春色了。

春的第一声是梅花报来的，他在铁劲的骨骼上化出轻飘的花瓣，活的珊瑚似的放射他的生命。日光柔抚他，春风滋养他，一朵又一朵，一枝又一枝地培植得春光十分的热闹。如此鼓舞，又如此勉力，一秒之间也显得极大的滋长，你看，等花影投到花房壁上，花的本身又有几朵新开了。

真是不及料的，当我欣赏春色的时候，我爱而又久待的雪到来了。

我到中华门面前，大的石狮上披着白雪，老年人怕雪而披雪兜，他却因爱雪而披上雪做的兜。他张了嘴不绝地笑，谁说只有小孩是爱雪的？乌鸦们尽在树上乱喊，我知道，他们是没有吃的了，然而他们看了这公平的分与大众的洁白，他们诚心的快乐，与他人一样。人们就从此颂祝雪后快来春日，再与乌鸦一同去欢迎。

北平的春天

周作人

北平的春天似乎已经开始了，虽然我还不大觉得。立春已过了十天，现在是七九六十三的起头了，布袖摊在两肩，穷人该有欣欣向荣之意。光绪甲辰即 1904 年小除那时我在江南水师学堂曾作一诗云："一年倏就除，风物何凄紧。百岁良悠悠，向日催人尽。既不为大椿，便应如朝菌。一死息群生，何处问灵蠢。"

但是第二天除夕我又做了这样一首云："东风三月烟花好，凉意千山云树幽。冬最无情今归去，明朝又得及春游。"这诗是一样的不成东西，不过可以表示我总是很爱春天的。春天有什么好呢，要讲他的力量及其道德的意义，最好去查盲诗人爱罗先珂的抒情诗的演说，那篇世界语原稿是由我笔录，译本也是我写的，所以约略都还记得，但是这里誊录自然也更可不必了。春天的美是官能的美，是要去直接领略的，关门歌颂一无是处，所以这里抽象的话暂且割爱。且说我自己的关于春的经验，都是与游有相关的。古人虽说以鸟鸣春，但我觉得还是在别方面更感到春的印象，即是水与花木。迂阔地说一句，或者这正是活物的根本的缘故吧。

小时候，在春天总有些出游的机会，扫墓与香市是主要的两件事，而通行只有水路，所在又多是山上野外，那么这水与花木自然就不会缺少的。香市是公众的行事，禹庙南镇香炉峰为其代表。扫墓是私家的，会稽的乌石头调马场等地方至今在我的记忆中还是一种代表的春景。庚子年三月十六日的日记云："晨坐船出东郭门，挽纤行十里，至绕门山，今称东湖，为陶心云先生所创修，堤计长二百丈，皆植千叶桃垂柳及女贞子各树，游人颇多。又三十里至富盛埠，乘兜桥过市行三里许，越岭，约千余级。山中映山红牛郎花甚多，又有蕉藤数株，着花蔚蓝色，状如豆花，结实即刀豆也，可入药。路皆竹林，竹吻之出土者粗于碗口而长仅二三寸，颇为可观。忽闻有声如鸡鸣，阁阁然，山谷皆响，问之轿夫，云系雉鸡叫也。又二里许过一溪，阔数丈，水没及，舁者乱流而渡，水中圆石颗颗，大如鹅卵，整洁可喜。行一二里至墓所，松柏夹道，颇称宏观。方祭时，小雨簌簌落衣袂间，幸即晴霁。下山午餐，下午开船。将进城门，忽天色如墨，雷电并作，大雨倾注，至家不息。"旧事重提，本来没有多大意思，这里只是举个例子，说明我春游的观念而已。我们本是水乡的居民，平常对于水不觉得怎么新奇，要去临流赏玩一番，可是生平与水太相习了，自有一种情分，仿佛觉得生活的美与悦乐之背景里都有水在，由水而生的草木次之，禽虫又次之。我非不喜禽虫，但它总离不了草木，不但是吃食，也实是必要的寄托，盖即使以鸟鸣春，这鸣也得在枝头或草原上才好，若是雕笼金锁，无论怎样鸣得起劲，总使人听了索然兴尽也。话休烦絮。到底北京的春天怎么样了呢，老实说，我住在北京和北平已将 20 年，不可谓不久矣，对于春游却并无什么经验。妙峰山虽热闹，尚无暇瞻仰，清明郊游只有野哭可听耳。北平缺少水汽，使春光减了成色，而气候变化稍剧，春天似不曾独立存在，如不算他是夏的头，亦不妨称为冬的尾，总之风和日暖让我们着了单抬可以随意徜徉的时候是极少，刚觉得不冷就要热了起来了。不过这春的季候自然还是有的。

第一，冬之后明明是春，且不说节气上的立春也已过了。

第二，生物的发生当然是春的证据，牛山和尚诗云，春叫猫儿猫叫春，是也。人在春天却只是懒散，雅人称曰春困，这似乎是别一种表示。所以北平到底还是有它的春天，不过太慌张一点了，又欠腴润一点，叫人有时来不及尝它的味儿，有时尝了觉得稍枯燥了，虽然名字还叫作春天，但是实在就把它当作冬的尾，要不然便是夏的头，反正这两者在表面上虽差得远，实际上对于不大承认它是春天原是一样的。我倒还是爱北平的冬天。春天总是故乡的有意思，虽然这是三四十年前的事，现在怎么样我不知道。至于冬天，就是三四十年前的故乡的冬天我也不喜欢：那些手脚生冻疮，半夜里醒过来像是悬空挂着似的上下四旁都是冷气的感觉，很不好受，在北平的纸糊过的屋子里就不会有的。在屋里不苦寒，冬天便有一种好处，可以让人家做事：手不僵冻，不必炙砚呵笔，于我们写文章的人大有利益。北平虽几乎没有春天，我并无什么不满意，盖吾以冬读代春游之乐久矣。

五月的北平

张恨水

能够代表东方建筑美的城市，在世界上，除了北平，恐怕难找第二处了。描写北平的文字，由国文到外国文，由元代到今日，那是太多了，要把这些文字抄写下来，随便也可以出百万言的专书。现在要说北平，那真是一部二十四史，无从说起。若写北平的人物，就以目前而论，由文艺到科学，由最崇高的学者到雕虫小技的绝世能手，这个城圈子里，也俯拾即是，要一一介绍，也是不可能。北平这个城，特别能吸收有学问、有技巧的人才，宁可在北平为静止得到生活无告的程度，他们不肯离开。不要名，也不要钱，就是这样穷困着下去。这实在是件怪事。你又叫我写哪一位才让圈子里的人过瘾呢？

静的不好写，动的也不好写，现在是五月（旧的历法是四月），我们还是写点五月的眼前景物吧。北平的五月，那是一年里的黄金时代。任何树木，都生发了嫩绿的叶子，处处是绿荫满地。卖芍药花的担子，天天摆在十字街头。洋槐树开着其白如雪的花，在绿叶上一球球的顶着。街，人家院落里，随处可见。柳絮飘着雪花，在冷静的胡同里飞。枣树也开花了；在人家的白粉墙头，送出兰花的香味。北平春季多风，但到五月，风季就过去了（今年春季无风）。市民开始穿起夹衣，在不暖的阳光里走。北平的公园，既多又大。只要你有工夫，花不成其为数目的票价，亦可以在锦天铺地、雕栏玉砌的地方消磨一半天。

照着上面所谈，这范围还是太广，像看《四库全书》一样。虽然只成个提要，也觉得应接不暇。让我来缩小范围，只谈一个中人之家吧。北平的房子，大概都是四合院。这个院子，就可以雄视全国建筑。洋楼带花园，这是最令人羡慕的新式住房。可是在北平人看来，那太不算一回事了。北平所谓大宅门，哪家不是七八上下十个院子？哪个院子里不是花果扶疏？这且不谈，就是中产之家，除了大院一个，总还有一两个小院相配合。这些院子里，除了石榴树、金鱼缸，到了春深，家家由屋里度过寒冬搬出来。而院子里的树木，如丁香、西府海棠、藤萝架、葡萄架、垂柳、洋槐、刺槐、枣树、榆树、山桃、珍珠梅、榆叶梅，也都成人家普通的栽植物，这时，都次第地开过花了。尤其槐树，不分大街小巷，不分何种人家，到处都栽着有。在五月里，你如登景山之巅，对北平城作个鸟瞰，你就看到北平市房全参差在绿海里。这绿海就大部分是槐树造成的。

洋槐传到北平，似乎不出50年。所以这类树，树木虽也有高到五六丈的，都是树干还不十分粗。刺槐却是北平的土产，树兜可以合抱，而树身高到十丈的，那也很是平常。洋槐是树叶子一绿就开花，正在五月，花是成球地开着，串子不长，远望有些像南方的白绣球。刺槐是七月开花，都是一串串有刺，像藤萝（南方叫紫藤）。不过是白色的而已。洋槐香浓，刺槐不大香，所以五月里草绿油油的季节，洋槐开花，最是凑趣。

在一个中等人家，正院子里可能就有一两株槐树，或者是一两株枣树。尤其是城北，枣树逐家都有，这是“早子”的谐音，取一个吉利。在五月里，下过一回雨，槐叶已在院子里着上一片绿荫。白色的洋槐花在绿枝上堆着雪球，太阳照着，非常的好看。枣子花是看不见的，淡绿色，和小叶的颜色同样，而且它又极小，只比芝麻大些，所以随便看不见。可是它那种兰蕙之香，在风停日午的时候，在月明如昼的时候，把满院子都浸润在幽静淡雅的境界。假使这人家有些盆景（必然有），石榴花开着火星样的红点，夹竹桃开着粉红的桃花瓣，在上下皆绿的环境中，这几点红色，娇艳绝伦。北平人又爱随地种草本的花籽，这时大小花秧全都在院子里拔地而出，一寸到几寸长的不等，全表示了欣欣向荣的样子。北平的屋子，对院子的一方面，照例下层是土墙，高二三尺，中层是大玻璃窗，玻璃大得像百货店的货窗相等，上层才是花格活窗。桌子靠墙，总是在大玻璃窗下。主人翁若是读书伏案写字，一望玻璃窗外的绿色，映人眉宇，那实在是含有诗情画意的。而且这样的点缀，并不花费主人什么钱的。

北平这个地方，实在适宜绿树的点缀，而绿树能亭亭如盖的，又莫过于槐树。在东西长安街，故宫的黄瓦红墙，配上那一碧千株的槐林，简直就是一幅彩画。在古老的胡同里，四五株高槐，映带着平正的土路，低矮的粉墙。行人很少，在白天就觉得其意幽深，更无论月下了。在宽平的马路上，如南、北池子，如南、北长街，两边槐树整齐划一，连续不断，有三四里之长，远远望去，简直是一条绿街，在古庙门口，红色的墙，半圆的门，几株大槐树在庙外拥立，把低矮的庙整个罩在绿荫下，那情调是肃穆典雅的。在伟大的公署门口，槐树分立在广场两边，好像排列着伟大的仪仗，又加重了几分雄壮之气。太多了，我不能把她一一介绍出来，有人说五月的北平是碧槐的城市，那却是一点没有夸张。

当承平之时，北平人所谓“好年头儿”；在这个日子，也正是故都人士最悠闲舒适的日子。在绿荫满街的当儿，卖芍药花的平头车子整车的花骨蕾推了过去。卖冷食的担子，在幽静的胡同里叮当作响，敲着冰盏儿，这很表示这里一切的安定与闲静。渤海来的海味，如黄花鱼、对虾，放在冰块上卖，已是别有风趣。又如乳油杨梅、蜜饯樱桃、藤萝饼、玫瑰糕，吃起来还带些诗意。公园里绿叶如盖，三海中水碧如油，随处都是令人享受的地方。但是这一些，我不能、也不愿往下写。现在，这里是邻近炮火边沿，南方人来说这里是第一线了。北方人吃的面粉，三百多万元一袋；南方人吃的米，卖八万多元一斤。穷人固然是朝不保夕，中产之家虽改吃糙粉度日，也不知道这糙粉允许吃多久。街上的槐树虽然还是碧净如前，但已失去了一切悠闲的点缀。人家院子里，虽是不花钱的庭树，还依然送了绿荫来，这绿荫在人家不是幽丽，乃是凄凄惨惨的象征。谁实为之？孰令致之？我们也就无从问人。《阿房宫赋》前段写得那样富丽，后面接着是一叹：“秦人不自哀！”现在的北平人，倒不是不自哀，其如他们哀亦无益何！

好一座富于东方美的大城市呀，他整个儿在战栗！好一座千年文化的结晶呀，他不断地在枯萎！呼吁于上天，上天无言；呼吁于人类，人类摇头。其奈之何！

夏初

顾　随

我喜欢夏初的天气。我爱看树和草的鲜嫩的绿叶子。

古人说："春秋多佳日。"今人鲁迅先生又说："北京仿佛没有春和秋。……冬末和夏初衔接起来，夏才去，冬又开始了。"由后之说，则北京这地方未免可怜了，连多佳日的季候都没有。但是我对此并没什么不满，因为我喜欢夏初。

一天的上午，我走在一条僻静的小街上，一点声音都没有，住户的门都关着，使我几乎要遍叩所有的门，问一问有没有人在里面住着。老槐树的荫凉是那么浓密，我又疑心地下的树影儿都是绿的。

在青岛时，常常跑到山顶上看山下的树一碧无际，望去一直接连着大海。在济南时，常常立在铁公祠前，看出水一筷子来高的苇子芽。现在只有这样的槐荫供我玩赏了。然而我依然满意，因为这已经足够使我感到夏初的味儿了。

有人说我现在是住在乡间，所以这样想，假使住在北京城里，便另是一种情调了。

我意不然。

我也常进城。在南城有一个古老的会馆，屏兄占据着一间屋。半年以来，一星期内我倒有两三夜要住在那里。窗外的三棵马缨树——北京人叫作绒花树的——已经长出了绿叶。因为是北房，又没有廊子，正午的太阳穿过了树叶，洒在窗纸上。吃完午饭，屏兄歪在床上睡晌觉。我歪在竹子躺椅上，随手在架上拉过一本书来看，有意无意地。院子里太阳是那样好。马缨花的嫩叶微微地在摇动，绿光便闪到我似睡非睡的眼里。大门外时常有汽车鸣着各种不同的声音的喇叭驰过去。但我也觉得很辽远，很模糊。屏兄也香甜地睡着，轻轻地打鼾。假使没有朋友来，我们两人常这样地过去礼拜六的一下午。

上次进城，看见屏兄的案头瓶中，还供着花。

“啊！芍药。”

“在市场买来的。”

屏兄似乎很高兴。他总嫌他的屋子狭小，没有生气。狭小，没法子。没有生气，他想用花来点缀一下。然而他忙，忙得没有养花的余闲。这次买来芍药作瓶供，在他许是以为不但添生气，还有些春意了吧。

芍药是有名的“殿春”花，但在北方，有时开时已是夏初了。屏兄似乎不曾理会到这里。他实在忙，忙到连去公园或北海看牡丹的工夫都没有。在北京，倘自己住的院子里没有花，再不去北海或公园走一走，真不知春天的来临与归去的。我似乎曾对屏兄说过这样的话。他却说在坐电车时，看见马路两旁的柳树发了芽，也感到了春意了。但也很怅惘于始终没有工夫到公园或北海看看牡丹。现在有了芍药在案头，怪不得他高兴。他总以为这是春花，也不管它开在什么时期。

奇事又发现了，在一个大的纸盒子盖里，还有几条长成的蚕。

“哪里来的这个？”

“学生送给的。”屏兄微笑着说，仿佛又很高兴。

我有许多年不曾见到那么大的蚕了。于是就坐下看蚕吃桑叶。我长到这么大，才知道蚕的嘴是竖着的。

屏兄出去了，不大的工夫，又进来，手里拿着桑叶。原来在院子里的南墙根下就长着丛生的一人多高的桑树。屏兄把新采来的叶子撒上，不久，蚕都抬起头来，用了胸前类似乎脚的东西抱了叶子的边缘，细细地嚼食。一会儿，叶上就是一个缺口，半圆的。又整齐，又细致，像用了指甲掐去了一块似的。

“咦，怎么少了两条？”屏兄不自觉地喊出口来。但随即在半干的大叶子下，发现了两个茧：一个长圆的，一个中间凹进去，有如一个亚腰葫芦。

“这个怎么这样？”

“日本蚕好作这样的茧。”屏兄答，“半天的工夫，没看它，不想竟结了茧。”他又自言自语地低声说。

吃过了晚饭，没有事，仍旧看蚕。有一条爬到盒子的旁边没有桑叶的地方，翘起头来，静候着什么似地；时而又把头左右地摇摆。

“这一条怎么不吃了？有病了吧？”

“大概是要结茧了。”屏兄答，“结茧需要找一个角落的地方方好。有如蜘蛛的结网，先要把几根主要的线附着在别的事物上，才能结成。亏得那两个蚕巧，就在那个大桑叶下结成了。”

我抓过纸烟来吸。忽然想：把那条蚕装在盛烟的纸盒里吧。于是把那所有的余下的烟都倒出来，把蚕装进去，只开着盒的一端。

“干什么？”屏兄问。

“让它在这里面结茧呀！”我答。

屏兄掀须大笑了，仿佛觉得我是一个顽皮的小孩子。

我真有点像小孩子了。隔十几分钟，便把烟盒子拿起来看一看。一会儿，见蚕的头向着那一端，一会儿，又向着这一端。一会儿，又见里面有了蚕矢，而且盒子也湿了一大片。蚕在里面，也忙起来，不住地左右上下摇摆它的头。

“盒子里怎么湿了呢？”我问。

“大概是它排泄的吧。想来它必须排泄净尽，方可结茧；否则把自己结在茧里之后，岂不太费事了，况且它又不能随便出入的。”

我们两个都笑了。

待到睡觉的时节，我又看了看，盒子开着的那一端，已经被几条丝稀稀地络起来了。

第二天起床之后，才穿上鞋，便拿起盒子来看，里面是一个茧。我把那一端也打开了，冲着亮一照，却见茧还很薄，清楚地看见蚕在里面摇摆它的头。

又有一条也不吃叶子了。这回是屏兄把它装在一个盛牙膏瓶子的纸盒里。但下午我出城时，看了看，它还没有结茧。

忘记是星期几，到一个小饭铺子里去吃午饭。却见柜台上，用玻璃瓶子供着两枝盛开的芍药，比屏兄所供的又大又艳丽。我问伙计在哪里买的。

“在街上。”他回答。

“随时有卖的吗？”

他稍一沉吟，便说：“您看着好，就拿去吧。”

“谢谢你。”我很高兴。

他笑了。

饭后，我就真个拿了一枝回家。在老槐树的荫下走着时，我嗅着一阵一阵的甜香。一个蜜蜂儿飞来，落在花上。我摇动那枝花。但蜂儿似乎不觉得，在花蕊里连打了几个转身，全身都是粉，益发黄了。在走近寓所的时候，不知何时，蜂儿又飞走了。

瓶子里注上水，把花也供在书桌上。下午，鹰北来坐着，看见了，便说：“你干什么弄了这样的花？盛开的，不好，不久，就要谢。”

我没有答应什么。

听差的送进一封信，屏兄的。拆开看时，是报告那条蚕在盛牙膏的纸盒子里结茧的事，而且这个茧特别大。又说马缨花已经有了花蕾了。

我回头看，瓶中的芍药，果然谢了；案上就有许多片零落的花瓣，虽然甜香依然散布在小的书室中。我因为屏兄信上说马缨花有了花蕾，便想看看我这个小院子里的那两棵马缨有花没有。看的结果是没有，大概因为树还小不会开花的缘故。但我并不失望。看见树上的叶子绿得有如涂了油，便已觉得高兴，不知怎地总仿佛看见了一个青年健康地转入了中年。

北平的夏天

老　舍

在太平年月，北平的夏天是很可爱的。从十三陵的樱桃下市到枣子稍微挂了红色，这是一段果子的历史——看吧，青杏子连核儿还没长硬，便用拳头大的小蒲篓儿装起，和“糖稀”一同卖给小姐与儿童们。慢慢地，杏子的核儿已变硬，而皮还是绿的，小贩们又接二连三地喊：“一大碟，好大的杏儿喽！”这个呼声，每每教小儿女们口中馋出酸水，而老人们只好摸一摸已经活动了的牙齿，惨笑一下。不久，挂着红色的半青半红的“土”杏儿下了市。而吆喝的声音开始音乐化，好像果皮的红美给了小贩们以灵感似的。而后，各种的杏子都到市上来竞赛：有的大而深黄，有的小而红艳，有的皮儿粗而味厚，有的核子小而爽口——连核仁也是甜的，最后，那驰名的“白杏”用绵纸遮护着下了市，好像大器晚成似的结束了杏的季节。当杏子还没断绝，小桃子已经歪着红嘴想取而代之。杏子已不见了。各样的桃子，圆的，扁的，血红的，全绿的，浅绿而带一条红脊椎的，硬的，软的，大而多水的，和小而脆的，都来到北平给人们的眼、鼻、口以享受。

红李，玉李，花红和虎拉车，相继而来。人们可以在一个担子上看到青的红的，带霜的发光的，好几种果品，而小贩得以充分地施展他的喉音，一口气吆喝出一大串儿来——“买李子耶，冰糖味儿的水果来耶；喝了水儿的，大蜜桃呀耶：脆又甜的大沙果子来耶……”

每一种果子到了熟透的时候，才有由山上下来的乡下人，背着长筐，把果子遮护得很严密，用拙笨的、简单的呼声，隔半天才喊一声：大苹果，或大蜜桃。他们卖的是真正的“自家园”的山货。他们人的样子与货品的地道，都使北平人想象到西边与北边的青山上的果园，而感到一点诗意。

梨、枣和葡萄都下来得较晚，可是它们的种类之多与品质之美，并不使它们因迟到而受北平人的冷淡。北平人是以他们的大白枣、小白梨与牛乳葡萄傲人的。看到梨枣，人们便有“一叶知秋”之感，而开始要晒一晒夹衣与拆洗棉袍了。

在最热的时节，也是北平人口福最深的时节。果子以外还有瓜呀！西瓜有多种，香瓜也有多种。西瓜虽美，可是论香味便不能不输给香瓜一步。况且，香瓜的分类好似有意地“争取民众”——那银白的，又酥又甜的“羊角蜜”假若适于文雅的仕女吃取，那硬而厚的，绿皮金黄瓤子的“三白”与“蛤蟆酥”就适于少壮的人们试一试嘴劲，而“老头儿乐”，顾名思义，是使没牙的老人们也不至向隅的。

在端阳节，有钱的人便可以尝到汤山的嫩藕了。赶到迟一点鲜藕也下市，就是不十分有钱的，也可以尝到“冰碗”了——一大碗冰，上面覆着张嫩荷叶，叶上托着鲜菱角、鲜核桃、鲜杏仁、鲜藕，与香瓜组成的香、鲜、清、冷的酒菜儿。就是那吃不起冰碗的人们，不是还可以买些菱角与鸡头米，尝一尝“鲜”吗?

假若仙人们只吃一点鲜果，而不动火食，仙人在地上的洞府应当是北平啊!

天气是热的，可是一早一晚相当的凉爽，还可以做事。会享受的人，屋里放上冰箱，院内搭起凉棚，他就会不受到暑气的侵袭。假若不愿在家，他可以到北海的莲塘里去划船，或在太庙与中山公园的老柏树下品茗或摆棋。“通俗”一点的，什刹海畔借着柳树支起的凉棚内，也可以爽适地吃半天茶，咂几块酸梅糕，或呷一碗八宝荷叶粥。愿意洒脱一点的，可以拿上钓竿，到积水滩或高亮桥的西边，在河边的古柳下，作半日的垂钓。好热闹的，听戏是好时候，天越热，戏越好，名角儿们都唱双出。夜戏散台差不多已是深夜，凉风儿，从那槐花与荷塘吹过来的凉风儿，会使人精神振起，而感到在戏园受四五点钟的闷气并不冤枉，于是便哼着《四郎探母》什么的高高兴兴地走回家去。天气是热的，而人们可以躲开它！在家里，在公园里，在城外，都可以躲开它。假若愿远走几步，还可以到西山卧佛寺、碧云寺与静宜园去住几天啊。就是在这小山上，人们碰运气还可以在野茶馆或小饭铺里遇上一位御厨，给做两样皇上喜欢吃的菜或点心。

就是在祁家，虽然没有天棚与冰箱，没有冰碗儿与八宝荷叶粥，大家可也能感到夏天的可爱。祁老人每天早晨一推开屋门，便可以看见他的蓝的、白的、红的，与抓破脸的牵牛花，带着露水，向上仰着有蕊的喇叭口儿，好像要唱一首荣耀创造者的歌似的。他的倭瓜花上也许落着个红的蜻蜓。他没有上公园与北海的习惯，但是睡过午觉，他可以慢慢地走到护国寺。那里的天王殿上，在没有庙会的日子，有评讲《施公案》或《三侠五义》的；老人可以泡一壶茶，听几回书。那里的殿宇很高很深，老有溜溜的小风，可以教老人避暑。等到太阳偏西了，他慢慢地走回来，给小顺儿和妞子带回一两块豌豆黄或两三个香瓜。小顺儿和妞子总是在大槐树下，一面捡槐花，一面等候太爷爷和太爷爷手里的吃食。老人进了门，西墙下已有了阴凉，便搬个小凳坐在枣树下，吸着小顺儿的妈给做好的绿豆汤。晚饭就在西墙儿的阴凉里吃。菜也许只是香椿拌豆腐，或小葱儿腌王瓜，可是老人永远不挑剔。他是苦里出身，觉得豆腐与王瓜是正合他的身份的。饭后，老人休息一会儿，就拿起瓦罐和喷壶，去浇他的花草。做完这项工作，天还没有黑，他便坐在屋檐下和小顺子们看飞得很低的蝙蝠，或讲一两个并没有什么趣味，而且是讲过不知多少遍数的故事。这样，便结束了老人的一天。

故都消夏闲记

张向天

清闲的故都，在夏天更显出她身姿的轻寂，虽然是遍城蝉声，呀呀鸦啼，但是仍然没有破坏了清寂故城的静寂沉默。笔者在北平只有五个年头的寄留，住遍城内厢外、东城西城，等等地方，总觉得故都确有一种不可形容的闲雅宜人处。譬喻说住在西城，有积水潭、后海等去处，什刹海尤其著称，住在东城，离中山公园、中南海等处又近，住城外有西山、香山、圆明园可玩，这些都是故都平民的消夏盛地，不过只有西山和香山算是专为另外一种人士所特有的罢了。

如果分开来说，只论故都的平民在炎夏时日所欣喜忘暑的地方，也就是以上所举的地方。什刹海、积水潭、后海等地都在西城，游人众多的时期是由六月中旬至九月初，每日由中午以后，以上各地就渐渐满了歇夏避暑的平民游客。什刹海是单单在众水环夹的一块土股上，占据了一个狭长面积，上面搭好了席棚，满布着吃食摊、茶馆、说书唱戏等玩乐场。当下午两三点钟时刻，红男绿女游人渐多，你拥我挤，顿成繁荣世界。土股四围是水，是柳，水上铺着荷叶，伸出荷花，晚风送过来，游人在拥挤中，也就忘记了炎暑。常是有一家老小的结队出游，坐茶馆，听大姑娘说书，跑跑停停，吃碗八宝莲子粥，又嚼着新出水的白藕，嬉嬉笑笑，也倒有趣。

什刹海虽然是故都平民的消夏盛地，但从另方面看，那确又像是一个夏天晚集，商人小贩均占一席地方，摆上红绿线袜、女人用品等。更有摔跤、吞剑、打跟斗的卖力气的江湖艺人，冒着暑天，在众人面前做出一面难过痛苦一面向人乞钱的把戏。游客们有了这些消心歇念的玩意儿，他们更像是特别舒心地稳坐在木凳上，一面摇着蕉扇，一面掷出“大枚”来报答所欣赏的玩意儿。

至于积水潭则完全是一所清幽雅静之地，若不是所谓诗人骚客之流，真少有人有那样的耐心，闲静地高坐在积石之上静观麦浪、柳摇、鱼游。原来积水潭是清西太后时候的玩乐地，潭上还有乾隆御笔题字的一所庙，庙在潭上，是石土积垒成的一所小山，山坡是层石为级，有大松古柳作蔽障。山下是水潭，有马蹄似的形状，又像是一所湖，水与故都的北海、什刹海、后海等相连。水作浅绿色，水中多是麦、稻、荷、菱之属，水边尽是芦苇、垂柳。从山石上坐下，下望全水潭，绿稻、荷叶、苇草、垂柳形成了一所奇雅的清凉胜境。远望去像有雾、有烟，笼罩全水潭，野鸟在苇丛里叽喳，更装点清趣。

坐在这里的人们，如果没有什么世外之思、脱尘之想就真不能耐得住，在这里闲守。这里既没有玩乐场，更没有冷食八宝粥的食物摊，穿红挂绿的俗人怎又当得起。

此外的如北海公园、中山公园、中南海公园等到底不能算是平民消夏地，因为那20枚的门票限制，许多俭食省用的住户小家，是隔在外面了。

以上不过只就故都的平民住户而言，假使家属中上，稍微有些“子儿”，也就不去什刹海或积水潭，他们的去处是城内中南海游泳池，城外香山西山。

比起来说故都所有的各种阶级人士的消夏方法，都与外地不同，在唱戏上有“京派”“海派”之分，在消夏的事上恐怕也是有如此的分别。通起来讲，故都中下之家，在夏天的后半天，歇了工务，在家里脱了衣褂，或者赤脚、赤膊，拿了一柄蕉叶扇，横卧在一张放在庭前阴下的凉竹椅上，或者口里还呷着热香片龙井之类的茶，无思无虑地过了一个下午，直到凉风吹来的晚夜，才返室入睡。这也是一种消夏方法。

稍微再讲究些的，不过在全家老小，守在庭院阴下竹椅上闲卧之余，有懂得会玩无线电的，便开了无线电，听一听什么西单商场大面包的对口相声，或是荀慧生的戏罢了。再好的才是全家老小，雇了几辆洋车，拉向公园或什刹海、后海等地去寻欢找乐，消磨半个下午。以前所论的什刹海，或积水潭等地，虽然说是故都平民消夏地，比起来说已经不是很“平民”的了。

看着那些守坐在摔跤吞剑变戏法人的木凳子上的男人、妇女，呆呆地摇着蕉叶扇子，已经不知是凉是热了，一双眼睛完全贯注在江湖艺人的动作上，这岂又是消夏？当江湖艺人向观众打拱、打躬地要钱时候，只听着那些江湖艺人一派地乞钱声：“一站一立的太太老爷们！帮个钱缘！好财买脸的老爷们！”于是观众掷下钱去。其实故都人士，不论中、下，他们并没有什么意思，或什么拿定的主意去消夏，说起来又不能不归之于“北京人”的“讲谱”了。他们都是“好财买脸”的人们，当在说书场上掷下“一大枚”的时候，江湖艺人却高声地报着“赏二百！”旁边多人便应一声：“谢——”。故都人士的消夏，大多是在与此类似的地方，即或在北海公园里，坐在“漪澜堂”前的茶桌上，呷着“香片”，看着有钱之士，男人女人，在北海里划着每一个钟头八角船资的小船，心中羡煞，妒煞，这岂又是消夏？

但是故都里也真有消夏的人，譬喻说那些故都寓公、贵妾，再有就是化外之邦的洋人和族们，他们不止在城里有舒适的家，并且远在城外香山、西山等地，还设别墅，常是在家吃了早点乘了汽车，到香山别墅去吃特制的午饭。香山与西山自然是故都消夏的“最胜”之“胜”地了，如果较起什么什刹海，那真有天上人间之别。那些乘了汽车兜风避暑消夏的贵人高士们，才真是故都的消夏者。他们有的是来自南方热地的，专以消夏为事的。

最值得记的是故都中南海游泳池里的消夏客。最不作美的是北平古都只有这一所公共游泳池，而这所公共游泳池还是被当地官府看管得严紧，专禁男女合泳。所苦的除了一些酷嗜游泳的男女青年以外，最苦的是游泳池的买账老板，游客是激减了。虽然如此，当六七月故都最炎热的时候，游泳池里也是常告客满的。因为是男女分游，所以客满的时候多是在男人游水的时间。不过女人游水的时候，客满的却是游泳池四围摆好欣赏游女的茶座。无论是男游或女游，西洋人都是极少的，原来这个游泳池的水最不卫生。

这或许是京派海派之不同吧，中南海游泳池的四围满摆着藤椅藤桌。茶役送水，送手巾，与付钱道赏的喊声，常是比游泳池里的水声为高为响，不知道的人，一定是以为游泳池是某一所茶馆的附庸买卖。那些水中消夏客们呢，一面游水，又不时地穿着游泳衣服，跑上来，坐在自己的茶座上呷上几杯热茶，茶喝得够数了，再跳下水去玩一玩。所以称这些游客为故都的真正消夏客者，乃是这些游客不会游水的居大多数。常是在七月间天气最热的下午，游泳池最浅的地方，游客都是到了只许站着不能卧泳的拥挤程度。他们就是站着也甘心，因为他们确实不会游，也不想游，互相密密地排立着确实尽了消夏的目的。至于那些一身肥肉的中年人，立在游泳池湛水当中，一面摇着蕉扇，一面挂着笑容，欣赏游泳池四围的杂景，一立就是几个钟头，他们又是真正消夏人中的佼佼者了呢。

故都夏天的炎热，是随着蝉声而起衰的。在夏初，故都遍街厢，各处的树上，都可有“知了”的鸣声，七月最盛，天气也顶热。直到初秋，这些蝉声显得有些精疲力竭了，那也就是秋天的来临。当七月天气最热的时节，故都的孩子们，专是用胶之类，放在竹竿一端上，用以黏取蝉。他们也常是在树枝杈处，捉取蝉蛹，唱着一种儿歌。就是捉取一种叫作水牛的，也是如此。他们常唱的一支儿歌：

水牛！水牛！先出脖子后出头，你妈妈给你买烧羊脖子烧羊肉！

到底是北平的住户，夏天多吃烧羊头，他们的儿歌也是因此吧。

另外故都还有一种鸟，它是随着夏天俱来的，有时在春季中末也有的，有人叫它杜鹃，或鹧鸪，但是真名还没有人说定。它的鸣声是："咕咕！咕咕！"四个音奏，两个音段。故都孩子将它的鸣声译作"光棍好苦"四个字，仔细听起来，真是一般无二。它的鸣声在清晨最多，午间为次。它常是好绕住一个树林区，故都的什刹海及后海此鸟最多。夏去鸟也不见。

故都夏天确有另种味道，尤其住在故都胡同里的，午间天气顶热的时候，但是仍有肩商小贩，吆喝着走入胡同。专卖儿童冷食的货摊，敲着代表卖冷食、汽水、梨桃的铁器，发出一种清冷的响声。在黄昏里，有发胡苍苍的老者，守着柳树，为群儿讲述前代盛事，以及"八国联军进北京"的史事，感动了故都里幼小者的心弦。终日拉车的"双足马"，也卸了轭似的，坐在道旁石头上，静匀地呷茶。一直到萤火乱飞的黄昏过去，凉夜来临，家家掩门睡去，胡同里还可听见夜行人疾走的足音，飘绕着"我好比——"的颤巍巍的一声京戏。柝声响二遍之后，夏夜却已经是秋夜似的萧杀了。

故都的秋

郁达夫

秋天，无论在什么地方的秋天，总是好的；可是啊，北国的秋，却特别地来得清，来得静，来得悲凉。我的不远千里，要从杭州赶上青岛，更要从青岛赶上北平来的理由，也不过想饱尝一尝这“秋”，这故都的秋味。

江南，秋当然也是有的；但草木凋得慢，空气来得润，天的颜色显得淡，并且又时常多雨而少风；一个人夹在苏州上海杭州，或厦门香港广州的市民中间，混混沌沌地过去，只能感到一点点清凉，秋的味，秋的色，秋的意境与姿态，总看不饱，尝不透，赏玩不到十足。秋并不是名花，也并不是美酒，那一种半开、半醉的状态，在领略秋的过程上，是不合适的。

不逢北国之秋，已将近十年了。在南方每年到了秋天，总要想起陶然亭的芦花，钓鱼台的柳影，西山的虫唱，玉泉的夜月，潭柘寺的钟声。在北平即使不出门去吧，就是在皇城人海之中，租人家一椽破屋来住着，早晨起来，泡一碗浓茶，向院子一坐，你也能看得到很高很高的碧绿的天色，听得到青天下驯鸽的飞声。从槐树叶底，朝东细数着一丝一丝漏下来的日光，或在破壁腰中，静对着像喇叭似的牵牛花（朝荣）的蓝朵，自然而然地也能够感觉到十分的秋意。说到了牵牛花，我以为以蓝色或白色者为佳，紫黑色次之，淡红色最下。最好，还要在牵牛花底，长着几根疏疏落落的尖细且长的秋草，使作陪衬。

北国的槐树，也是一种能使人联想起秋来的点缀。像花而又不是花的那一种落蕊，早晨起来，会铺得满地。脚踏上去，声音也没有，气味也没有，只能感出一点点极微细极柔软的触觉。扫街的在树影下一阵扫后，灰土上留下来的一条条扫帚的丝纹，看起来既觉得细腻，又觉得清闲，潜意识下并且还觉得有点儿落寞，古人所说的梧桐一叶而天下知秋的遥想，大约也就在这些深沉的地方。

秋蝉的衰弱的残声，更是北国的特产；因为北平处处全长着树，屋子又低，所以无论在什么地方，都听得见它们的啼唱。在南方是非要上郊外或山上去才听得到的。这秋蝉的嘶叫，在北平可和蟋蟀、耗子一样，简直像是家家户户都养在家里的家虫。

还有秋雨哩，北方的秋雨，也似乎比南方的下得奇，下得有味，下得更像样。

在灰沉沉的天底下，忽而来一阵凉风，便息列索落地下起雨来了。一层雨过，云渐渐地卷向了西去，天又晴了，太阳又露出脸来了；着着很厚的青布单衣或夹袄的都市闲人，咬着烟管，在雨后的斜桥影里，上桥头树底下去一立，遇见熟人，便会用了缓慢悠闲的声调，微叹着互答着地说：

“唉，天可真凉了——”（这了字念得很高，拖得很长。）

“可不是嘛？一层秋雨一层凉了！”

北方人念阵字，总老像是层字，平平仄仄起来，这念错的歧韵，倒来得正好。

北方的果树，到秋来，也是一种奇景。第一是枣子树；屋角，墙头，茅房边上，灶房门口，它都会一株株地长大起来。像橄榄又像鸽蛋似的这枣子颗儿，在小椭圆形的细叶中间，显出淡绿微黄的颜色的时候，正是秋的全盛时期；等枣树叶落，枣子红完，西北风就要起来了，北方便是沙尘灰土的世界，只有这枣子、柿子、葡萄，成熟到八九分的七八月之交，是北国的清秋的佳日，是一年之中最好也没有的 Golden Days。

有些批评家说，中国的文人学士，尤其是诗人，都带着很浓厚的颓废的色彩，所以中国的诗文里，赞颂秋的文字特别的多。但外国的诗人，又何尝不然？我虽则外国诗文念得不多，也不想开出账来，做一篇秋的诗歌散文抄，但你若去一翻英德法意等诗人的集子，或各国的诗文的 Anthology 来，总能够看到许多关于秋的歌颂与悲啼。各著名的大诗人的长篇田园诗或四季诗里，也总以关于秋的部分，写得最出色而最有味。足见有感觉的动物，有情趣的人类，对于秋，总是一样的能特别引起深沉、幽远、严厉、萧索的感触来的。不单是诗人，就是被关闭在牢狱里的囚犯，到了秋天，我想也一定会感到一种不能自已的深情；秋之于人，何尝有国别，更何尝有人种阶级的区别呢？不过在中国，文字里有一个“秋士”的成语，读本里又有着很普遍的欧阳子的《秋声赋》与苏东坡的《赤壁赋》等，就觉得中国的文人，与秋的关系特别深了。可是这秋的深味，尤其是中国的秋的深味，非要在北方，才感受得到底。

南国之秋，当然是也有它的特异的地方的，比如二十四桥的明月，钱塘江的秋潮，普陀山的凉雾，荔枝湾的残荷，等等，可是色彩不浓，回味不永。比起北国的秋来，正像是黄酒之与白干，稀饭之与馍馍，鲈鱼之与大蟹，黄犬之与骆驼。

秋天，这北国的秋天，若留得住的话，我愿把寿命的三分之二折去，换得一个三分之一的零头。

秋在古都

张我军

一

假如有人问：一年四季哪一季好？大概的人便一致地答道：春秋二季好。固然，天下之大，无奇不有，说不定也有若干特嗜那冰天雪地的严冬，或独爱那炎日焚空的盛夏的奇人也未可知；可是依一般的人情说，自然都爱好那不冷不热的春秋二季吧。

然若进一步问：春秋二季到底哪一季好些？于是答者就难免不一其辞了——有些人根本就说不出，有些人稍加思索之后答道是春季尤其好，又有些人，便不迟疑地说他偏好秋季。

严寒与酷暑，自人类说都是一种束缚——严寒可以把人类冻得个个缩成一团，酷暑可以把人类蒸得无处逃避。所以自严寒之冬转入和暖之春，是把人类解放自束缚；自酷暑之夏移入凉爽之秋，是使人类逃脱其束缚。这是首先可以举出的，人们爱好春秋二季的理由。

然而除了这个共同的理由以外，春秋二季似乎再没有共通的地方；爱春或爱秋之别，由是而分歧了。

春秋二季都是可人的，为什么又各有所偏爱呢？我想这是由于人的年龄、性格、环境等等的。例如年岁稍大的，喜爱清静的，环境清淡的，大都偏爱秋天；年岁小的，好赶热闹的，环境优富的，则大都欢迎春天。然而还有一个不能忽略的因素，便是风土性之不同。有些地方，确是春色压倒一切，有些地方又是秋色超于春色。例如北京这个古都，她的秋色便胜过春色，这恐怕不只是我一个人的偏见吧。

生于古都的住户，没有不特别欢迎秋季的，便是偶尔游历此地的旅行人，也都交口赞美古都之秋。可以说，秋在古都而益见其可爱，古都入秋而愈显其价值。

二

这个古都的气候很有些特别——至少生在近海的我们南方人看来是这样的。严冬冷得冻死人，固是司空见惯，盛夏热得炙死人也不算稀奇的事。过了一个长冬，好容易盼到那不冷不热的春天，却又是那么短短的几天又要热起来了。便是这短短的几天，也不好好地让你过去——好个万丈黄尘的京华！那老远从蒙古的沙漠刮来的黄土风，比燕子鸿雁一类的候鸟还守节候，到了古都的百花争艳之时，恍惚等不及似的必定阵阵而来，把个美丽的古都，刮得翻天覆地。杜甫的诗慨乎言之说“年来花似雾中看”，其实雾中看花还不失风雅，像古都的人们那样年年花在尘中看，那才可叹哩！

一年四季在古都已有了三季要不得，可是人们仍然都说古都好过日子，甚至于死了还愿意埋在此地，这当然有许多理由；不过如其没有这么一个可人的秋季，她的身价一定会减少大半吧。然则秋在古都，好在哪里呢？这么一问，可就不好说了。大概的人，多只晓得秋是好的，却不容易道破秋的好处。

我在古都住了十多年，一向也知道秋是好的，却从未思索过好处在哪儿。这两三年来，倒是偶尔加以思索过，但总是得不到什么结论。今年夏天比往年热得厉害，盼望秋之来临的心尤切，于是特别想出她的好处较往年为深切。这里将其记录出来，作为我对古都之秋的欣赏录——不敢说是思索的结论，因为渺小的一个人，实在不能对那伟大无边的大自然，和若干万年的文化结晶而成的文化城，加以解剖而获精确的结论故也。

三

今年的夏天，实在热得可以，入伏以前，日中的寒暑表已就天天升到华氏一百二三十度；入伏以后，更是不得了——甚至不大怕热的我，都热得自恨当年没有拜土行孙为师，学得钻地之术，以备今夏好往地皮里钻进去凉快凉快！当我写这篇文章的时候，真是不含糊地汗流浃背，因为时在三伏之中的中伏。

可是当我一边挥汗一边写这篇文章的时候，一边却抱着一件很有把握的希望。因为立秋已近在三天之后，以我的经验，立秋一到，任是什么刚性的暑气，也立刻会从古都退出的——固然立秋以后尚有所谓秋老虎，为夏季回光返照，还有几天余热。

这个古都的气候真有些特别，一百数十度的伏天——溽暑的最高峰——将过而未过尽，凉爽的秋风便阵阵而来。当立秋将至的头几天，虽在伏中，早晚就有徐徐的凉风偷袭暑天的坚垒；到了立秋之后，就大摇大摆地实行全面的攻袭，把个逞猛威武的暑天一举而灭之了。所以仅隔数日，古都的气候便十分明显地真实差一季了。当此之时，人们恍惚就像老狱囚忽奉到特赦令，一旦被释，重回自由的天地，精神为之一振！感觉为之豁然开朗！

我们身处严冬之时，不消说也渴望春之来临；然而寒冷，究竟较易忍耐，防御的方法也较多，所以期望究竟没有那么迫切，而实现之后的欢悦也就不会达到那样的高潮。何况古都的春，又来的那么不痛快而污浊呢！至于人们对于溽暑，着实不易忍耐，而防暑的方法也少得几乎没有。除了像阔人似的蹓到海滨整天纳凉。所以当三伏之天，热到最高潮的时候，人们期望秋之来临，真是不只一日三秋。而古都之秋，又是那么得人心，望着望着就飒然来临了，人们怎能不欢喜若狂呢？

四

归根结底起来，古都人士之偏爱秋季，不外四个理由：第一是若在江南原是最可人的春天，在古都竟是那么不得人心；第二是古都的夏天热得令人叫苦；第三是夏秋的转移来得迅速；这些在前面都说过了，第四个理由，便是轻易不阴不雨。我觉得“秋晴”二字，用在古都之秋最为恰当。

除此以外，像“天高气爽”啊、“月色分明”啊、“虫声唧唧”啊……这一类的“秋”的好处，恐怕是各地风光多属如此，不能说是古都所特有的。

秋风秋雨愁煞人——古都的秋也不尽是那么爽快的；到了暮秋时节，那冷飕飕的秋风，和答答的秋雨，世上能有几人不为愁煞哉？如果说“春雨如膏”，“秋雨”便是“如泪”；你说“春风似笑”，我便说“秋风似哭”。这要说是秋在古都的一个特色，也似乎没有不可以的。我们凡夫俗子，虽然不反对这暮秋的气候，却禁不起她那种景味，不过若在诗人，也许反而是最好的诗材吧。

北平西山的红叶

熊佛西

顷接方镇华先生函，谓明日适为重阳，请约寿昌兄同到隐山一观红叶。

啊，又到重阳了。这是多么美丽而富诗意的日子！虽古人有“满城风雨近重阳”之句，但这仅限于写韵江南的景色，而在北平的重阳永远是秋高气爽，天上没有半点灰暗，长空一色蔚蓝，金黄的阳光照耀着古老辉煌的古城！

尤其是北平郊外西山的红叶，在重阳的时候正红透了心，真使人迷醉！从香山（静宜园）沿着石板小道，穿过松林登山，几乎满山满谷都是红透了的红叶！假使全是红叶还没有什么特色，而最特色的是红叶里陪衬着一株株的葱翠的松树！人家说花是世界上最美丽的东西，我却说红叶比花更热情，且比任何更美丽！人家说它没有香味，而我正因为它没有香味才热恋它，才觉得它有无限的诗意！它的“红”不是浅红，不是桃红，不是深红，不是黑红，而是一种红透了心的热红！它没有丝毫的“杀气”，也从不引人发生香艳的肉感，而仅仅象征着诗人的心！象征人类一片赤诚的热情！

一片红叶可以引起相思，一片红叶可以引起画意，一片红叶可以引起人类的爱，同情。

然而看红叶要像看江南的“映山红”一样，满山满谷的都是一片红，那才够味儿！仅是一片红还不够，还得有蔚蓝的青天陪衬着，金绿的阳光洒射着，葱翠的松林烘托着！这样才够艳丽，才够美，才够味儿！

但是这样的景色只有北平的西山有！

其实南京栖霞的红叶也很美，不过是另外一种味道，它是稀疏疏地点缀在石崖上、槁木上，红通通的中间略略地透出些微的浅绿与浅黄，虽没有古老龙虬的苍松烘托着，然而有浩浩荡荡的长江之水陪衬着，也另有一种韵味。然而较之与北平西山的红叶似仍有逊色。

自从北平沦陷以后，人们常常追恋着北平西山碧云寺的月色，玉泉山的清流，颐和园的长廊，卧佛寺的幽静，而我念念不忘的还是西山的红叶！

北平的四季

郁达夫

对于一个已经化为异物的故人，追怀起来，总要先想到他或她的好处；随后再慢慢地想想，则觉得当时所感到的一切坏处，也会变作很可寻味的一些纪念，在回忆里开花。关于一个曾经住过的旧地，觉得此生再也不会第二次去长住了，身处入了远离的一角，向这方向的云天遥望一下，回想起来的，自然也同样的只是它的好处。

中国的大都会，我前半生住过的地方，原也不在少数；可是当一个人静下来回想起从前，上海的闹热，南京的辽阔，广州的乌烟瘴气，汉口武昌的杂乱无章，甚至于青岛的清幽，福州的秀丽，以及杭州的沉着，总归都还比不上北京——我住在那里的时候，当然还是北京的典丽堂皇，幽闲清妙。

先说人的分子吧，在当时的北京——民国十一二年前后——上自军财阀政客名优起，中经学者名人，文士美女教育家，下而至于负贩拉车铺小摊的人，都可以谈谈，都有一艺之长，而无憎人之貌；就是由荐头店荐来的老妈子，除上炕者是当然以外，也总是衣冠楚楚，看起来不觉得会令人讨嫌。

其次说到北京物质的供给哩，又是山珍海错，洋广杂货，以及萝卜白菜等本地产品，无一不备，无一不好的地方。所以在北京住上两三年的人，每一遇到要走的时候，总只感到北京的空气太沉闷，灰沙太暗淡，生活太无变化；一鞭出走，出前门便觉胸舒，过芦沟方知天晓，仿佛一出都门，就上了新生活开始的坦道似的；但是一年半载，在北京以外的各地——除了在自己幼年的故乡以外——去一住，谁也会得重想起北京，再希望回去，隐隐地对北京害起剧烈的怀乡病来。这一种经验，原是住过北京的人，个个都有，而在我自己，却感觉得格外的浓，格外的切。最大的原因或许是为了我那长子之骨，现在也还埋在郊外广谊园的坟山，而几位极要好的知己，又是在那里同时毙命的受难者的一群。

北平的人事品物，原是无一不可爱的，就是大家觉得最要不得的北平的天候，和地理联合上一起，在我也觉得是中国各大都会中所寻不出几处来的好地。为叙述的便利起见，想分成四季来约略地说说。

北平自入旧历的十月之后，就是灰沙满地、寒风刺骨的季节了，所以北平的冬天，是一般人所最怕过的日子。但是要想认识一个地方的特异之处，我以为顶好是当这特异处表现得最圆满的时候去领略；故而夏天去热带，寒天去北极，是我一向所持的哲理。北平的冬天，冷虽则比南方要冷得多，但是北方生活得伟大幽闲，也只有在冬季，使人感受得最彻底。

先说房屋的防寒装置，北方的住房，并不同南方的摩登都市一样，用的是钢骨水泥，冷热气管：一般的北方人家，总只是矮矮的一所四合房，四面是很厚的泥墙！上面花厅内都有一张暖炕，一所回廊；廊子上是一带明窗，窗眼里糊着薄纸，薄纸内又装上风门，另外就没有什么了。在这样简陋的房屋之内，你只教把炉子一生，电灯一点，棉门帘一挂上，在屋里住着，却一辈子总是暖炖炖像是春三四月里的样子。尤其会得使你感觉到屋内的温软堪恋的，是屋外窗外面呜呜在叫啸的西北风。天色老是灰沉沉的，路上面也老是灰的围障，而从风尘灰土中下车，一踏进屋里，就觉得一团春气，包围在你的左右四周，使你马上就忘记了屋外的一切寒冬的苦楚。若是喜欢吃吃酒，烧烧羊肉锅的人，那冬天的北方生活，就更加不能够割舍；酒已经是御寒的妙药了，再加上以大蒜与羊肉酱油合煮的香味，简直可以使一室之内，涨满了白蒙蒙的水蒸温汽。玻璃窗内，前半夜，会流下一条条的清汗，后半夜就变成了花色奇异的冰纹。

到了下雪的时候哩，景象当然又要一变。早晨从厚棉被里张开眼来，一室的清光，会使你的眼睛眩晕。在阳光照耀之下，雪也一粒一粒地放起光来了，蛰伏得很久的小鸟，在这时候会飞出来觅食振翎，谈天说地，吱吱地叫个不休。数日来的灰暗天空，愁云一扫，忽然变得澄清见底，翳障全无；于是年轻的北方住民，就可以营屋外的生活了，溜冰，做雪人，赶冰车雪车，就在这一种日子里最有劲儿。

我曾于这一种大雪时晴的傍晚，和几位朋友，跨上跛驴，出西直门上骆驼庄去过过一夜。北平郊外的一片大雪地，无数枯树林，以及西山隐隐现现的不少白峰头，和时时吹来的几阵雪样的西北风，所给予人的印象，实在是深刻、伟大、神秘到了不可以言语来形容。直到了十余年后的现在，我一想起当时的情境，还会得打一个寒战而吐一口清气，如同在钓鱼台溪旁立着的一瞬间一样。

北国的冬宵，更是一个特别适合看书、写信、追思过去，与作闲谈说废话的绝妙时间。记得当时我们弟兄三人，都住在北京，每到了冬天的晚上，总不远千里地走拢来聚在一道，会谈少年时候在故乡所遇见的事事物物。小孩们上床去了，佣人们也都去睡觉了，我们弟兄三个，还会得再加一次煤再加一次煤地长谈下去。有几宵因为屋外面风紧天寒之故，到了后半夜的一两点钟的时候，便不约而同地会说出索性坐到天亮的话来。像这一种可宝贵的记忆，像这一种最深沉的情调，本来也就是一生中不能够多享受几次的昙花佳境，可是若不是在北平的冬天的夜里，那趣味也一定不会得像如此的悠长。

总而言之，北平的冬季，是想尝识尝识北方异味者之唯一的机会；这一季里的好处，这一季里的琐事杂忆，若要详细地写起来，总也有一部《帝京景物略》那么大的书好做；我只记下了一点点自身的经历，就觉得过长了，下面只能再来略写一点春和夏以及秋季的感怀梦境，聊作我的对这日就沦亡的故国的哀歌。

春与秋，本来是在什么地方都属可爱的时节，但在北平，却与别地方也有点儿两样。北国的春，来得较迟，所以时间也比较短。西北风停后，积雪渐渐地消了，赶牲口的车夫身上，看不见那件光板老羊皮的大袄的时候，你就得预备着游春的服饰与金钱；因为春来也无信，春去也无踪，眼睛一眨，在北平市内，春光就会同飞马似的溜过。屋内的炉子，刚拆去不久，说不定你就马上得去叫盖凉棚的才行。

而北方春天的最值得记忆的痕迹，是城厢内外的那一层新绿，同洪水似的新绿。北京城，本来就是一个只见树木不见屋顶的绿色的都会，一踏出九城的门户，四面的黄土坡上，更是杂树丛生的森林地了；在日光里颤抖着的嫩绿的波浪，油光光，亮晶晶，若是神经系统不十分健全的人，骤然间身入到这一个淡绿色的海洋涛浪里去一看，包管你要张不开眼，立不住脚，而昏厥过去。

北平市内外的新绿，琼岛春阴，西山挹翠诸景里的新绿，真是一幅何等奇伟的外光派的妙画！但是这画的框子，或者简直说这画的画布，现在却已经完全掌握在一只满长着黑毛的巨魔的手里了！北望中原，究竟要到哪一日才能够重见得到天日呢？

从地势纬度上讲来，北方的夏天，当然要比南方的夏天来得凉爽。在北平城里过夏，实在是并没有上北戴河或西山去避暑的必要。一天到晚，最热的时候，只有中午到午后三四点钟的几个钟头，晚上太阳一下山，总没有一处不是凉阴阴要穿单衫才能过去的；半夜以后，更是非盖薄棉被不可了。而北平的天然冰的便宜耐久，又是夏天住过北平的人所忘不了的一件恩惠。

我在北平，曾经过过三个夏天；像什刹海、菱角沟、二闸等暑天游耍的地方，当然是都到过的；但是在三伏的当中，不问是白天或是晚上，你只需有一张藤榻，搬到院子里的葡萄架下或藤花荫处去躺着，吃吃冰茶雪藕，听听盲人的鼓词与树上的蝉鸣，也可以一点儿也感不到炎热与熏蒸。而夏天最热的时候，在北平顶多总不过九十四五度，这一种大热的天气，全夏顶多顶多又不过十日的样子。

在北平，春夏秋的三季，是连成一片；一年之中，仿佛只有一段寒冷的时期，和一段比较得温暖的时期相对立。由春到夏，是短短的一瞬间，自夏到秋，也只觉得是过了一次午睡，就有点儿凉冷起来了。因此，北方的秋季也特别觉得长，而秋天的回味，也更觉得比别处来得浓厚。前两年，因去北戴河回来，我曾在北平过过一个秋，在那时候，已经写过一篇《故都的秋》，对这北平的秋季颂赞过一道了，所以在这里不想再来重复；可是北平近郊的秋色，实在也正像一册百读不厌的奇书，使你愈翻愈会感兴趣。

秋高气爽，风日晴和的早晨，你且骑着一匹驴子，上西山八大处或玉泉山碧云寺去走走看；山上的红柿，远处的烟树人家，郊野里的芦苇黍稷，以及在驴背上驮着生果进城来卖的农户佃家，包管你看一个月也不会看厌。春秋两季，本来是到处都好的，但是北方的秋空，看起来似乎更高一点：北方的空气，吸起来似乎更干燥健全一点。而那一种草木摇落，金风肃杀之感，在北方似乎也更觉得要严肃、凄凉、沉静得多。你若不信，你且去西山脚下，农民的家里或古寺的殿前，自阴历八月至十月下旬，去住他三个月看看。古人的“悲哉秋之为气！”以及“胡笳互动，牧马悲鸣”的那一种哀感，在南方是不大感觉得到的，但在北平，尤其是在郊外，你真会得感至极而涕零，思千里兮命驾。所以我说，北平的秋，才是真正的秋；南方的秋天，只不过是英国话里所说的 Indian Summer 或叫作小春天气而已。

统观北平的四季，每季每节，都有它的特别的好处；冬天是室内饮食庵息的时期，秋天是郊外走马调鹰的日子，春天好看新绿，夏天饱受清凉。至于各节各季，正当移换中的一段时间哩，又是别一种情趣，是一种两不相连，而又两都相合的中间风味，如雍和宫的打鬼、净业庵的放灯、丰台的看芍药、万牲园的寻梅花之类。

五六百年来文化所聚萃的北平，一年四季无一月不好的北平，我在遥忆，我也在深祝，祝她的平安进展，永久地为我们黄帝子孙所保有的旧都城！

北平万象

第五辑

孔子以前没有孔子

石　挥

离开故乡已经三年了，看着道旁的庄稼，车窗外的天边，凭空地都罩上了一层灰色，车跑得很快，等不及欣赏，一座山、一块田地都溜了过去。车到了前门，已经是天近黄昏了，箭楼角上，浮起一层晚霜，古城毕竟是美丽的。

呈在眼前的是一片荒凉，颓壁外一堆破瓦，脚底下是稀疏的枯草。我伫立在那里怔了半天，勾起了我若干回忆。

这个地方是在古城的南角，宣武门外，校场小六条，从前在满清的时候是个练兵的所在，故名“校场”。从我 3 岁到 13 岁都住在这个地方，它陪伴了我整个的童年，今天又回到这个地方来了，17 年了，阔别了这许久的旧地，已经不是当年境况。那些房子呢？人呢？都消失得无影无踪。在拐角的墙头有一个缝鞋的皮匠挑子，一个老头在低头缝一只旧鞋。17 年前我记得那儿就有这么一个挑子，那个缝鞋的皮匠是个瘸子，姓姚，我们都叫他姚瘸子。还记得，我每次送鞋来的时候，他总骂我说：“你怎么又来了，刚缝了几天就又坏了，没见过像你这样淘气的，穿鞋穿的这么费。”我总蹲在他旁边，听他说东道西，由《三国志》到《西游记》他都熟。他不赞成《水浒传》，理由是不赞成那伙无法无天地打官兵，他崇拜的人物除了孙悟空和黄天霸以外再就是孔夫子孔圣人了。

他问我在学校里念什么书，我回说：“有国文、算术、英文、体操……”他说：“我反对上学校，今天放假，明天补假，一年上不了几天了，你看斜对门的张家学塾多好，张先生的学问好，孔圣人之后就算他了，我是没儿子，要有儿子，一定送到张家学塾去。”

“张家学塾”就在姚癞子的斜对面，张家学塾里边有一位张先生，40 多岁，是个山东人。山东人教书在先天上已经占了不少便宜，因为跟孔子是老乡。张先生也拿这点自夸于人。张先生也有着山东人的本色，身高马大，满嘴的葱味，血口如盆，是个光棍儿，一身都是结实肉，慷慨好义，三句话不来，就是“× 他个娘，孔夫子是俺的老乡”。

张家学塾与一般的私塾不同，不那么古板，不那么死性，除了念子曰之外，也和普通学校一样有体操、唱歌和“洗澡”。有人问过张先生为什么不叫学校，张先生说：“× 他个娘，巡警叫俺到社会局去立案，那个南蛮子豆皮儿跟俺要他娘的个大学文凭，俺哪儿来的什么文凭啊，没说上两句话，他们就把俺给轰出来啦！”

“你没有骂他们吗？”

“哪儿骂啦，俺就是说了一句 × 他个娘，孔夫子是俺老乡。”

无奈何，张先生挂上了“张家私塾”的牌子，这样子可以免去许多立案上的麻烦。张先生也是受着时代的压迫，看着那块原色木板上四个黑大字，心里有点委屈，“× 他个娘，俺这个私塾跟学堂有什么分别，俺也有千字文，百家姓，四书五经，混合体操，唱歌，一个礼拜上护城河洗一次澡，怎么就不许俺叫他娘的学堂呢？”越想越气，最后张先生笑了，看看四处无人，自己说：“× 他个娘，过两天，俺自己换个新名字，也不叫学堂，也不叫私塾，叫他娘的学塾，要是那个秃子巡警不答应，俺给他来四两高茶叶末儿，叫他儿子不交钱上白学。”张先生终于胜利了，并且以张家学塾的姿态与世见面。

张先生是出奇制胜，先势夺人。私塾里没有混合体操，没有唱歌，张先生有，学堂里没有四书五经大开讲，也没有护城河里洗天澡，张先生有，张先生是贯通中外，华洋合璧。因此，学生报名众多，张先生生意兴隆。

张先生有艺术天才，有创造性，“混合体操”是他发明的。“混合”者非男女混合，而是太极拳、军操和柔体体操之混合是也。所以混合操别具风格，一会儿金鸡独立，凤凰单展翅，一会儿冲锋喊杀，一会儿又是四肢运动，好像北京人过年的杂拌儿，又好像是一盆什锦，什么都有。混合体操叫座，有号召，张先生很得意。

唱歌可以说是张家学塾的私有产，据说张先生从前唱过梆子，是花脸，摔打花。自然教学生唱梆子是不大雅观，张先生知道。张宗昌横行的时代，张先生干过队伍，学得不少军歌，可是教学生唱军歌，似乎离孔夫子又太远了些。最后，张先生决定用军歌的调儿，花脸的腔儿，自己新编的歌词儿，那就是“孔子以前没有孔子”，第二句是“孔子以前没有孔子”，第三句是“孔子，孔子，孔夫子”。虽然是三句废话，可是有军歌调儿的雄壮和花脸粗暴的腔儿，虎借山势，山借虎威，张先生索性定它为“塾歌”，于是校场小六条，每天听得见“孔子以前没有孔子……”的张家歌曲。

一片空地，周围围上四尺高的短土墙，开一入口，设有一个大池子；沿墙三步一小坑，坑旁左右各置砖头一块，这是北京所独有的“大粪场”，文明词儿是公共厕所。这种粪场，空气甚为流通，露天自然也是个原因，也就为这个，在近 30 步的周围都可以闻得见这里的粪香。常来的客人有洋车夫、小伙计、泥瓦匠、我，还有“× 他个娘，孔夫子是俺老乡”的张先生。

张先生上粪坑有特征，尤其是在夏天，上身穿一件不得不穿的洋布（据考为面口袋剪制者）中式大坎肩，露着臂膀，下身是白洋布单裤，结着一根大红洋布的裤腰带，里边没裤衩，双足踏上砖头，左手摇着一把小蒲扇儿，右手一拉裤子脱下，蹲下身来，不解大红裤腰带，厕门依然在望。张先生的肉是以大红裤腰带为界，上边黑，下边白，远看见这一堆大白屁股，红涨的脸，上边咬牙切齿，下边排山倒海，回回一样，每次如此。偶尔碰见了学生同场，张先生就低下头来，表示尊严。

大粪场几乎成了张先生的会客室，每天十二点半、七点半，张先生风雨无阻在此恭候。油盐店掌柜的，棺材铺管账的，左邻右舍有点什么事都来这儿跟张先生聊。张先生可以决定谁是谁非，能决家庭的口舌，判断善恶；巡警办不到的，张先生办得到；巡警权力达不到的，张先生达到。因此张先生交友众多，深得民心。

张先生没有老婆，也没有了家，一个人由山东走到北京，沿途打竹板儿卖唱而来，这一对竹板儿，现在还收在张先生的被褥底下。到了北京，先拉洋车，目的是挣钱吃饭之外，借以熟悉地理，因为从前学过兵，所以这一招儿算是用着啦。知道哪是前门宣武门，又知道了哪是总统府，哪是大胡同，不久张先生成了老北京，现在则是张家学塾的塾长，十几年的工夫张先生不容易。张先生自己说能有今天，他是一角钱两角钱干起来的，想想从前在关外东三省吃教书饭的时候是不可同日而语了。那时候，在乡下小村子里边，扛着个小铺盖卷儿，夹着几本书，手里摇着小铃铛，嘴里吆喝着："教书儿哩，教书儿哩，带管孩子带抱柴火，教书儿咧。"那种流浪异乡靠孔夫子赚饭吃的狼狈时代，自己想想也不禁凄然可泣，现在不同了，自己有了学塾，学生有 50 多人，学费，杂费，水费，过生日，办正寿，老家死人学生都送份子，这些收入除了自己吃饭以外，还可以添件大褂，买顶帽儿的。张先生很满意，有时候高兴了，包个饺子，学生帮着包。有的问："张先生，这堂上什么功课？"张先生说："自习。"于是各教室一片自习声。等一会又有人来问："张先生下一堂上什么功课？"张先生说："习字。"于是各教室一片习字声。张先生饺子吃好了，有了精神，拉出张家学塾的队伍，就在门前大空场上练混合操，唱"孔子以前没有孔子……"

不知是为了什么，北京大乱，恐怖消息，日日加紧，张先生因为生意兴隆而以赤党罪名捕入牢去，理由是：大红裤腰带为铁证，不从官府，私办学塾，邪话惑众，有叛逆之嫌。遂被捕。

张家学塾关门了。

大门贴上了封条。

一天两天没有消息。

空场上再看不到混合体操。

再听不到"孔子以前没有孔子"。

一年两年，人们都把张先生忘记了。

内战频起，天下大乱。

有一年，大概是十年以后，有人看见了张先生，瘦了，瘦得怕人，在张先生身上一点也找不出“孔子以前没有孔子”时代的痕迹，头发也秃了，听说是在狱里生了一场大病，为什么抓进去的，张先生不知道，为什么放出来的，张先生也不知道。反正在狱里住了上十年，张先生没有了当年的威风，困居在一家小店儿里。

又过了一年，又有人看见了张先生，拉着一辆破洋车在前门车站等座儿，车的破旧正陪衬出张先生的病老，张先生一落千丈，纵有雄心，虽然是“× 他个娘，孔夫子是俺的老乡”，也再无济于事了。

记不清是哪年的冬天了，有一个人倒卧僵挺在一家大宅门儿的门口，据说那个大宅门儿就是从前的张家学塾，那个死尸……

一直听姚癞子讲完张先生的后事，我流了眼泪。姚癞子老了，他在我的脸上还能辨别我是谁，我看他的满脸的皱纹，再回顾面前的一片荒凉，真不相信这就是我从前童年的伴侣。时间是过去了，一切都随着改了样儿，只有姚癞子还在一针一线地缝他缝不完的旧鞋，我想哭，姚癞子也很难过，我给他十块钱，拉拉他那粗粗的手分别了。

终于我已经被掳到这人海苍茫的申江来了。

北京土话

齐如山

胡说巴道

“胡说巴道”者，瞎说乱说也。清高宗曾说胡安国为胡说。“巴”字亦算是语助词，俗语中用“巴”字的地方很多。如“涩巴”、“哑巴”、“哈巴”、“杀巴”或“涩涩巴巴”、“杀杀巴巴”等等是也。《红楼梦》第八十二回作“混说白道”。

风言风语

自己做一件事情，旁边或背地有人说闲话，谓之“风言风语”。此即从前御史奏折中“风闻”之义。总之，凡有人在背后议论一件事者，皆可谓之“风言风语”。

眉眼高低

“眉眼高低”有两种说法。一系就对方言之，即喜怒哀乐之神色是也。如对方正在愁闷之时，求其做事，则他人必讥之曰“看不出个眉眼高低来”。一系就自己方面言之，即看事有分晓是也。《红楼梦》第二十七回小红对凤姐说：“跟着奶奶学些眉眼高低”，即是此义。

黄毛掉嘴

“黄毛掉嘴”者，小儿与长者争辩也。故只长者对小儿用之。意思是毛发尚嫩便与长者分辩理由也。如《红楼梦》第六十五回尤三姐骂贾琏“你不用和我花马吊嘴”，正是以小儿待贾琏之义。按“花马吊嘴”“黄毛掉嘴”皆一声之转也。

扫地出门

“扫地出门”者，做事做彻也，管到头也。如代人做一件事，恒说“这件事扫地出门都归我啦”。意思就是都归我包办了。《儿女英雄传》第十六回邓九公有此语。按此语来自木厂包修工程。因北京的规矩，无论大小工程做完之后，总要把院中打扫干净，故名曰“扫地出门”。

死榆木头

凡做事认定死理，虽经人劝解亦毫不能和缓者，曰“死榆木头”。因榆木坚而有力，到乱根交聚之处，纹理尤乱，虽想用斧劈开亦非容易。此即名曰死榆木头。于是，社会便以之比世之不容易开导之人。

二不溜子

“二不溜子”者，次等也。大致凡充上等而不能者，皆曰二不溜子。按意思说是比头等低，而比三等高者，为二不溜子。但照此说法，岂不为中等乎？然而说二不溜子，绝非中等的意思，且稍含贬义，故假冒头等而未能者始用此语。

佯佯不睬

“佯佯不睬”者，故意作不看见也。睬，吕种《玉言鲭》作保；云：不保者，里谚也。亦有出处，《北齐书・后主穆后》：不保，轻屑是也。

红攻着心

凡人做事太热，希望心太重者，人皆以此语讥之。此语来源于赌局。四门宝押着，赢钱者谓之“红”，输者谓之“黑”。爱赌者多半以为自己必赢，故有是语。

归了包堆

“归了包堆”，读如“归娄包堆”。意思即是所有的。与南方之“一拓瓜子”义同。

蔫搭呼闪

“蔫搭呼闪”者，举动悄无声响。如有人来而毫无声音者，则人必曰“你蔫搭呼闪地就来啦”。闪，读如山。盖“搭”“呼”“闪”皆语助词也。

懈儿光哜

“懈儿光哜”者，懈怠也，松懈也。做事不用力，不担沉重，不紧张，皆曰“懈儿光哜”。

吃不克化

“吃不克化”者，事情担任不起来也。意思是虽吃下去，也克化不了。《儿女英雄传》第十四回褚一官说：“那双拳头，我可吃不克化。”即是此焉。

得了一口

得，音歹。“得了一口”者，吃了一口也。如说我的东西让他吃了一口，便恒说得了一口。此语用处颇广，如让他说了一句或骂了一句，亦说“让他得了一口”。甚至钱财让他花了若干，亦曰让他得了一口。

说出七来

“说出七来”者，无论怎么说也。如债主向欠主要钱，债主说许多话而欠户无钱，则他人恒劝曰“你说出七来，他没钱也是枉然”。《红楼梦》中贾母恒用此语，如“说出七来，没地方找客”。

跟您告假

此为北京极谦和之词。如二人相遇或拜访，俟欲走时，必曰“我跟您告假”，乃谦恭之义，非真如官场请假也。

一脑门子

“一脑门子”者，充满脑思也，满脸也。如赌钱押宝，一脑门子红，则是充满脑思都是红。如一脑门子气，则是满脸怒容也。

着三不着两

人工作无规律又无长性者，曰“着三不着两”。意思是三个做对了，两个又不对。概括言之，所做之事总有几分不妥当也。如《红楼梦》第四十五回赖嬷嬷即有此语。

四六不成材

此语亦即“上下够不着”之义。语之来源未详。或云始自木匠，但亦无详细解说。

八九不离十

“八九不离十”者，去本事不远也。亦即虽不中不远矣之义。如说“我不猜则已，猜则猜个八九不离十”。

不管幺二三

“不管幺二三”者，乃任凭什么都不管之谓也。

一言抄百总

一句概括一切者，曰“一言抄百总”。《儿女英雄传》第三回作“一言抄百语”，但平常皆日抄百总，故从之。

说了个七开

“说了个七开”者，即说了许多话。如“我说了个七开，他总是不听”。或者作“说了个八开”。

闹了个八开

“闹了个八开”者，费了许多事也。如“闹了个八开，总没办成”。亦可作“闹了个七开”。总之，七闹、八闹恒通用。

狗颠屁股锤

凡好巴结人恒随人走者，辄以此语讥之。盖有人给狗食品，则狗必紧颠着随人走也。《红楼梦》第七十一回有此语。唯作“颠屁户儿”而无“锤”字。平常说话亦恒作“狗舔屁股锤”。

明公正道的

“明公正道的”者，正式也。如劝人不要胡来，“倒是明正公道的办一个人”等，这些话是常说的。《红楼梦》中说：“连个明公正道的屋里人都没熬么上，不过丫头而已。”

一亩三分地

此乃自己所有权的意思。某人的产业便是某人的一亩三分地。《儿女英雄传》第十五回邓九公：“就是你的一亩三分地，我一个钱的主意都做不成。”即是此义。按此语乃由先农坛中皇上扶犁之地而来。该地共为一亩三分，且为耕种之地，故每年须交顺天府地租若干。因地面归顺天府所管，虽是皇帝耕种，也须交租，这呼作“顺天府的一亩三分地”。后来社会说话便常常借用之，遂为一种专门名词矣。

说出大天来

与前“说出七来”同一性质。如云“说出大天来也是没用”。此语本来自打天九，盖三丁已经钻出，虽大天亦无用也。三丁钻出，便为山后，较平常多盈一倍。

死不临侵的

凡人精神颓丧，低头闷闷不语者，人必讥其为“死不临侵的”。盖将死之状态也。《西厢》及《墙头马上》杂剧中之“死不临侵地”即系此义。

我不说什么

“不说什么”者，不讲任何理由也。如云“我不说什么，给你个嘴巴”。此语用时极多，亦口头带语也。

没干什么呢

“没干什么呢”者，诸事未理也。如云“没干什么呢，我先吃一口”，则意系岂有谁都未吃，我先吃者耶？又如“没干什么呢你先不愿意”，则是大家尚未发表意见，你先不愿意。此语用时极多，然亦口头语也。

提不起来了

“提不起来”者，不值一说也。意思是伤往事。如一人不务正而落破者，曰“那个人提不起来了”；一家败落者，曰“那一家子提不起来了”。

您猜怎么着

“您猜怎么着”者，即你认为如何也。北京用此语时极多，要说话或发议论之前往往带上这句。只不过口头语耳，非必真叫人猜也。

你饶了我吧

自己以为事不宜做即劝他人勿做，自己以为不应说之话劝人勿说者，则恒用此语以阻之。《儿女英雄传》第四十回舅太太说，“我的叔叔，你饶了我吧”，即此义。此语极普通。

够了我的了

“够了我的了”乃厌烦之义。如有人怂恿办一事，自己不愿再办，则曰“够了我的了”。意思是我已办厌烦了。《儿女英雄传》第二十三回安水心口中有此语。虽非厌烦，然仍系因思多日费神之义。

这是怎么话说

凡有失望之事，则恒说此话。或一事觉得对不住人，则亦恒以此语安慰之。《儿女英雄传》第三十七回长姐见程师爷后有此语，乃是“这是怎么话说呢”。加一“呢”字，更有神采。

狗咬狗两嘴毛

“狗咬狗两嘴毛”者，无足轻重也。如二人争论或争斗，但二人所争之事，旁人视为无足轻重，辄曰“狗咬狗两嘴毛”。倘两争论者皆为无足轻重之人，则旁人亦如此说法。

袖里来袖里去

“袖里来袖里去”者，秘密也。意思是由袖筒里装来，由袖筒里装去，他人不得见也。初只在携带东西用之，后则办事时亦如此说法。如事须秘密，则曰“这件事情我们要袖里来袖里去”。意思就是不许被人知道。

陈谷子烂芝麻

凡老的事情，旧的物件，皆曰“陈谷子烂芝麻”。《红楼梦》第四十五回赖嬷嬷口中有此语。

当面锣对面鼓

凡做事当面言讲，使人无回旋余地者，曰“当面锣对面鼓”。盖事有宜当面讲者，有不宜当面讲者，故有此语也。《儿女英雄传》张金凤说何玉凤，“当面锣对面鼓，不问男家要不要，先问女家给不给”，即是此义。

一年大二年小

“一年大二年小”或说“一年小二年大”，意思是一年比着一年大了。《红楼梦》第五十七回紫娟说，“只可说话，别动手动脚，一年大二年小的了”，即是此义。

鬼头蛤蟆眼的

凡人聪明机警者，曰“鬼头”。唯对小儿用之，对于年长者，则用时很少。说时皆重念“鬼”字，“头”为语助词。《红楼梦》五十三回薛姨妈则有此语。倘聪明机警之外，眼中再有神者，则曰“鬼头蛤蟆眼的”，亦只对小儿用之。

不当家花拉的

此语从前一定很风行，所以《红楼梦》第二十八回、八十回皆有之，《儿女英雄传》更数见不鲜。近则不恒闻矣。余于清光绪二十四五年间食于同学钟君家，其祖母、姑母、母亲皆在座。其祖母则屡说“不当家花拉的”。余因看小说于此六字不得详解，当即问之。其祖母曰：“口头话罢咧。”其姑母则大乐。余曰：“姑姑笑我怯耶？”其姑母曰：“你这话问得很对劲，我们家现分三派。我母亲永远说‘不当家花拉的’，我永远说‘无缘无故的’，我嫂子永远说‘不这们不那们的’，其实这三句话乃是一句话。”余闻言之下，颇为感谢。因此义与各小说中之语气、意味甚相合也。余又问过这六个字亦有解说否？其祖母答曰：“不当者，不应当也，不应该也。乃谦恭之义。”下边几个字什么意思就说不上来了。《帝京景物略》则作“不当价”云，系“罪过”之义。《顺天府志》谓“价”乃语助词。如云“别价”“不价”之类。亦云“不当家”，三字乃吴语罪过之义。则这位老太太所说似颇有来历了。

北京的风俗诗

周作人

竹枝词在文学史上自有其源流变迁，兹不具详。这本来是诗，照例应属于集部，宋朝人的郴江嘉禾各种百咏在四库总目里都收入别集内，而提要中又称其于地志考据不为无助，可见以内容论这也可以属于史部，而且或者更为适切亦未可知。但是这一类诗的性质也不完全统一，大抵可以分作三样来说。一是所咏差不多全属历史地理的性质的，较早的一部分如宋元的各种百咏，虽说是歌咏其土风之胜，实际上只是山川古迹，往往与平常怀古之诗相似，如李太白诗云：宫女如花满春殿，至今唯有鹧鸪飞。作为越中百咏之一也是绝好的作品。二是如四库提要所云，踵前例而稍变其面目者，朱竹垞的《鸳鸯湖棹歌》一百首是最好的例，所谓诗情温丽固是特色，因此极为世人所重，经谭舟石陆和仲张文鱼诸人赓续和作，共约四百首，蔚为大观，所咏范围亦益扩大，使读者兴趣随以增加。如棹歌之十八云：白花满把蒸成露，紫葚盈筐不取钱。又五十二云：不待上元灯火夜，徐王庙下鼓冬冬。

这里加入岁时风物的分子，都是从来所少的，这不但是好诗料，也使竹枝词扩充了领域，更是很好的事。寒斋所有又是看了觉得喜欢的，乾嘉以来有钱沃臣《蓬岛樵歌》，正续各百首，所咏事物甚众而注亦详备，蔡云《吴歈百绝》，厉秀芳《真州竹枝词》四百首，前有引万二千余言，皆专咏年中行事者，《武林新年杂咏》系吴谷人等六人合著，又用五言律诗，体例少异，却亦是此类的佳作。三是以风俗人情为主者，此种竹枝词我平常最喜欢，可是很不可多得，好的更少。这是风俗诗，平铺直叙不能诗好，拉扯故典陪衬，尤其显得陈腐，余下来的办法便只有加点滑稽味，即漫画法是也。所以这一类竹枝词说大抵是讽刺诗并无不可，不过这里要不得那酷儒秀书的一路，须得有诙谐的风趣贯串其中，这才辛辣而仍有点蜜味。可惜中国历来滑稽的文字与思想不很发达，漫诗的成绩与漫画一样的不佳，实在是无可如何的。我想道家思想本来是还博大的，他有发生这种艺术的可能，但是后来派生出来的儒法两家却很讲正经，所以结果如此也未可知。汉武帝时柏梁台联句，东方朔和郭舍人都那么开玩笑，可见其时还有这样风气，看东方朔的诫子诗，可以知道他原是道家的人。《史记·滑稽列传》中云：太史公曰，天道恢恢，岂不大哉，谈言微中，亦可以解纷。这两句话说得很好，与鄙见大抵相同。滑稽——或如近时所谓幽默的话，固然会有解纷之功用，就是在谈言微中上也自有价值，可以存在，此正是天道恢恢所以为大也。太史公所记，淳于髡与二优人皆周秦时人，褚先生所补六章中除王先生与西门豹并非滑稽外，郭舍人东方朔即联句者，与东郭先生皆汉武时人物，此后昔无复有记录。佛教新兴，以至禅宗成立，思想界得一解放的机缘，又以译经的便利，文章上发生一种偈体，这与语录的散文相对，都很有新的意义。在韵文方面，韵这一关终于难以打破，受了偈的影响而创造出来的还只是王梵志和寒山子的五言诗，以至牛山的志明和尚的七言绝句。正如语录文被宋朝的道学家拿了去应用一样，这种诗体也被他们拿了过去，大做他们的说理诗，最明显的是《击壤集》著者鼎鼎大名的邵尧夫，其实就是程朱也还是脱不了这一路的影响。本来文字或思想的通用别无妨碍，不过我们这里是说滑稽的文诗，所必要的是具有博大的人情，现在却遇见这样的话，如朱晦庵骂胡澹庵的诗云：世路无如人欲险，几人到此误平生。能不令人索然兴尽，掷卷不欲再观。大概在这方面儒生的成绩不能及和尚，不但是创始与追随之差，实在也恐怕是人物之不相及。志明的《牛山四十屁》中有云：

秦时寺院汉时墙，破破衣衫破破床。感激开坛新长老，常将语录赐糊窗。

又云：

闲看乡人着矢棋，新兴象有过河时，马儿蹩脚由他走，我只装呆总不知。

这些诗虽不能说怎样了不得的好，总之谐诗的风格确已具备，可以作讽刺诗了，拉过来说则作风俗诗也正是恰好，问题只是在于时机而已。明朝因王阳明李卓吾的影响，文学思想上又来了一次解放的风潮，公安派着重性灵，把道学家的劝世歌似的说理诗挽救了过来，可是他们还是抓住诗的系统，虽是口里说着劈破玉打草竿是真人之诗，却仍不能像和尚们摔下头巾，坦率干脆地做了异端。这风气传到清朝，在康熙的李笠翁，乾隆的郑板桥诸人上面可以看出，我曾见一册《哑然绝句诗》，是曾子六十七世孙曾衍东所作，全是板桥一派而更为彻底一点，所以也是难得。等到《文章游戏四集》的编者缪莲仙，《岂有此理二集》的作者周竹君出现，老实承认是异端，同牛山志明长老的态度一样，自做他的打油诗，不想来抢夺诗坛的交椅，这样表明之后谐诗独自的地位也可以算是立定了。单行的著作我只看到郭尧臣的《捧腹集诗钞》一卷，蔡铭周的《怪吟杂录》二卷，别的不知道还有些什么，此外则我所想说的歌咏北京风俗的竹枝词也可以算在这里边。本来各地方的竹枝词很不少，可是多自附于著作之林，大抵追随竹垞的一路，上焉者也能做到温丽地步，成为一首好绝句，其次则难免渐入于平庸窘迫，觉得还是小注较有趣味了。清代的北京竹枝词如樊文卿的《燕都杂咏》，计五言绝句三百六十余首，材料不为不丰富，可是仍用正宗的诗体咏史地的故实，正是上边的一个好例，与咏风俗的讽刺诗相去很远。可以称是风俗诗的，就鄙人所知就没有多少种。大概可以分列如左：

甲，杨米人著《都门竹枝》一百首，未见，只在乙的小引中提及，大约是乾嘉间之作吧。

乙，无名氏著《都门竹枝词》八十首，嘉庆癸酉年刊，小引中说本有一百首，其二十首删去不存云。

丙，得硕亭著《京都竹枝词》一百八首，题曰《草珠一串》，序文不记年月，唯中云甲戌见竹枝词八十首，案即癸酉之次年，为嘉庆十九年也。

丁，杨静亭著《都门杂咏》一百首，序署道光二十五年即乙巳岁，原附《都门纪略》后，今所见只同治元年甲子徐永年改订本，所收除静亭原作外，又增入盛子振、王乐山、金建侯、张鹤泉四人分咏，总共二百十七首，计静亭诗有一百首，可知未曾删削，唯散编在内而已。光绪三年丁丑改出单行本，易名为《都门竹枝词》，增加三十五首，不著撰人名字，且并原本五人题名亦删去之，殊为不当，至十三年丁酉《都门纪略》改编为《朝市丛载》，照样收入，又增二十余首，则文词且欠妥适，更不足取矣。光绪后亦有新作，今不多赘。照上边所记看来，大概以乙丙两种为优，因为讽刺多轻妙，能发挥风俗诗的本领，《草珠一串》序云：《京都竹枝词》八十首不知出自谁手，大半讥刺时人时事者多，虽云讽刺，未寓箴规，匪独有伤忠厚之心，且恐蹈诽谤之罪，友人啧啧称善，余漫应之而未敢附和也。可见在癸酉甲戌当时，这讽刺觉得很锐利，作者不署名或者也由于此。到了今日已是百余年后，无从得知本事，可是感觉说得刻薄，总是真的。而这刻薄的某种程度在讽刺诗上却也是必要，所以不能一定说他不对。平心而论，此无名氏的著作比较得硕亭老夫子或者还是高出一分，也正难说。说到这里我连想起日本的讽刺诗或风俗诗来，这叫作川柳，在民国十二年夏天我在燕京文学会讲演过一回，其中有一节云：

川柳的讽刺大都是类型的，如荡子、迂儒、出奔、负债之类，都是所谓柳人的好资料，但其所讽刺者并不限于特殊事项，即极平常的习惯言动，也因了奇警的著眼与造句，可以变成极妙的漫画。好的川柳，其妙处全在确实地抓住情景的要点，毫不客气而又含蓄地抛掷出去，使读者感到一种小的针刺，似痛似痒的，又如吃到一点芥末，辣得眼泪要出来，却刹时过去了，并不像青椒那么黏缠。川柳揭穿人情之机微，根本上没有什么恶意，我们看了那里所写的世相，不禁点头微笑，但一面因了这些人情弱点，或者反使人觉得人间之更为可爱，所以他的讽刺乃是乐天家的一种玩世不恭的态度，而并不是厌世者诅咒。

上边提到东方朔，现在可以知道凡滑稽家他们原是一伙儿的。中国风俗诗或谐诗未曾像川柳似的有过一段发达的历史，要那么理想的好自然也不容易，但原则上我想总是一致的，至少我们的看法可以如此。要举出充分的例来，有点可惜珍贵的纸，姑且把别家割爱了，只引用无名氏的词本，而且可以关于书生生活为限，这就是上文所谓迂儒的一类。如《考试》十首之一云：

水陆交驰应试来，桥头门外索钱财。乡谈一怒人难懂，被套衣包已割开。

其二云：

惯向街头雇贵车，上车两手一齐爬。主人拱手时辰久，靠着门旁叫腿麻。

又其三云：

短袍长褂着镶鞋，摇摆逢人便向街。扇络不知何处去，昂头犹自看招牌。

这里把南来的考相公写得神气活现，虽然牛山和尚曾有“老僧望见遍身酥”之咏，对于游山相公大开玩笑，现今一比较却是后来居上多多了。又《教馆》十首亦多佳作，今录其二首云：

一月三金笑口开，择期启馆托人催。关书聘礼何曾见，自雇驴车搬进来。

又其八云：

偶尔宾东不合宜，顿思逐客事离奇。一天不送先生饮，始解东君馆已辞。

其十云：

谋得馆时盼馆开，未周一月已搬回。通称本是教书匠，随便都能雇得来。

这诗真是到现在还有生命，凡是做过书房或学堂的先生的人谁看了都觉得难过。近年坊间颇盛行的四大便宜的俚语云：挤电车，吃大盐，贴邮票，雇教员。教书匠的名号至今存在，那么受雇解雇的事自然也是极寻常的事，这条原理不料在一百三十年前已经定下了。替塾师诉苦的打油诗向来不少，如《捧腹集》中就有青毡生《随口曲》七绝十四首，《蒙师叹》七律十四首，可是无论处境怎样窘迫，也还不过是“栗爆偶然攒一个，内东顷刻噪如鸦”之类而已，不至于绝食示意，立刻打发走路。

《随口曲》有云：

一岁修金十二千，节仪在内订从前。适来有件开心事，代笔叨光夹百钱。

原注云，市语以二百为夹百。

乡馆从来礼数宽，短衫单袴算衣冠。燥脾第一新凉候，赤脚蓬头用午餐。

最难得是口头肥，青菜千张又粉皮。闻说明朝将厍溇，可能晚膳有鳑鲏。

这样看来，塾师生活里也还有点有趣的地方，不似都门教馆的一味暗淡，岂海宁州的境况固较佳乎？理或有之，却亦未敢断言也。民国乙酉年（1945）6月15日。

北京的街道及公众卫生

邵飘萍

我昨天走过宣武门，遇着五六辆汽车，里面坐的好像全是外国人，大约是初到北京来游历的，他们的鼻子上，都套着一个黑罩。有一两位没有黑罩的，也都用手帕紧紧裹着。鼻上黑罩，乃时疫盛行时预防空气传染之用。我当时觉得很奇怪，现在北京并没有什么很著名可怕的时疫，他们何以预先都把黑罩套上，好像到时疫最盛地方去探险救护的样子呢？前后一看，一辆汽车的中间，必有一两部粪车。只见汽车也没有法子，还是慢慢地跟着粪车走。汽车里面坐着的人，个个身首异处地摇摆着，又好像已经昏迷不省人事的样子。我料他们也必有一种很奇怪的感想，以为中国人何以本事那么大，既不怕臭，也不怕那街道高低，身子颠越，天天肯受这种奇怪的生活，一句话也没有。我当时一同被挤在粪车中间，七高八低地在那里摇摆，但是鼻子上并没有戴着黑罩。他们对我微笑着，真是惭愧得无地自容，我一转念，呵呵，北京的粪车，大约是世界闻名的了，所以他们来游历，都预先戴着鼻罩来。但是，一个首都所在的地方，街道坏到这步田地，恐怕他们更要诧异以为想象不到的事情呢。你们知道街道怎样会坏的？北京的马路，一大半都被“死症公所”[①]里面的人吃掉了。这句话决不是随便瞎说的，现在修马路的经费，五分之二用在路上，五分之三是用在人员的开支和奸吏的吞没，这不是一大半马路明明被他们吃掉了吗？

至于粪车这个问题，原是警厅的责任，应该从速去解决的。但是说起来，总是没法子。难道警察的力量，连一些粪都不能调度吗？从前警察的精神散漫，总推说窝窝头都没有吃，还管他粪不粪。现在要办警捐了，警捐办起来，至少也须做一两件事情给我们看看。倘若老是现在的样子，恐怕人民是不见得肯始终默认的呢。

我所举的，不过是北京两件最坏的东西，其余还多着哩。再过几天，北京的街道，就要恢复到一二十年前的模样。且看“死症公所”的老爷们吃下去那许多石块水门汀如何能消化啊？

---

①“市政公所”的谐音。

兔儿爷

老　舍

我好静，故怕行旅。自然，到过的地方就不多了。到的地方少，看的东西自然也就少。就是对于兔儿爷这玩意儿也没有看过多少种。

稍为熟习的只有北方几座城：北平、天津、济南和青岛。在这四个名城里，一到中秋，街上便摆出兔儿爷来——就是山东人称为兔子王的泥人。兔儿爷或兔子王都是泥做的。兔脸人身，有的背后还插上纸旗，头上罩着纸伞。种类多，作工细，要算北平。山东的兔子王样式既少，手工也很糙。

泥人本有多种，可是因为不结实，所以做得都不太精细；给小儿女买玩意儿，谁也不愿多花钱买一碰即碎的呀。兔儿爷虽也系泥人，但售出的时间只在八月节前的半个月左右，与月饼同为迎时当令的东西。故不妨做得精细一些。况且小儿女们每愿给兔儿爷上供，置之桌上，不像对待别种泥娃娃那么随便，于是也就略为减少碰碎的危险。这样，兔儿爷便获得较优越的地位，而能每年一度很漂亮地出现于街头。

中秋又到了，北平等处的兔儿爷怎样呢？

我可以想象到：那些粉脸彩衣，插旗打伞的泥人们一定还是一行行地摆在街头，为暴敌粉饰升平啊！

听说敌人这些日子，正在北平大量地焚书，几乎凡不是木版的图书都可以遭到被投入火里的厄运。学校里、人家里，都没有了书，而街头上到处摆出兔儿爷，多么好的一种布置呢！暴敌要的是傀儡呀！

友人来信，说平津大雨，连韭菜都卖到三吊钱（与重庆的“吊”同值）一束，粗粮也卖到一毛多一斤，谁还买得起兔儿爷呢？大概也就是在市上摆几天，给大家热闹热闹眼睛吧？

因而就想到那些高等汉奸，到时候，他们就必出来，正如桂花一开，兔子王便上市。他们的脸很体面，油光水滑的，只可惜鼻下有个三瓣子嘴，而头上有一对长耳朵。他们的身上也花花绿绿，足下蹬起粉底高靴。身腔里可是空空的，脊背有个泥团儿，为插旗伞之用；旗伞都是纸做的。他们多体面、多空虚、多没有心肝呢！他们唯一的好处似乎只在有两个泥膝，跪下很方便。

兔儿爷怕遇上淘气的孩子，左搬右弄，它脸上的粉，身上的彩，便被弄污；不幸而孩子一失手，全身便变成若干小片片了。孩子并不十分伤心，有钱便能再买一个呀。幸而支持过了中秋，并未粉碎，可又时节已过，谁还有心玩兔子王呢？最聪明的傀儡也不过是些小土片呀！那些带活气的兔子王，越漂亮，我就越替他们担心：小日本鬼子不但淘气，而且是世上最凶狠的孩子啊。兔子王的寿命无论如何过不去中秋，我真想为那些粉墨登场的傀偪们落泪了。

抗战建国须凭真实本领与浩然正气，只能迎时当令充兔子王的，不做汉奸，也是废物。那么，我们不仅当北望平津，似乎也当自省一下吧？

买书

朱自清

买书也是我的嗜好，和抽烟一样。但这两件事我其实都不在行，尤其是买书。在北平这地方，像我那样买，像我买的那些书，说出来真寒碜死人；不过本文所要说的既非诀窍，也算不得经验，只是些小小的故事，想来也无妨的。

在家乡中学时候，家里每月给零用一元。大部分都报效了一家广益书局，取回些杂志及新书。那老板姓张，有点儿抽肩膀，老是捧着水烟袋；可是人好，我们不觉得他有市侩气。他肯给我们这班孩子记账。每到节下，我总欠他一元多钱。他催得并不怎么紧；向家里商量商量，先还个一元也就成了。那时候最爱读的一本《佛学易解》（贾丰臻著，中华书局印行）就是从张手里买的。那时候不买旧书，因为家里有。只有一回，不知哪儿捡来《文心雕龙》的名字，急着想看，便去旧书铺访求：有一家拿出一部广州套版的，要一元钱，买不起；后来另买到一部，书品也还好，纸墨差些，却只花了小洋三角。这部书还在，两三年前给换上了瓷青纸的皮儿，却显得配不上。

到北平来上学入了哲学系，还是喜欢找佛学书看。那时候佛经流通处在西城卧佛寺街鹫峰寺。在街口下了车，一直走，快到城根儿了，才看见那个寺。那是个阴沉沉的秋天下午，街上只有我一个人。到寺里买了《因明入正理论疏》《百法明门论疏》《翻译名义集》等。这股傻劲儿回味起来颇有意思；正像那回从天坛出来，挨着城根，独自个儿，探险似地穿过许多没人走的碱地去访陶然亭一样。在毕业的那年，到琉璃厂华洋书庄去，看见新版韦伯斯特大字典，定价才 14 元。可是 14 元并不容易找。想来想去，只好硬了心肠将结婚时候父亲给做的一件紫毛（猫皮）水獭领大氅亲手拿着，走到后门一家当铺里去，说当 14 元钱。柜上人似乎没有什么留难就答应了。这件大氅是布面子，土式样，领子小而毛杂——原是用了两副“马蹄袖”拼凑起来的。父亲给做这件衣服，可很费了点张罗。拿去当的时候，也踌躇了一下，却终于舍不得那本字典。想着将来准赎出来就是了。想不到竟不能赎出来，这是直到现在翻那本字典时常引为遗憾的。

重来北平之后，有一年忽然想搜集一些杜诗。一家小书铺叫文雅堂的给找了不少，都不算贵；那伙计是个麻子，一脸笑，是铺子里少掌柜的。铺子靠他父亲支持，并没有什么好书；去年他父亲死了，他本人不大内行，让伙计吃了。现在长远不来了，他不知怎么样。说起杜诗，有一回，一家书铺送来高丽本《杜律分韵》，两本书，索价三百元。书极不相干而索价如此之高，荒谬之至，况且书面上原购者明明写着“以银二两得之”。第二天另一家送来一样的书，只要两元钱，我立刻买下。北平的书价，离奇有如此者。

旧历正月里厂甸的书摊值得看；有些人天天巡礼去。我住得远，每年只去一个下午——上午摊儿少。土地祠内外人山人海摩肩接踵地来往。也买过些零碎东西；其中有一本是《伦敦竹枝词》，花了三毛钱。买来以后，恰好《论语》要稿子，选抄了些寄去，加上一点说明，居然得着五元稿费。这是仅有的一次，买的书赚了钱。

在伦敦的时候，从寓所出来，走过近旁小街。有一家小书店门口摆着一架旧书。上前去徘徊了一下，看见一本《牛津书话选》（*The Book Lovers' Anthology*），烫花布面，装订不马虎，四百多面，本子也不小，准有七八成新，才一先令六便士，那时合中国一元三毛钱，比东安市场旧洋书还贱些。这选本节录许多名家诗文，说到书的各方面的；性质有点像叶德辉氏《书林清话》，但不像《清话》有系统；他们旨趣原是两样的。因为买这本书，结识了那掌柜的；他以后给我找了不少便宜的旧书。有一种书，他找不到旧的，便和我说，他们批购新书按七五扣，他愿意少赚一扣，按九扣卖给我。我没有要他这么办，但是很感谢他的好意。

哀焚书

邓之诚

最近北平书肆，因生意冷落，而造纸之厂，复因材料缺乏，竟买废纸，以造还魂纸，借应社会上大量纸张之需要，于是古书约斤以入纸厂。初犹残缺不全者，继则整本大套亦论斤矣；初犹从无人过问之书，继则有用之书亦遭劫矣；若《弘简录》《朱子全书》《皇朝经世文编》《佩文韵府》《唐宋八家书文》《海国图志》等等，皆已过秤。甚至大半光绪会典事例，五洲同文廿四史，凡卖价不敌论斤者，皆入纸客人之手；其价白纸每斤曾贵至两万六，黑纸两万，道林纸，日本绵纸，报纸，其价更增。残腊纸客人回家，价始回落，新正后客人再来，价必再涨。据闻最大之书肆，亦不免论斤而卖，则铺小本微者，不问可知。所卖者自难统计，若以 10 万斤计，则 20 万册之书，已入炉成浆矣。不意焚书之祸，再见今日！载籍所传，兵荒马乱之时，六朝曾有《论语》代薪之事。明末中州遭李闯之乱，人以书籍佛经，粘成衣裳，用以蔽体。清初延平为郑经所围，城中人吃人，一书生死后，偷儿剖其腹，满腹皆书也，偷儿太息不忍食之，亦至饿死。此所毁书籍，必不如今日以古书造纸者所毁之多；北平如此，他处若宁沪苏杭古书损失之数量，不问可知，是诚书籍之浩劫。《文献通考经籍考序》，周密《齐东野语》，黄宗羲《天一阁藏书记》，陈孝逸《痴山集追录亡书记》，所述公私典籍毁于刀兵水火者，尚不若以古书造纸之为最可伤惨矣。

北平为千余年旧都，文人学士，荟萃于斯，故书籍最多。明代卖书者多集于都城隍庙街之庙市，清初徙至慈仁寺，后改在护国隆福东西两市。今日隆福寺甚多书铺，皆由当时书摊改为列肆。自《四库全书》之修，琉璃厂肆始盛。民国十六七年以后，图书馆及各大学竞购古籍，欧美日本恃其金多，倾筐倒箧，载之出洋，五十年前旧籍，不准出口之禁令，等于具文。北平书业，呈空前未有之盛况，各大书肆而外，伙徒寻得领东，各自开肆，若并单人营业计之，大小不下百余家，不惜钻隙不见缝，向故家搜求，并远自西北东南，闽粤川湖，高价收买。宋元版本，到眼即知，有用无用心知别择，孰为某处必买，孰为某人所需，利市三倍，从无走眼，于是天下之书聚于北平。北平之书，散于海内外之图书馆，然北平书盛，而山涯屋角之书少矣。书之贵贱，以行销之快慢为转移，行销快慢又随风气为转移。清季贵诗文集，民初贵考据，民十六以后则由洋考据之盛行，而贵史学书，甚至不贵版本，而贵冷僻。因东西洋人不解诗文，而诗文集遂至无人过问。抗战而后，富商巨贾，囤积货物之外，间亦囤到书籍；而影印之书，及若干大部头，成为快货。胜利以来，公家无钱买书，文人无饭吃，只好卖书。百物皆昂，书价所涨倍数，只及粮布十分之一；书估亦要吃饭，向银号使钱，需利 20 分，存货无人过问，即以论斤之值求售，奈无买主何？书估指书为业，其爱书过于任何人，而终不能不忍痛以约斤者，情势所迫，不得不出此自杀之一途；不能救之，又焉忍责之！若言补救，似乎尚非全无办法，姑述其希望如下：

（一）有钱买书之图书馆，及各大学，尽量买其所无之书，派稍为懂书者，到书肆寻书，不必先尽最急之需要只买新书，用新书将来随时可买，亦不必开单专买好书，因北平书肆已无好书，而姑以买古书为救济事业保存古书之一法，一变以往坐待书铺送阅样本，慢慢检查目录，慢慢磨价之习。务使书铺不致奔波数十里，往返三四次，所卖得之利，尚不足补一车带，则书业必能稍稍好转，书肆决不肯以古书约斤。至于价格，不妨就十年前各肆书目定价，加一定之倍数，以省谐价麻烦。（二）由政府出借一种贷款，凡书肆约斤之书，可保存者，均由公家照价收存，将来或由书肆偿价赎回，或由公家变卖。此种目下无人过问之书，虽非精本秘籍可比，然翻版愈多，流行最广，乃为必须熟读之书。在北平虽为数见不鲜，然在偏僻之区，往往欲于见而不可得，故应保存之价值，或者不在精本秘籍之下。（三）社会上慈善家，不妨如昔人敬惜字纸之例，募集捐款，从事收罗；即富商巨贾，亦不妨略散余资，多量购买；视为楹书可，视为陈列品亦可，视为囤积之货物，亦未尝不可，唯切不可以之入炉。以上三者，虽未必能彻底有效，但事在人为，苟能大家呼吁，尽力挽救，自有达到愿望之时；从来劫运皆待人力挽回，安有不能挽回书厄之理？若皆视为无足重轻，斯乃真无可如何耳。

尝谓北平最足令人留恋者，书而已矣！不唯图书馆林立，友人皆有藏书，可资通假。即书肆指名以求，迟早必得，说明不买，彼亦欣然。甚或代为觅借，实足当书友之目。六年前寂寞村居时，所藏书寄存城中，无书可读，乃从书友索读顺康人诗文集，期以考证清初史事。初但借阅，间留一二，年来以他书交换，通计所得三百余种；便在他处，决难获此，犹悔十年前不早计及，否则千种不难也。唯他种佳籍，日见减少；十年前常见之书，在今日已成精驷。盖古书只有此数，精华早已出洋，其次归之图书馆。八年抗战，公私藏书，毁者不少，五局及广东书板，至今不知存亡；他日书之缺乏，自在意中。偏远省份，欲增置图籍，除新书外，恐属万难。故今日虽残编断简，犹为将来无价之宝，况整本大套者乎？书估亦知将来书必贵重，书价必涨，特无如眼前无法支持何？私人之书，归之图书馆，则多重复，归之书肆，所得有限。近顷某人有书一屋，商之书肆，最高价不过七百万；无已，作废纸卖，竟得两千万。照此情形，再过一年，不知古书损失，更有若干，故救济为万不可缓之事。或曰时局紧张，朝不保暮，何暇为此不急之务！为此言者，可谓神经过敏，固知有人正急作避地之计，并有卖书以作归计者，若真到不可收拾，天下滔滔，去将安往？若其未也，岂非庸人自扰？凡事只问当做不当做，他非所知，亦非所宜问也。明达君子必有赞此议者，盍共图之！

北平梨园金石记

张次溪

燕京梨园子弟，多来自江南田间，或因避乱，或以年荒，侨居既久，渐成土著。顾其人极重乡谊，于是有会馆义庄诸设施，所以养生送死扶老济贫也。虽时至今日，风俗卑污，而旧制尤存，其沿革尚可考见。兹将年来访询遗迹，及躬录金石文字之经过略志之。

《梨园馆碑记》石刻，旧在右安门内陶然亭，列石阶上老槐根旁，现已倒卧。民国十九年，为人磨去字迹，改刻“陶然亭”三大字。幸其碑文在十九年以前，经国立北平研究院史学会拓存，得以留传。余见此碑最早，初无意及此，亦忽略之，其后搜集梨园史料，乃从会中借抄，并就该石之碑阴，抄出未经磨去之原文，内列捐赀助善之班名人名，始称完璧。考碑文末，刻有“右安门内”四字，而该碑又久置于陶然亭中，则所谓梨园馆者，或在陶然亭左右，抑梨园馆在雍正时，附设于此中，然他无可证，不敢决也。就此碑后人名籍贯考之，大抵多为北人，盖当时江南伶人，尚少北来也。

崇文门外精忠庙，乾嘉时伶人，多于此地聚会，曾于庙中立喜神祖师庙。乾隆五十年，一度重饰；五十三年，油饰后阁；五十五年，增置佛前器物；五十七年，油饰山门，俱见刘跃云所撰《重修喜神祖师庙》碑文中，其碑石尚存也。其后于嘉庆十七年二月，又饰喜神庙；二十一年，修戏台罩棚。道光六年，补修后阁墙垣，皆见道光七年程祥翠所撰《重修喜神殿碑文序》，其石尚存。光绪某年，王有廉等捐赀重饰天喜宫祖师像，有碑记事。光绪十三年，梨园子弟，立聚议会于此，定规律以资约束，其意至善，北平孙汝梅为文记事，刻石亦存。民国初年，伶人谭鑫培、田际云，更创正乐育化会于此，宗旨亦与聚议会相同，至今其名犹存，唯久未开会，名存而实废也。

崇文门外四眼井安庆义园，俗呼曰“戏子坟”，当嘉道间安庆人业伶者，多客死北都，即葬于此，无形中即变为伶人独有义园。道光七年，名伶高朗亭等，捐赀重修园侧之关帝庙，树有《重修安庆义园、关帝庙碑记》，今亦存。高朗亭复为请于大兴县正堂，令该地居民，勿得刨土滋扰之谕，书刻于石上，今尚存，唯该地所葬伶人，年代湮远，莫可考稽矣。

沙窝门内南极庙街南极庙旁，有春台班义园，原有神殿三楹，今已圮废，而老伶钱宝峰、傅芷芬之遗骨，尚埋于此。园前尚存有道光十七年所立《春台义园碑记》。

潜山义园，在右安门内盆儿胡同，咸丰七年，程玉珊、余三胜等捐赀购置，倪文蔚为撰文，刻石今存。

安苏义园，在右安门内猪营，其地有松柏庵，俗呼其地曰松柏庵。同治九年，朱连芬、程玉珊诸人捐赀购置，以园地与松柏庵毗连，遂挽庵僧看管。近年庵内西厢房中，祀近代伶工名位，庵外树有王堃所撰碑记，今尚完整。

彰仪门外稍北有天宁寺，向为历来名伶名士游赏之地，李莼客先生旅居北都时，尝偕沈芷秋辈来此避嚣，其事叠见于《越缦堂日记》中，今寺中三圣殿佛案上供器，尚是早年和春、洪福两班所献。

樱桃斜街梨园新馆，有八卦铁香炉，及铁磬诸物，上铸有“四喜班光裕堂”字样，考此物旧在正阳门外，西珠市口天寿堂中。天寿堂旧为梨园馆，明时为惠济祠，乾嘉间名伶魏长生尝一居于此，犹为谈燕都故事者所乐道。民国元年，伶界欲将此地改建正式会所，遂与天寿堂饭庄涉讼，讼事失利，判归天寿堂所有，梨园馆因以迁出。闻老年人云，早年此处罩棚及屋檐，悬有梨园匾额甚多，梨园人姓氏，多刻于匾上，今无一存，仅余此二三供器，移入新址。

余数年以来，访询梨园史料，书本之外所得者亦仅如上述，然依借残碑败鼎，亦可考见当时侨京某省人士之多寡，更足见剧风之习尚，斯亦此编之不虚作也。至燕都各庙宇中似尚有梨园子弟所献供器，如城内之广慧寺、东岳庙、南城隍庙，城外之白云观、潭柘寺、妙峰山，久为伶人常游之地，当不乏遗迹可寻，容当走访，别作续记。

北平的垃圾

梁实秋

“无风三尺土，有雨一街泥”，这是北平的传统的形容词。北平的天气干燥，风大，路修得不好，所以灰尘太大。有时候，从蒙古沙漠那边吹过来的大风，卷起了北方戈壁的细沙，向南饰洒，能把半个天都涂成新闻纸的颜色。所以凡是到北平来观光的，样样满意，只是对于那落在脖梗子上的，洒在头发上的，钻到耳朵眼儿里牙缝儿里的，以及经常罩在桌面上的灰尘，实在不能赏识。这是无可奈何的事，甘瓜苦蒂，天下物无全美。沙漠要搬家，可有什么法子治呢？这不独北平为然，凡是在黄河流域旅行过的都应该知道北方在五行中关于“土”是得天独厚的。

不要说屈心的话，长住在北平的人也并不喜欢灰土。即以区区而论，在灰土里已经扑腾了快50年，如果迎面刮起一阵黑风，好像是一大把胡椒粉兜头撒来，我是要急忙地堵起鼻嘴，丝毫没有如鱼得水之乐。可是我又不能不承认，北平人好像是对于灰土的耐性特别的强韧一些。除了天空中常川弥漫着的灰土不计外，北平人还在囤积大批的垃圾。“沙滩”是号称所谓文化区的，其实那地方的特征是除了一座大学之外还有一座大垃圾堆在矗立着。靠近各处城根，都有垃圾堆，堆得挺高，几乎高与城齐，堆的上面都开辟出了道路，可以行车走人！各胡同里的垃圾很少堆在墙脚路边，那太不雅观，并且不卫生，为政府所不许，于是有更聪明的处理办法，索性平铺在路面上，路面本来不平，不平处正好用垃圾填补，而且永远填补不平，总是有坑洼的地方，所以垃圾可以无限制地往上铺放。老百姓不敢大量地把垃圾倾在路面，官家的人才这样做，负责清除垃圾的人穿着制服摇着铃铛公然在路面上铺垃圾。北平胡同的路面现在距离天空越来越近了。这作风与“刮地皮”正相反。区区的寓处并不在偏僻的地方，门口本来有四层石阶，现在只剩两层了。有人统计过（怎样统计的我却不知道），北平积存的垃圾合拢起来有四个景山那么大的体积，若是完全清除，至少需要五年！我想，我们的国运若是兴隆，而固有道德又不堕坠的话，北平的垃圾与日俱增，也许用不了多久的时间北平会要变成一块高原，在遥远的将来在这垃圾的废墟里可以掘出无数的“北京人”，无须再到周口店去了。

对于垃圾加以赞颂是不近人情的。但是一个垃圾堆确实是我们的一个最恰当的纪念塔，它象征一个古老的文化，是多年聚积的成绩，有丰富的内容，虽然是些无用的废物，它藏污纳垢，它蕴藏着毒素，但是永远有三五成群的衣裳褴褛的孩子在埋头苦干地从事发掘。有人以为天坛的祈年殿或是故宫的太和殿最足以代表北平的文化，据我看，那都是历史的陈迹，我以为垃圾堆才是北平的活的现实的写照。不要以为垃圾堆是令人掩鼻而过的东西，不，无数的老头子小伙子大姑娘小媳妇都在那堆上生活着，趋之若骛。

迟缓的北平人也感觉到垃圾的威胁了，大家嚷嚷着要清除垃圾，因为垃圾太庞大了，国际观瞻所系，故都市容有关，不能再姑息下去，至于市民卫生倒是一桩小事。我原以为清除垃圾固然兹事体大，其方法当不外一铲一筐地用车拉出城去而已。我的想法居然落了下乘。有更高明的议论出现了，有人说清除垃圾是一门学问，需要大学里专辟一个课程，造就专门的人才，又有人说垃圾可以废物利用，从垃圾中可以制炼出砖之类的东西。这议论当然很好，只是远水不救近火。从前我们也没有垃圾专家，垃圾并不成问题。清道夫就是垃圾专家。垃圾如果有用，也不妨搬到城外去慢慢地受用。我的笨法子很简单，负责的人把清洁捐拨出一部分来（只要一部分），雇用足数的人，给他们足数的薪给，认真督促他们一铲一筐地往城外运，骡车也行，人拉车也行，卡车更好，采取愚公移山的办法，早晚可以清除净尽。同时，大学里设专门课程，利用垃圾开设工厂，都可以并行不悖，我丝毫没有不赞成的意思。

寂寞的西三条二十一号院

——朱安的晚年岁月

谢保杰

1926年8月26日，鲁迅携许广平南下，离开北京城，此时朱安47岁。自此至1947年去世，朱安在西三条二十一号院（现鲁迅博物馆）孤独地度过了20余年的岁月。

对于鲁迅携许广平南下，朱安没有表露出反抗的意思，但内心的落寞之情可以想象。当邻家女孩俞芳问及此事，朱安神情沮丧地告诉俞芳，这是意料中的事情。"过去大先生和我不好，我想好好地服侍他，一切顺着他，将来总会好的。"现在呢？"我好比是一只蜗牛，从墙底一点一点往上爬，爬得很慢，总有一天会爬到墙顶的。可是现在我没有办法了，我没有力气爬了。我待他再好，也是无用。"好像一只蜗牛落地跌伤了，朱安的这个比喻给人留下很深的印象，可以想象她内心的凄苦与无奈。

鲁迅南下以后，西三条二十一号院更加安静了。朱安由原来服侍两个人，现在变成服侍鲁老太太一个人了，照顾婆婆每日的生活起居是她晚年生活的第一要务。后来海婴出世，消息传到北京，朱安还是很高兴。原因不难理解，她曾考虑自己已经50多岁的人了，此生此世不可能有孩子了。按照绍兴的风俗，没有孩子也是一个妇女的“过错”。现在有了海婴，他是鲁迅的儿子，自然也是她的儿子。先前自己无端加给自己的“罪名”，现在也得到赫然“豁免”，她怎么能不高兴呢？而且，有了海婴，将来自己死后，有海婴给她烧纸，送庚饭，送寒衣，阎王也不会认为她是孤魂野鬼，罚她下地狱。于是她精神上得到安慰，所以很高兴。

1936年10月19日，鲁迅在上海去世。消息传到北京，朱安曾打算南下奔丧，在她心目中，理应由她这个“正室”亲自出面料理丧事，可事实上却不能够做到。“因阿姑（鲁迅的母亲）年逾八十，残年风烛，聆此消息，当更伤心，扶持之役，责无旁贷。”因此，南下奔丧之意，难以成行。朱安于是在西三条二十一号院设置灵堂，为丈夫守灵。西三条二十一号院并不大，三间北屋住着鲁迅的母亲与朱安，三间南屋是鲁迅在北平居住写作的地方，灵堂就设在三间南屋里，房间的四周都是书柜，里面装满了线装书和一些外文书。东边的墙壁上，挂着一幅鲁迅的画像，画像长约二尺，宽约一尺，是陶元庆在1926年给鲁迅画的炭画像。画像下面设置一长桌，长桌上摆满了祭品，整个房间充满了肃穆的气氛。朱安就在这里“穿着白鞋白袜，并用白带扎着腿，头上绾着一个小髻，也用白绳束着”。看见记者以及前来吊唁的亲友，“眼泪盈眶，哀痛之情流露无遗”。在鲁迅去世那几日，朱安悲戚的形象出现在北平各大报纸上，她也非常得体地接待记者，回答他们的提问，并向记者解释因为自己需要服侍婆婆不能南下奔丧。

人生突如其来的变故，也让朱安沉寂的内心陡生温厚的体恤与慈悲。在鲁迅去世的当月，她就给三弟周建人写信，央求周建人转告许广平，希望许广平与孩子搬来北平同住："许妹及海婴为堂上素所钟爱，倘肯莅平朝夕随侍，庶可上慰慈怀，亦即下安逝者。"信中还说许妹如能成行，她"当扫径相迓，决不能使稍受委曲""倘许妹尚有踌躇，尽请提示条件，嫂无不接受"。朱安谦卑的好意许广平没有领受，不久，七七事变爆发，北平沦陷，许广平就是有北上的打算也无法前行。

鲁迅去世以后，朱安与婆婆相依为命，她们的生活费用主要是鲁迅著作的版税，由许广平每月从上海汇来，周作人也每月给母亲一部分零花钱。1943 年 4 月，鲁迅的母亲去世。老太太临去世前，叮嘱周作人，把每月给自己的零花钱转送给终身服侍她的长媳，并叮嘱朱安一定收下。后来，由于战争原因，上海至北平邮路不通，再加上许广平被日本宪兵逮捕，导致汇款一度中断。生活困顿的朱安，在周作人的建议下，欲出售鲁迅藏书维持生计。得知鲁迅藏书有可能被出售，上海文化界反响很大，许广平立即写信劝阻，并推选唐弢、刘哲民去北平做疏通劝阻工作。1944 年 10 月 15 日，黄昏时分，鲁迅的学生宋琳（宋紫佩）带着从上海赶来的唐弢与刘哲民，来到了北京西三条二十一号院拜访了朱安，当时朱安和侍候她的女工正在用餐，"碗里面是汤水似的稀粥，桌子上碟子里有几块酱萝卜。"当宋琳说明来意，朱安曾激动地说："你们总说鲁迅遗物，要保存，要保存！我也是鲁迅遗物，你们也得保存保存我呀！"接着，唐弢解释了许广平被捕以致汇款中断的情况并告知海婴的近况，朱安脸上才渐渐露出笑意。朱安的态度一变，出售藏书问题得到解决：朱安的生活费仍由上海家属负担，如有困难，朋友愿意凑起来代付，朱安不再出售鲁迅藏书。

出售藏书事件以后，由于新闻媒体的放大，朱安的生活境遇引起很多人的关注与同情，鲁迅的生前好友以及一些机关团体、社会人士纷纷送上钱款，给予资助。朱安深明大义，“为顾念鲁迅名誉起见”，除鲁迅生前旧交捐赠的以外，一概辞谢不受，并表示“宁自苦，不愿苟取”。朱安顾全大局的处理方式也得到了上海家属的认同与钦佩。有一次例外的是蒋介石送来的一笔馈赠。1946年春节，蒋介石委派中央党部秘书长郑彦芬来西三条二十一号院，送来法币十万元，朱安“辞不敢受”，来人劝道：“别人的可以不收，委员长的意思，一定要领受的。”朱安只好收下，并写信告知上海家属许广平。

1946年10月24日，为了整理鲁迅的书籍，许广平从上海来到北平，独自一人走进了西三条二十一号院。自从她离开西三条，20年过去了，鲁迅也去世了10年，一切恍如隔世。听到脚步声，朱安放下了吸了几十年的水烟袋，慌忙迎了上去。一位新时代的女性，一位旧式女子，两位“未亡人”，隔着20年的人世沧桑、是非恩怨，因为这次相逢而再次联系起来，不能不让人生发无限的感慨。许广平此次北平之行，不善言辞的朱安很是感动。在许回沪后，朱安在信里写道：“你走后我心里很难受，要跟你说的话很多，只当时一句也想不起来，承你美意，叫我买点吃食，补补身体，我现在正在照你的话办。”

自从嫁到周家就没有得到过爱与温暖的朱安，晚年非常看重名分，她曾多次重复：“我生为周家人，死为周家鬼。”1947年春天，朱安病情日益加重，她意识到自己将不久于人世，于是就自己的后事安排致函许广平：“自想若不能好，亦不欲住医院，身后所用寿材须好，亦无须在北平长留，至上海须与大先生合葬。”

1947年6月29日，朱安走完了她的人生之路，在西三条二十一号院孤独地去世，享年 68 岁。她临终前一日，神志清醒，请人把宋琳招至榻前，泪流满面地告诉宋琳：她想念大先生，想念许先生，想念海婴。并再三叮嘱宋琳转告许广平：希望死后葬在大先生之旁。当然，朱安这个愿望不能实现。经宋琳与周家后人商议，朱安葬于西直门外保福寺周作人家的一处私地，没有墓碑，也没有行状。

一年以后，许广平在一篇文章中写道："鲁迅原来有一位夫人朱氏……她名'安'，她的母家长辈叫她'安姑'……"据说，这是朱安第一次在文章中出现真名字。

北京旧书铺

张恨水

北京琉璃厂隆福寺各旧书店，以卖旧书著名于国内。说者谓彼等虽出身市井，然凡一书也，内容如何、著者如何、纸如何、版如何，知之极真，辨之极详，看书索价，大有研究。且其对购书者之性情与身份，亦洞烛无遗。因知购者非此书不可，故高其价，宁可交易不成，而勿容易脱手也，予闻此言，亦颇韪之。佣书之余，辄好涉足书摊，以搜索断简残篇为乐。至古色古香，整洁完好之书，则不敢问价。不但不敢问价，且亦不敢翻阅，明知商人以古董视之，多此一摩抚，亦殊无味耳。

然盘桓既久，则觉其闭门造车之定价，有时颇涉于不经。稍稍与讨论之，而漏洞愈多。苟欲某书，吾持以不屑之状态，略略论价，而其值又未尝不可大让。于是知彼等内行之称，究亦银样镴枪头耳，大抵彼等于书之研究，皆耳食与传统之训练，初非自能辨白书之高下。世人相传曰名著，曰好书，彼即以为内容佳矣。作者为翰林公为状元公，彼即以为名作矣。版或精细，纸或暗，彼即以为宋版明版矣（按近来伪造古版书者甚多）。至于书之是否为遗书，版之是否为绝版，苟未经人道，彼不知也。而遗书与绝版大抵又不常经人道，故真搜罗好书者，仍不乏在书上得便宜货了。

新春厂甸开市，全北京小书商，遂各各列摊于海王村之东偏。计其摊，约在百数外，不啻为一旧书展会也。予每届春节，必在此处有数度之徘徊。经验所得，固知书商为不识货矣。试数事证之。

（一）抄本书，亦彼等所珍视者也。有毛边纸抄本两册，装订整齐，字则蝇头小楷，亦楚楚有致。询其价，则告以十元，予大笑。盖所抄者非他，乃人家窗课，所选古文观止、东莱博议等之文。

（二）清代文人笔记，虽已刻版，至今荡然无存者，为数甚多。苟有残篇，吉光片羽，自可宝贵。予无意中得乾隆年间某文人笔记续篇一本，约三四十页，绝版书也。予度价必不小，姑闻之，则索值一毛五，予铜子二十四枚即得之。真是拿着蜡烛当柴卖矣。

（三）有相术书一部，约十册，予遇一老人持卷把玩爱不忍释。询价，告以十元，还四元而不售，老人怏怏去。越一日，又遇老人在彼议价中，老人出六元，而书贩非十二元不可，老人拂袖而去。此书除此等人不售，虽存十年无人问可也，而竟交臂失之。

由是以言，则北京旧书者之负有盛名，一经研究，技至此耳。于是知经验所得来之本领，究不如书本上所得为佳也。

北京的电车真开了

丁西林

做文章有两大秘诀：第一，题目里的字，你要个个都认识；第二，题目的意思，你要先把它弄清楚，尤其是题目的意思容易使人发生误会的时候。我这篇文章，题目是《北京的电车……》，然而我要说的是上海天津香港各处的电车，不是北京的“电车”。上海天津香港各处的电车，是一种挂在一根电线上面，在轨道上行走，前面嵌了一面招牌，告诉你它往哪里去，招牌底下，站一个人，一手抓住一根弯的把柄，不住地转来转去，脚下把一个铃子踏得当当当当响的车子。北京的“电车”，是底下有四个轮子，前边点油，后边喷烟，面前两个亮灯，只点一个，为的是要叫拉车和走路的人，不知道向哪一边躲避，两旁不是站人的地方，往往站着好几个武装的兵士，一到街上，时常的在人的身上走过的一种车子。这种车子，听说在上海天津香港各处都叫作汽车；英国人把它叫作 Tank，是打仗的时候最凶的一种武器。现在北京有了真正的电车，这“电车”非改名不可；据我的理想推想起来，只有两个名字，有被采用的希望：一个是已经通用的“汽车”，一个就是“腾开”。

北京开电车，这并不是第一次，至少在报纸上已经开了不止十次，本来用不着我来替他们再做广告。但是北京人非常的顽固，电车虽然开了那么多次，他们因为没看见车子在轨道上走，他们就都不承认开了车。这一次车子已经在轨道上“实行”，看见的人很多，他们是一定赖不了；不过外省的人一定还是不肯相信，所以我才在这个信用久著的周刊上，作一个负责任的担保：“北京的电车真开了。”

北京的电车真开了，我不但看见过，我还亲自坐过；不仅是我坐过，还有两个朋友，和我一同坐过。那一天我们由西山进城，他们要我长长见识，就领我去坐电车。电车里有两间屋子，一间长，一间短；上了车，他们把我领到那间短屋去。刚坐下，就有一个人来问我往哪儿去，我说到西四牌楼，问他要几个子儿；他把一个指头在一本簿子似的东西上，一上一下地走了几次，说：“十七个子儿。”唷！我想，这真不贱，我说：“十四个子儿去不去？”我的话还没有完，坐我旁边的一个朋友忙用肘推了我一下，说：“不要做傻子。”啊，不错，不错，我即刻想了过来，我说错了话；我不应该说“十四个子儿去不去”，因为他去都是去的，我应该说：“十四个子儿你运不运？”

然而这句话实在也用不着更正，因为那要我买票的人，对我说，票子是有定价的，他一个子儿都赚不到。我信了他的话，凑成五十一个子，买了三张票。坐在我旁边的那个朋友，是一个大银行家的大少爷，他接过票子，看了一看，接着做起肚算来，我只听见他嘴里说：“大洋六分二，洋价两吊七百六，二七一十四，二二如四，九十六，一五得五，六九五十四，加上九十六，一吊三百四，七七四十九，五六又是三十，一共一吊七百二十六。你还要还价！”他说：“照票子的定价，你已赚了他的便宜。”到底我赚了便宜没有，我不知道，我现在所要说的是，电车票子，既是定价，定价又都用大洋几分几厘，那么，电车里面至少要挂两块牌：一块是“真不二价”，一块是“今日洋价照市二吊零百零十，大毛贴水若干，小毛贴水若干。”

有人说电车比洋车走得还慢，那真是冤枉。我们那一天一上了车，没有多久，就赶上了好几辆洋车。虽然我们停在第二站的时候，那几辆洋车又赶到我们的前面去，然而这是电车的过失吗？这是停车的结果。我现在有一个建议，要向电车公司提出。假定由西直门到前门有十一个站口，我们备十种专车，由西直门向这十个站口直接开去；到站之后，即由这十个站口向西直门直接开回；再备十个专车，由前门向倒数的十个站口直接地开去；到站之后，复行开回。如此则随你由西直门往各站，由各站往西直门；或由前门往各站，由各站往前门，你都有专车可坐；在路既无耽搁，一定比洋车走得快。至于要由中间的任何一站，往中间的其他任何一站，也不是没有办法。比方你想由四牌楼往单牌楼去，你就可以先由四牌楼经过单牌楼乘车到前门，再由前门乘单牌楼的专车到单牌楼。

又有人说电车的价钱太贵了，比洋车还要贵，我以为只要它能够比洋车走得快，就贵一点也不碍事；如果他采用我的专车的办法，我个人决不反对。我听说电车价钱所以如此贵的缘故，是北京商会不准他定低，为的是恐怕洋车夫失业。如果这是事实，我以为实在过虑。北京的洋车，无论如何，决不会失业。北京坐洋车的人，以两种人居大多数，一种是忙人，奔波终日，疲劳不堪，他们要仰着头，闭着眼，张开口，把洋车当床铺用；如果他们也把电车当床铺用，他们一个人至少要买三张票；电车无论怎样便宜，都不会便宜到洋车的三分之一。还有一种是阔人，他们坐的是包车，出门的时候，要用毯子包好了脚，身子躺在车上。上衙门，车子可以一直拉到里面去。看朋友的时候，车子停在门外，叫车夫去压铃，如果主人不在家，他可以不必下车。下雨下雪的天气，北京的街道是很脏的，他可以一步都不用走。他的包车，一月最多不过花二十块钱，像这样的一种人，你就是每月给他二十块钱，他也不来坐你的电车。所以电车的价钱尽管定高定低，不必替洋车夫着想，北京的洋车夫是不会失业的。

北平的洋车夫

老　舍

北平的洋车夫有许多派：年轻力壮，腿脚灵利的，讲究赁漂亮的车，拉“整天儿”，爱什么时候出车与收车都有自由；拉出车来，在固定的“车口”或宅门一放，专等坐快车的主儿；弄好了，也许一下子弄个一块两块的；碰巧了，也许白耗一天，连“车份儿”也没着落，但也不在乎。这一派哥儿们的希望大概有两个：或是拉包车；或是自己买上辆车，有了自己的车，再去拉包月或散座就没大关系了，反正车是自己的。

比这一派岁数稍大的，或因身体的关系而跑得稍差点劲的，或因家庭的关系而不敢白耗一天的，大概就多数的拉八成新的车；人与车都有相当的漂亮，所以在要价儿的时候也还能保持住相当的尊严。这派的车夫，也许拉“整天”，也许拉“半天”，在后者的情形下，因为还有相当的精气神，所以无论冬天夏天总是“拉晚儿”。夜间，当然比白天需要更多的留神与本事；钱自然也多挣一些。

年纪在40以上、20以下的，恐怕就不易在前两派里有个地位了。他们的车破，又不敢“拉晚儿”，所以只能早早地出车，希望能从清晨转到午后三四点钟，拉出“车份儿”和自己的嚼谷。他们的车破，跑得慢，所以得多走路，少要钱。到瓜市、果市、菜市，去拉货物，都是他们；钱少，可是无须快跑呢。

在这里，20岁以下的——有的从十一二岁就干这行儿——很少能到20岁以后改变成漂亮的车夫的，因为在幼年受了伤，很难健壮起来。他们也许拉一辈子洋车，而一辈子连拉车也没出过风头。那40以上的人，有的是已拉了十年八年的车，筋肉的衰损使他们甘居人后，他们渐渐知道早晚是一个跟头会死在马路上。他们的拉车姿势，讲价时的随机应变，走路的抄近绕远，都足以使他们想起过去的光荣，而用鼻翅儿扇着那些后起之辈。可是这点光荣丝毫不能减少将来的黑暗，他们自己也因此在擦着汗的时节常常微叹。不过，以他们比较另一些40上下岁的车夫，他们还似乎没有苦到了家。这一些是以前决没想到自己能与洋车发生关系，而到了生和死的界限已经不甚分明，才抄起车把来的。被撤差的巡警或校役，把本钱吃光的小贩，或是失业的工匠，到了卖无可卖，当无可当的时候，咬着牙，含着泪，上了这条到死亡之路。这些人，生命最鲜壮的时期已经卖掉，现在再把窝窝头变成的血汗滴在马路上。没有力气，没有经验，没有朋友，就是在同行的当中也得不到好气儿。他们拉最破的车，皮带不定一天泄多少次气；一边拉着人还得一边儿央求人家原谅，虽然15个大铜子儿已经算是甜买卖。

此外，因环境与知识的特异，又使一部分车夫另成派别。生于西苑海甸的自然以走西山、燕京、清华比较方便；同样，在安定门外的走清河、北苑；在永定门外的走南苑……这是跑长趟的，不愿拉零座；因为拉一趟便是一趟，不屑于三五个铜子的穷凑了。可是他们还不如东交民巷的车夫的气儿长，这些专拉洋买卖的讲究一气儿由东交民巷拉到玉泉山、颐和园或西山。气长也还算小事，一般车夫万不能争这项生意的原因，大半还是因为这些吃洋饭的有点与众不同的知识，他们会说外国话。英国兵、法国兵，所说的万寿山、雍和宫、“八大胡同”，他们都晓得。他们自己有一套外国话，不传授给别人。他们的跑法也特别，四六步儿不快不慢，低着头，目不旁视的，贴着马路边儿走，带出与世无争，而自有专长的神气。因为拉着洋人，他们可以不穿号坎，而一律的是长袖小白褂，白的或黑的裤子，裤筒特别肥，脚腕上系着细带；脚上是宽双脸千层底青布鞋；干净，利落，神气。一见这样的服装，别的车夫不会再过来争座与赛车，他们似乎是属于另一行业的。

北京的轿车

徐一士

近阅报载北京市各项车辆统计，内有轿车三辆。昔日此物北京甚多，为都人代步唯一之具。清末马车人力车等兴用，渐颇取而代之，唯乘轿车者尚属不少。迨入民国，乘者益减，逐形统计衰替，驯致街市中绝不易睹。似为天然淘汰之结果，今北京已无复此物之存在矣。据此统计，居然犹有三辆，得备一格，可谓晨星硕果也。物稀为贵，此残余之三辆轿车，庶几名物，而于报端见之亦颇足令人兴怀旧之感焉。

清初京朝官乘轿（肩舆），后多改乘轿车。俞曲园（樾）《春在堂随笔》卷九云："王渔洋《香祖笔记》，言京朝三品官以上，在京乘四人肩舆，舆前藤棍双引喝道，四品官自金都御史以下，只乘二人肩舆，单引喝道。按此，可见国初京朝官威仪之盛。余道光中入都，尚书以上犹无不肩舆者。至光绪丙戌，余送孙儿陛云入都会试，相国张子青，尚书徐荫轩，见访寓庐，皆乘四人肩舆，然时谓汉人肩舆止此一顶半而已，所以云半顶者，以荫轩尚书乃汉军，不纯乎汉也。后闻潘伯寅许星叔两尚书皆乘肩舆，则余已出京矣。”其时贵官率亦乘轿车也。

轿车驾以骡，故亦谓之骡车，唯骡车之在北京，实犹后起，其前乃驾以驴或马，称驴车马车，特此马车非西式之马车耳。车之有旁门近于西式马车者，号后挡车，其制为纪晓岚（昀）所创。姚伯昂（元之）《竹叶亭杂记》云：“乾隆初只有驴车，农中丞起在部当差，犹只驴车，唯刘文正（统勋）有一白马车，见马车即知刘中堂来矣。自川运例开，骡车始出，名曰川运车。乾隆三十年后，京中惟马车多，骡车尚罕。车之有旁门，自纪文达始创。车旁开门，碍于转轴，于是将轮移后，始有后挡之制。”为关于轿车之掌故，可资征考。盖自乾隆季叶，北京驾车以骡者始渐多。光绪季年暨宣统间，京朝贵官，乘轿车（骡车）者尚夥，一品官乘轿或轿车，二品以下仍以轿车为常。忆盛杏孙（宣怀）官邮传部侍郎时即乘轿，在当时二品官中为罕见，盖曾加太子少保衔，宫保之身份较尊，与普通之侍郎稍有不同耳。其间马车（西式）已兴，喜乘者亦已不乏矣。（大抵司交涉或与外人方面有交际往来者，马车尤为必备之具。）

关于潘伯寅（祖荫）之轿车暨改而乘轿，传有趣事。谏书稀庵主人（陈恒庆，字子久）《归里清谭》（又名《谏书稀庵笔记》云：“潘文勤伯寅……为工部尚书。……尚书尚俭，不乘肩舆，一车而已。驾车白骡，已老矣。某岁伏雨过多，道涂泥泞，行至宣武门外，老骡陷于淖，不能起。尚书告其仆曰：‘前有一车，悬工部灯笼，急呼之，予附其车。’问之，果为工部司员，且门生也。是早为尚书堂期，故早起入署，急下车相让。尚书曰：‘此车为吾兄之车，吾兄入车内，予坐车前足矣。不允，予将徒行。’乃同车而行。其白骡从此病惫，乃赁一轿，命仆人舁之。仆未练习，一日行至正阳门，雨后路滑，前二人仆，尚书亦仆于地。道旁观者大笑。有识之者曰：'此管理顺天府事，父母官也。奈何笑之！'尚书起立，曰：'本来可笑！'乃乘轿而归。京师传为笑柄。凡骡之青色者，年老则变白。潘府中骡多白，故京师人语云：'潘家一窝白，陈家一窝黑。'"笑柄足供噱助，亦可谓之名人佳话也。（此工部司员既系潘氏门生，潘似不应以兄称之，盖陈氏涉笔时未遑致详耳。潘氏以工部尚书顺天府兼尹卒于光绪十六年庚寅，在兼尹任尽心民事，办赈尤瘁心力，于父母官之称，当之无愧。陈氏亦尝官工部司员，后历言路，由给事中外放知府。所云"陈家一窝黑"之陈家，盖即自谓其家，道光朝宰相陈官俊，其先世也。）

在新式车辆未兴用之前，轿车代步，其时亦颇觉方便，长途短途，均获其用。唯未经乘惯不能适应其动荡之势者，则不免碰头之苦，黄天河（钧宰）《金壶浪墨》卷六云："道光三十年庚戌春，将以廷试入都，三月十日与涟水张禹山白沙水少泉袁浦王紫垣会于王营，明日启行。车左右倾侧，辄与头角相触，避之且愈甚。车夫曰：'子读易乎？其道用随。柔子之体，虚与委蛇，左之右之，勿即勿离。骨干在中，不患脂韦。'予笑曰：'是诚名言，君子之徒也，内方外圆，利用如车。命名思义，说在老苏。有子之识，何为乎仆夫？'"诙谐语，甚有致，盖乘坐轿车，为避免碰头起见，须讲适应其动态之道耳。（若常坐此车，成为习惯，则不烦戒备而自能委蛇其间左右咸宜矣。）至车夫之果否出口成章，可不深论也。

又无名氏《燕市百怪歌》有云："黄轮黑轿，巍然高耸，嗷然一声，谨防头肿！"碰头是患，传神之笔。歌作于民国初年，其时北京轿车已渐少，然在代步之具中犹保有相当之地位，今则在“燕市”欲一尝此“头肿”而“嗷然”之滋味，亦匪易易矣。

有署名“蘧园”者著一小说曰《负曝闲谈》，逐回披露于《绣像小说》（小说定期刊物，每月二期，商务印书馆出版，创刊于光绪二十九年癸卯），第八回写周劲斋到京后坐轿车情状云：“劲斋上了车，那管家跨了车沿，掌鞭的拿鞭子一洒，那车便电掣风驰而去。周劲斋在车里望去，人烟稠密，店铺整齐，真不愧为首善之区。忽然那里转了弯，望左边一侧，劲斋的头在车上咕咚一响，碰得他头痛难当，随即把头一侧，哪里知道，这车又往右边一侧，劲斋的头又在车上咕咚一响，这两下碰得他眼前金星乱迸！……好容易熬了半日，熬到一个所在。”乘车挨碰，写得颇有趣味。余于民国二十二年对此书曾为评考，就此节所书有云：“写周劲斋坐车挨碰，并非挖苦，是南方人没坐惯北方的轿车（骡车）难免的事。一次挨碰，必是脑袋上左右连碰两下，过来人当知之，此处描写得甚细。至于‘那车便电掣风驰而去’，形容的字眼实在太用得过火了。不过在书中所写当时的北京城市，‘行’的工具之车，不但没有什么摩托车电车之类，就连马车人力车脚踏车之类也还没有，则轿车比载重的所谓大车来，便算快得多。著者更特加以动目的形容，于是乎‘电掣风驰’矣。记得庚子年，我同吾兄凌霄等，随侍先君在山东，由武定府往省城的路上，先君坐的是一辆双套轿车，（两个骡子拉着走的叫双套，是上长路用的。不上长路的，用一个骡子拉，叫作单套，如周劲斋所坐的便是。）我们坐的是一种‘大车’，（极笨大，便于堆放多数行李。一辆大车上套着的牲口，多至五头，往往牛马骡驴四项俱全。）大车走得极慢，和轿车同时出发，我们眼看走在前面的那辆轿车，觉得飞也似的快。（也就仿佛所谓‘电掣风驰’。）打尖，住店，都是轿车先到了许久，然后大车从容不迫地来到。时至今日，在‘行’的工具中，轿车自然也早已算落伍了。所谓快所谓慢，本来不过是比较之词而已。”今谈轿车，斯亦可资参阅。清代北京富家及讲究排场者，对于轿车暨驾车之骡多加意讲求，用相矜诩。其时好事者且有赛车之举，以行速自豪。民初犹间有之，今早无闻矣。

前门遇马队记

周作人

中华民国八年六月五日下午三时后，我从北池子往南走，想出前门买点什物。走到宗人府夹道，看见行人非常的多，我就觉得有点古怪。到了警察厅前面，两旁的步道都挤满了，马路中间站立许多军警。再往前看，见有几队穿长衫的少年，每队里有一张国旗，站在街心，周围也都是军警。我还想上前，就被几个兵拦住。人家提起兵来，便觉很害怕。但我想兵和我同是一样的中国人，有什么可怕呢？那几位兵士果然很和气，说请你不要再上前去。我对他说："那班人都是我们中国的公民，又没有拿着武器，我走过去有什么危险呢？"他说："你别要见怪，我们也是没法，请你略候一候，就可以过去了。"我听了也便安心站着，却不料忽听得一声怪叫，说道什么"往北走！"后面就是一阵铁蹄声，我仿佛见我的右肩旁边，撞到了一个黄的马头。那时大家发了慌，一齐向北直奔，后面还听得一阵马蹄声和怪叫。等到觉得危险已过，立定看时，已经在"履中"两个字的牌楼底下了。我定一定神，再计算出前门的方法，不知如何是好，需得向哪里走才免得被马队冲散。于是便去请教那站岗的警察，他很和善地指导我，教我从天安门往南走，穿过中华门，可以安全出去。我谢了他，便照他指导的走去，果然毫无危险。我在甬道上走着，一面想着，照我今天遇到的情形，那兵警都待我很好，确是本国人的样子，只有那一队马煞是可怕。那马是无知的畜生，他自然直冲过来，不知道什么是共和，什么是法律。但我仿佛记得那马上似乎也骑着人，当然是个兵士或警察了。那些人虽然骑在马上，也应该还有自己的思想和主意，何至任凭马匹来践踏我们自己的人呢？我当时理应不要逃走，该去和马上的“人”说话，谅他也一定很和善，懂得道理，能够保护我们。我很懊悔没有这样做，被马吓慌了，只顾逃命，把我衣袋里的十几个铜圆都掉了。想到这里，不觉已经到了天安门外第三十九个帐篷的面前，要再回过去和他们说，也来不及了。晚上坐在家里，回想下午的事，似乎又气又喜。气的是自己没用，不和骑马的人说话；喜的是侥幸没有被马踏坏，也是一件幸事。于是提起笔来，写这一篇，做个纪念。从前中国文人遇到一番危险，事后往往做一篇“思痛记”或“虎口余生记”之类。我这一回虽然算不得什么了不得的大事，但在我却是初次。我从前在外国走路，也不曾受过兵警的呵叱驱逐，至于性命交关的追赶，更是没有遇着。如今在本国的首都，却吃了这一大惊吓，真是“出人意表之外”，所以不免大惊小怪，写了这许多话。可是我决不悔此一行，因为这一回所得的教训与觉悟比所受的侮辱更大。

到青龙桥去

冰　心

如火如荼的国庆日，却远远地避开北京城，到青龙桥去。

车慢慢地开动了，只是无际的苍黄色的平野，和连接不断的天末的远山。——愈往北走，山愈深了。壁立的岩石，屏风般从车前飞过。不时有很浅的浓绿色的山泉，在岩下流着。山半柿树的叶子，经了秋风，已经零落了，只剩有几个青色半熟的柿子挂在上面。山上的枯草，迎着晨风，一片的和山偃动，如同一领极大的毛毡一般。

“原也是很伟秀的，然而江南……”我无聊地倚着空冷的铁炉站着。

她们都聚在窗口谈笑，我眼光穿过她们的肩上，凝望着那边角里坐着的几个军人。

“军人！”也许潜藏在我的天性中罢，我在人群中常常不自觉地注意军人。

世人啊！饶恕我！我的阅历太浅薄了，真是太浅薄了！我的阅历这样地告诉我，我也只能这样忠诚而勇敢地告诉世人，说："我有生以来，未曾看见过像我在书报上所看的，那种兽性的，沉沦的，罪恶的军人！"

也许阅历欺哄我，但弱小的我，却不敢欺哄世人！

一个朋友和我说——那时我们正在院里，远远地看我们军人的同学盘杠子——"我每逢看见灰黄色的衣服的人，我就起一种憎嫌和恐怖的战栗。"我看着她郑重地说："我从来不这样想，我看见他们，永远起一种庄肃的思想！"她笑道："你未曾经过兵祸罢！"我说："你呢？"她道："我也没有，不过我常常从书报上，看见关于恶虐的兵士们的故事……"

我深深地悲哀了！在我心中，数年来潜在的隐伏着不能言说的怜悯和抑屈！文学家啊！怎么呈现在你们笔底的佩刀荷枪的人，竟尽是这样的疯狂而残忍？平民的血泪流出来了，军人的血泪，却洒向何处？

笔尖下抹杀了所有的军人，被混沌的，一团黑暗暴虐的群众，铭刻在人们心里。从此严肃的军衣，成了赤血的标帜；忠诚的兵士，成了撒旦的随从。可怜的军人，从此在人们心天中，没有光明之日了！

虽然阅历决定毅然地这般告诉我，我也不敢不信，一般文学家所写的是真确的。军人的群众也和别的群众一般，有好人也更有坏人。然而造成人们对于全体的灰色黄色衣服的人，那样无缘故无条件，概括的厌恶，文学家，无论如何，你们不得辞其咎！

也讲一讲人道吧！将这些勇健的血性的青年，从教育的田地上夺出来，关闭在黑暗恶虐的势力范围里，叫他们不住地吸收冷酷残忍的习惯，消灭他友爱怜悯的本能。有事的时候，驱他们到残杀同类的死地上去；无事的时候，叫他穿着破烂的军衣，吃的是黑面，喝的是冷水，三更半夜的起来守更走队，在悲笳声中度生活。家里的信来了："我们要吃饭！"回信说："没有钱，我们欠饷七个月了！——"可怜的中华民国的青年男子啊！山穷水尽的途上：哪里是你们的歧路？……

我的思潮，那时无限制地升起。无数的观念奔凑，然而时间只不过一瞬。

车门开了，走进三个穿军服的人。第一个，头上是粉红色的帽箍，穿着深黄色的呢外套，身材很高。后面两个略矮一些，只穿着平常的黄色军服，鱼贯地从人丛中，经过我们面前，便一直走向那几个兵丁坐的地方去。

她们略不注意地仍旧看着窗外，或相对谈笑。我却静默地、眼光凝滞地随着他们。

那边一个兵丁站起来了。两块红色的领章，围住瘦长的脖子，显得他的脸更黑了。脸上微微地有点麻子，中人身材，他站起来，只到那稽查的肩际。

粉红色帽箍的那个稽查，这时正侧面对着我们。我看得真切：圆圆的脸，短短的眉毛，肩膀很宽，细细的一条皮带，束在腰上；两手背握着。白绒的手套已经微污了，臂上缠的一块白布，也成了灰色的了，上面写着"察哈尔总站，军警稽查……"以下的字，背着我们看不见了。

他沉声静气地问："你是哪里的，要往哪里去？"那个兵丁笔直地站着，听问便连忙解开外面军衣的纽扣，从里衣袋里，掏出一张名片和护照来，无言地递上。——也许曾说了几句话，但声音很低，我听不见。稽查凝视着他，说："好，但是我们公事公办，就是大总统的片子，也当不了车票啊！而且这护照也只能坐慢车。弟兄！到站等着去罢，只差一点钟工夫！”

军人们！饶恕我那时不道德的揣想。我想那兵丁一定大怒了！我恐怕有个很大的争闹，不觉地退后了，更靠近窗户，好像要躲开流血的事情似的。

稽查将片子放在自己的袋里——那个兵丁低头站着，微麻的脸上，充满了彷徨、无助、可怜。侧面只看见他很长的睫毛，不住地上下瞬动。

火车仍旧风驰电掣地走着。他至终无言地坐下，呆呆地望着窗外。背后看去，只有那戴着军帽，剪得很短头发的头，和我们在同一的速率中，左右微微动摇。

我深深吸了一口气，放下心来，却立时起了一种极异样的感觉！

到了站了！他无力地站起，提着包儿，往外就走。对面来了一个女人，他侧身恭敬地让过。经过稽查面前，点点头就下车去了。

稽查正和另一个兵丁问答。这个兵丁较老一点，很瘦的脸，眉目间处处显出困倦无力。这时却也很直地站着，声音很颤动，说：“我是在……陈副官公馆里，他差我到……去。”一面也珍重地呈上一张片子。稽查的脸仍旧紧张着，除了眼光上下之外，不见有丝毫情感的表现，他仍旧凝重地说：“我知道现在军事是很忙的，我不是不替弟兄们留一线之路。但是一张片子，公事上说不过去。陈副官既是军事机关上的人，他更不能不知道火车上的规矩——你也下去吧！”

老兵丁无言地也下车去了。

稽查转过身来，那边两个很年轻的兵丁，连忙站起，先说："我们到西苑去。"稽查看了护照，笑了笑说："好，你们也坐慢车吧！看你们的服章，军界里可有你们这样不整齐的？国家的体面，哪里去了？车上这许多外国人，你们也不怕他们笑话！"随在稽查后面的两个军人，微笑地上前，将他们带着线头，拖在肩上的两块领章扶起。那两个少年兵丁，惭愧地低头无语。

稽查开了门，带着两个助手，到前面车上去了。

车门很响地关了，我如梦方醒，周身起了一种细微的战栗。——不是憎嫌，不是恐怖，定神回想，呀！竟是最深的惭愧与赞美！

一共是七个人：这般凝重，这般温柔，这样的服从无抵抗！我不信这些情境，只呈露在我的前面……

登上万里长城了！乱山中的城头上，暗淡飘忽的日光下，迎风独立。四围充满了寂寞与荒凉。除了浅黄色一串的骆驼，从深黄色的山脚下，徐徐走过之外，一切都是单调的！看她们头上白色的丝巾，三三两两的，在城上更远更高处拂拂吹动。我自己留在城半。在我理想中易起感慨的，数千年前伟大建筑物的长城上，呆呆地站着，竟一毫感慨都没有起！

只那几个军人严肃而温柔的神情，平和而庄重的言语，和他们所不自知的，在人们心中不明不白的厌恶：这些事，都重重地压在我弱小的灵魂上——受着天风，我竟不知道世界上还有个我没有！

西望翠微

焦菊隐

来住在山下已半年了，每日沉醉在这湖光山色中。去年深秋的时节，才迁居此地，日日看枫叶鲜红的小岛上，拱立着老松两株，平波的燕舫湖中，浮着石船，仿佛在漂摇。每当月明如水的时候，我便伫立在舫上，水中的浮影映着我眼珠晶莹，月光下面的松柏，都似仙侣。或者在朝日未出之前，看灰云的幻变；不久一轮鲜红的旭日，笑在塔后，这时候，回头斜睨山光，真似浴后的香妃。我最幸福的，是去年冬天，每天上德文在早七点钟，这样我可以在寒风扑面的夜间，起来围湖边跑一二圈，然后往课室的道上走着时，正对着西山。

哈，若提起西山，真要叫我追忆，还要叫我希望。每当我潦倒失意的时候（固然我无时不潦倒失意），便想起我的西山，因此我每日里要注视它有多少次，然而注视它千万次，它的姿态，便会千万次不同！西山像个美女，美女都不配拟它，像个美貌的女伶，雪朝，雪夜，红日的早晨，清风的白天，微沙的下午，朦胧的黄昏，大风狂吼的深夜，浓雾迷蒙的终日，还有，春云变幻中，秋雨连绵里，或者远处军笳豪壮，幻忆中寺钟沉默，小桥下流水哀婉时分……及梦中醒来睡不着的子夜，你随时去看她，她随时给你微笑，憨笑，苦笑，愁容，怒容，壮容，或者她竟全然埋向穷苍里，不给你看见。

我相信，这不是偶然的吧？她那微笑的粉靥上，我看见了千年积下的愁容。我相信，这伟石丛莽下，一定压着有多少悲怨，这一切悲怨，你伟大的西山，既不能向苍海号啕，又不能向碧天诉怨，只有时看时令在嬉戏，因而苦笑罢了。自从我来到这里已欣赏了不少西山的变幻了，本拟每天写一首诗，练习写景，但终未果，如今勉强写下六首。

一

有一天，正是一个黄昏，疏雪如坟头的灰片，纷纷地落在山腰。似一个挂了孝的妇人，在昏黑的分明里，她哭泣在惨云之下。那一连连的山峰，都似因悲哀而晕死在苍白的一片中。啊，苍白，秋风后浓霜满地，枯草原莫有这样苍白，老银柏树，经了多少凄风苦雨，蚀死在深山，没有这样苍白，荒野里，终夜哭泣，没有人凭吊的腐骨，没有这样苍白，当一个美女骤然听见爱人殉身在沙场，突然消失了润红的脸色，也没有这样苍白。这苍白，像万籁俱静中，鸣泉上、古寺里空黑的一间佛堂上，颤颤出的哮经声，懒懒的木鱼声，隔一会一声的晚钟声，使沦落人的心，又一番地翻起了酸泪的波涛。我注视着万寿山上的孤塔。这孤塔，如今是一座银塔，一座忏悔的塔，一座塔储满了往事前尘新愁旧恨。我愿此塔消灭，愿它消灭在无边的苍白里，在说不出的苦痛里。但是它却更苍白得两样，像是个死尸的唇，生前红得销魂，死后白得销魂！

二

第二天清晨，天是晴了，但是积雪未消。春寒骤至，把冷冰打到眼帘，我倒背着手，向着西山走来。仰首看山，已有一部的积雪融化，那一层层纹缕，像饱经了风霜的老人，又好似雨点打了的残荷。

美丽啊，又绝似一个妇人，舞罢归来，斜倚在床侧，珠衫未解，灯光下，闪耀着一条条的珠串，那鹅毛的大扇斜放在洁白的右臂上。啊，还是一个娼妓，是一个歌女，是一个无所依倚的浪妇，在欢笑之后，落下了一滴滴伤心泪，在娇白的粉面上，流成了一条条纹印！不啊，如果有一群白鸽，飞翔在黄沙蔽天的野外，也许没有这白雪半融时的西山美丽。

这杂乱，像华筵上的杯盘，这杂乱，像战后的残垒，这杂乱，这一大片无声的嘈杂，像战场上的喊杀。再啊，那座塔，灰云后浴罢的白月，哪会像它这样惨情？似那美女的手指，正在拭擦热泪！咳，这手指，曾弹过多少珠泪，多少泪珠！

我于是伏在湖边，痛哭失声。

三

当我从愿望之迷梦中醒来时，我看见她又变了。这一次，你们为什么没有看见呢？这里，那里，到处是模模糊糊的烟雾，从山腰中飞出。我曾看过沉雨的恶云，从山后奔出，但，哪有这样徐缓，这样不断，这样的静静无言。我想到密柳遮到桥边，光明中不见日影，小屋里，只听见蝉鸣，佛经唪诵处，一把香炉，那样安安静静地回旋的烟啊，恰似这时的西山。我这时企望着另一世界，企望着这伤痛的世界，也都布满了浮烟，因为，我遥望着那里，似一条藏龙，屈伏了多年，一旦想脱尽深愁，飞腾天外。这全山，都像云烟在飘摇。唯有那座塔啊，那座积满了忧怨的塔，却沉沉地动也不动。如果这云山飞走时，这塔会仍旧落在这里的！啊！天啊，这里积满了忧怨！

四

昏昏地已到了黄昏将近的时候了。什么事都觉得安闲不少。做工的，吸着一口兰花末，叹了一声。咳，本来人生原是一场做不醒的大梦！在浅蓝的天空中，看到浮的云变化分合，湖水中模糊地映着。远山处，一带薄薄的雾下，罩着浅淡的西山，西山后，又烘托着几片野云。这时节，是云是山，辨不分明，只有模模糊糊的一片，一层的深浅。尽远处，天、云、山分不清楚。尽近处，是那座满储忧苦的宝塔，像死别在昏老的记忆中，分明得清楚！这一片，简直是一场场绮梦。失去的青春，失去的灵魂，失去的欢乐，只能在此一片片苍然的绮梦中追寻。啊，梦啊也怕不久，因为这沉沉的黑夜，将一切的梦境罩着。但，那座怕人的塔，却还能在昏黑中闪出它的白影。

五

就是这样悲伤的一天一天地过去了。这一清晨，松针似乎骤然绿了，湖水突地起了无数皱纹。一片紫色的晨装，饰着当日舞罢掩泣的歌女。狭眉处，闪着一副惺忪的娇态，她是刚从好梦中被晨光惊醒，笑窝，自然可以窥看后边的苦容，像画眉的柔啼。这一片红紫，真是小女孩的赧颜，因为她昨日的偷泣，被我听见。那发的乌黑，那肌肤的柔白，那明眼的闪耀，那牙齿的玲珑，这一切，都把她心中的悲苦，暂时掩过。这一座积愁之塔，也就像她的一个绣枕，倚在她身下。你只能看见一切一切的炫耀，却看不见这座引人落泪的塔了。

六

这一晚，人静了，我从喧吵的城池，走归荒凉的墓道。骤如离了母怀的孤子，暗自凄啼。这路上，一列列鬼魅般的树枝，又见一只春天的小鸟。只有如雪的狂风，呜呜哀鸣。仿佛这四处尽是鬼魅，阻我的去路。我已然走得疲乏了，能憩一憩吗？但这荒野，何处是藏身之处？我跌倒在一个桥边，垂头呜咽。但，当我仰头祈天时，骤见那远山如黑衣的寡妇，幻念着她的丈夫。她幻忆着从前她丈夫的红唇，紧紧压在她的黑发上，那时何等甜蜜！这时，正是落日衔在远山后，仿佛当日的恩情。但，转眼间，红日已竟消沉，只有那西山昏死在苍茫的黑夜里！

北大河

刘半农

唯中华民国十有八年十有二月，北京大学三十一周年纪念刊将出版，同学们要我做篇文章凑凑趣，可巧这几天我的文章正是闹着“挤兑”（平时答应人家的文章，现在不约而同地来催交卷），实在有些对付不过来。但事关北大，而又值三十一周年大庆，即使做不出文章，榨油也该榨出一些来才是，因此不假思索，随口答应了。

我想：这纪念刊上的文章，大概有两种做法。第一种是说好话，犹如人家办喜事，总得找个口齿伶俐的伴娘来，大吉大利说上一大套，从“红绿双双”起，直说到“将来养个状元郎”为止。这一工我有点做不来，而且地位也不配：必须是校长、教务长、总务长等来说，才能说得冠冕堂皇，雍容大雅，而区区则非其人也。第二种说老话，犹如白发宫人，说开天遗事，从当初管学大臣戴着红顶花翎一摆一摇走进四公主府说起，说到今天二十九号汽车在景山东街啵啵啵；从当初同学中的宽袍大袖，摇头抖腿，抽长烟管的冬烘先生说起，说到今天同学中的油头粉脸，穿西装，拖长裤的“春烘先生”（注曰：春烘者，春情内烘也）。这一工，我又有点不敢做，因为我在学校里，虽然也可以窃附于老饭桶之列，但究竟不甚老：老于我者大有人在。不老而卖老，决不能说得“像煞有介事”；要是说错了给人挑眼，岂非大糟而特糟。

好话既不能说，老话又不敢说，故而真有点尴尬哉！

哈！有啦！说说三院面前的那条河吧！

我不知道这条河叫什么名字。就河沿说，三院面前叫作北河沿，对岸却叫作东河沿，东与北相对，不知是何种逻辑。到一过东安门桥，就不分此岸彼岸，都叫作南河沿；剩下的一个西河沿，却丢在远远的前门外。这又不知是何种逻辑。

真要考定这条河的名字，亦许拿几本旧书翻翻，可以翻得出。但考据这玩意儿，最好让给胡适之顾颉刚两先生“卖独份”，我们要“玩票”，总不免吃力不讨好。

亦许这条河从来就没有过名字，其唯一的名字就是秃头的“河”，犹如古代的黄河就叫作河。

我是个生长南方的人，所谓“网鱼漉鳖，在河之洲；咀嚼菱藕，捃拾鸡头；蛙羹蚌臛，以为膳羞；布袍芒履，倒骑水牛”，正是我小时候最有趣的生活，虽然在杨元慎看来，这是吴中“寒门之鬼”的生活。

在八九岁时，我父亲因为我喜欢瞎涂，买了两部小画谱，给我学习。我学了不久，居然就知道一小点加一大点，是个鸭，倒写“人”字是个雁；一重画之上交一轻撇是个船，把“且”字写歪了不写中心二笔是个帆船。我父亲看了很喜欢，时时找几个懂画的朋友到家里来赏鉴我的杰作。记得有一天，一位老伯向我说：

“画山水，最重要的是要有水。有水无山，也可以凑成一幅。有山无水，无论怎样画，总是死板板的，令人透气不得。因为水是表显聪明和秀媚的。画中一有水，就可以使人神意悠远了。”他这话，就现在看来，也未必是画学中的金科玉律；但在当时，却飞也似的向我幼小的心窝眼儿里一钻，钻进去了再也不肯跑出来；因而养成了我的爱水的观念，直到“此刻现在”，还是根深蒂固。

民国六年，我初到北京，因为未带家眷，一个人打光棍，就借住在三院教员休息室后面的一间屋子里。初到时，真不把门口的那条小河放在眼里，因为在南方，这种河算得了什么，不是遍地皆是吗？到过了几个月，观念渐渐地改变了。因为走遍了北京城，竟找不出同样的一条河来。那时北海尚未开放，只能在走过金鳌玉蝀桥时，老远地望望。桥南隔绝中海的那道墙，是直到去年夏季才拆去的。围绕皇城的那条河，虽然也是河，却因附近的居民太多了，一边又有高高的皇城矗立着，看上去总不大入眼。归根结底说一句，你若要在北京城里，找到一点带有民间色彩的，带有江南风趣的水，就只有三院前面的那条河。什刹海虽然很好，可已在后门外面了。

自此以后，我对于这条河的感情一天好过一天；不但对于河，便对于河岸上的一草一木，也都有特别的趣味。那时我同胡适之，正起劲做白话诗。在这一条河上，彼此都嗡过了好几首。虽然后来因为嗡得不好，全都将稿子揉去了，而当时摇头摆脑之酸态，固至今犹恍然在目也。

不料我正是宝贵着这条河，这条河却死不争气！十多年来，河面日见其窄，河身日见其高，水量日见其少，有水的部分日见其短。这并不是我空口撒谎：此间不乏十年以上的老人，一问便知端的。

在十年前，只隆冬河水结冰时，有点乌烟瘴气，其余春夏秋三季，河水永远满满的、亮晶晶的，反映着岸上的人物草木房屋，觉得分外玲珑，分外明净。靠东安门桥的石岸，也不像今日的东歪西欹，只偷剩了三块半的石头。两岸的杨柳，别说是春天的青青的嫩芽，夏天的浓条密缕，便是秋天的枯枝，也总饱含着诗意，能使我们感到课余之暇，在河岸上走上半点钟是很值得的。

现在呢，春天还你个没有水，河底正对着老天；秋天又还你个没有水，老天正对着河底！夏天有了一些水了，可是臭气冲天，做了附近一带的蚊的大本营。

只是十多年的工夫，我就亲眼看着这条河起了这样的一个大变化。所以人生虽然是朝露，在北平地方，却也大可以略阅沧桑！

再过十多年，这条河一定可以没有，一定可以化为平地。到那时，现在在蒙藏院前面一带河底里练习掷手榴弹的丘八太爷们，一定可以移到我们三院面前来练习了！

诸公不信吗？试看西河沿。当初是漕运的最终停泊点；据清朝中叶人所做的笔记，在当时还是樯桅林立的。现在呢，可已是涓滴不遗了！

基于以上的“瞎闹”（据师范大学高材先生们的教育理论，做教员的不“瞎闹”就是“瞎不闹”，其失维均，故区区亦乐得而瞎闹），谨以一片至诚，将下列建议提出于诸位同事及诸位同学之前——

第一，那条河的最大部分（几乎可以说是全体），都在我们北大区域之内（我们北大虽然没有划定区域，但南至东安门，北达三道桥，西迄景山，谁也不能不承认这是我们北大的势力范围矩——谓之为“矩”而不言“圈”者，因其形似矩也——而那条河，就是矩的外直边），我们不管它有无旧名，应即赐以嘉名曰“北大河”。

第二，即称北大河，此河应即为北大所有。但所谓为北大所有，并不是我们要把它拿起来包在纸包里，藏在铁箱里，只是说：我们对于此河，应当尽力保护；它虽然在校舍外面，应当看得同校舍里面的东西一样宝贵。譬如目今最重要的问题，是将河中积土设法挑去，使它恢复河的形状，别老是这么像害着第三期的肺病似的。这件事，一到明年开春解冻，就可以着手办理。至于钱，据何海秋先生说——今年上半年我同他谈过——也不过数百元就够；那么，老老实实由学校里掏腰包就是，不必向市政府去磕头，因为市政府连小一点的马路都认为支路不肯修，哪有闲情逸致来挑河？（但若经费过多，自当设法请驻平的军队来帮帮忙）此外，学校里可以专雇一两个，或拨一两个听差，常在河岸上走走。要是有谁家的小少爷，走到河边拉开屁股就拉屎，就向他说：“小弟弟，请你走远一步罢，这不是你府上的中厕啊！”或有谁家的老太太，要把秽土向河里倒，就向她说：“你老可怜可怜我们的北大河罢！这大的北平城，哪一处不可以倒秽土呢？劳驾啊，我给您请安！”诸如此类，神而明之，会而通之，是在哲者。

河岸上的树，现在虽然不少，但空缺处还很多。我的意思，最好此后每年每班毕业时，便在河旁种一株纪念树，树下竖石碑，勒全班姓名。这样，每年虽然只种十多株，时间积久了，可就是洋洋大观了。假如到了北大开一百周年纪念会时，有一个学生指着某一株树说：“瞧，这还是我曾祖父毕业那年种的树呢。”他的朋友说：“对啊！那一株，不是我曾祖母老太太密斯某毕业的一年种的吗？”诸位试闭目想想，这还值不得说声“懿欤休哉”吗？

总而言之言而总之，我虽然不相信风水，我总觉得水之为物，用腐旧的话来说，可以启发灵思；用时髦的话来说，可以滋润心田。要是我们真能把现在的一条臭水沟，造成一条绿水涟漪，垂杨飘拂的北大河，它一定能于无形中使北大的文学、美术，及全校同人的精神修养上，得到不少的帮助。

我的话已说完，诸位赞成的请高举贵手；不赞成就拉倒，算我白费，请大家安心在臭水沟旁过活！

小酒店

李道静

小酒店在一条僻静大街的北头，通到另一条大街去的转角上。

这两条街都相当的宽大，所以看来尤其显得冷落。往北的河那边，铁道在河岸的柳荫中蜿蜒地伸展着，从这里可以通到长辛店和别的什么地方去。

十年前这里是骡车经过的地方，坐在酒店里就可以看到骡从窗外走过，听到那笨重的铁轮在坎坷不平的路上碾过发着辘辘的声音。但是人们也可以听到对岸火车的汽笛声，它好像成心要来破坏这古旧的情趣，拉长了嗓子喊着。这件事在这小酒店里喝酒的人仿佛没有理会到，或者日子长了不以为奇，因为那声音毕竟是暂时的，一会儿就在空间里消灭了，眼前又恢复了原来的世界。

小酒店主人是一个 50 岁开外的老头儿，另外有一个同他一样岁数的老伙计，一个十六七岁的孩子——他的小孙孙，帮同料理生意。这小酒店专一卖酒，仅预备煮花生、炒花生、辣白菜、拌海蜇几种小菜供客点用，别不代卖吃食，所以并不像别的酒店那样水陆杂陈，火炽热闹。尤其在客少时，这几个照料生意的人更显得清清闲闲的，常常是抱着手，身子伏在柜台上，仿佛要悠悠然睡去的样子。

冬天的时候，有雪意的云低低地压着这小酒店的两间矮矮的屋子。

因为天气冷，喝酒的人比平常日子多，一清早前边摆设客座的那间屋子里就坐满了七成人，一直到黄昏以后才慢慢地冷落下来。这时只有三两个客人在那里悠闲地喝着。古旧的铁火炉子伸长着高高的火苗，一种水和酒的蒸汽从火炉边温酒用的铜锅里升起来，慢慢地在空间里流动着。

有的单身客人喝了两杯酒，想起同这里的老主人闲谈天。老主人告诉他过去发生在这个小酒店里的许多故事。他说有喝得醉醺醺结果摸不出一文钱来的。也有的喝了酒要动武，经人调解后感情却比未吵架前还透着亲密，结果这些人只好喝醉了走不出去。也有的单身客人自个儿静静地喝着，听着客人们的谈话，听着客人与老主人的谈话。

九点多钟时，夜静极了，风呼呼地吹起来。有人揭开小酒店的厚棉布帘走出来，同时泻出一片灯光在小酒店前的寒冷的石阶上。那人摇摇摆摆地往东转进那条冷冷清清的街道，一会就在黑暗里消失了。

“失落番邦十五春……”

悲凉的音节传过小酒店这边来，传到在里边喝酒的人们的耳里。声音渐渐地远了。

小店火房

金受申

小店

凡门前大写“仕宦行台，安寓客商”的，都是招待过往行人来此寄宿的所在，统称为“店”。以前只有“大店”“小店”，以及次于“小店”的“火房子”。官宦使节，以至大商贾寄寓的，可以称之大店；做小本营业，暂时来此寄寓，以至做官工活的工人寄寓的，可以称之小店；至于乞丐、和乞丐差不多的流动职业者——也可以说不纳所得税的自由职业者——寄寓的，便是火房子。近年大店越发加大，称之为“旅馆”，再大的有饭店或大饭店，南方称为酒店。以外专以长期住客为目的的，又有公寓。大店本文不来谈，只谈小店和火房子。

小店和火房子虽差不多，风味却不相同。小店城里城外皆有，火房子却多在城外。火房子虽较小店尚次一等，但喜住火房子的未必喜住小店。北京小店散在四郊关厢，城内只天桥一带有之。

开小店的，有带门面的，几间门面，形如商店，玻璃窗上写着“安寓客商，某某小店”，或“某家小店”。有不带门面，而一间或半间门道，也有随墙门楼的，外面临街后墙，也写同等字样。小店大部为一通连三五间房，或前沿大炕，或后沿和尚大炕，靠屋门近处，有的设有柜台，寄寓客人，便一个一个挨着睡下，可谓天南地北，万里之人，同床入寐了。整齐一点的小店，也有另备几个单间，招待不能住大店的客人。小店差不多都带赁棉被，如自有行李，或不愿盖被的，听其自便。

住小店的，进门放下行李物件以后，要先交足本日店费，如赁棉被，也在临睡前付过赁费。如系常客，像每年上京跑旱船、耍猴、耍傀儡、卖酸枣的，常住某小店，日久相熟，也可以次日付钱，或欠钱总付。住大房子冬天不另纳煤火费，住单间的煤火费算在店费之内，如欲睡热炕，可以另烧柞子（秫秸下半截连根处叫“柞子”）。因为小店热炕，并不似北京城内人家的热炕（北方热炕共分四种，两种烧煤：一推火炉，一井地炉。两种烧柴：一为堂屋烧柴锅，一为窗外烧柞子），由屋内炕洞中推火炉，全由屋外窗下开有炕洞烧柞子（外州县大店亦如此）。每束柞子称每“个”，值钱若干（三年前只值四大枚），烧几个算几个钱。实在一个柞子，便能一夜不冷，比屋内生一炉火要暖得多了。住在乡村小店中，外面风雪交加，烧上两个柞子，点上“一灯静如鹭”的油灯，自酌浊酒，听远犬吠柝声，别有佳境。

住小店大炕的，多半都有常主顾，所以住客相熟的很多，因之便玩出花样来，以饮酒赌钱为主要。赌钱以掷骰、推牌九、顶牛、打天九、斗纸牌为主要，其中斗纸牌又最多，因这种赌博者有大钱的很少，大半以消此良夜为目标，所以斗纸牌又以“打十胡”“开赏”等斯文赌法最多，结果输赢不多，店主又可抽得灯油钱，皆大欢喜而散。如遇变天、大雨雪的日子，做小买卖的、耍把戏的不能出门，必有“抓大头”等欢会，但遇连阴天，则欢会逐渐减少，以至于无，因本钱赢利不多的缘故。

小店十九不带起火，只管住不管吃，不过，因开小店的全家带内眷的多，如系熟主顾常客，内掌柜的也可以带做饭，只不为常例罢了。外乡也有起火小店，也有只收饭费，不另收房费的。大致饭以顿计，不以日计、月计。小店最大的毛病，便是容纳绺犯、盗贼等人物，所以缉查上也很注意小店。

北京东直门外十字坡，为果店所在地，果店以姓为名，如“老金家果店”“老卢家果店”等十几家，代住果贩，和小店情形相同，只不住果贩以外的客人罢了。

火房子

火房子全在四郊关厢嘴，或关厢后街、小胡同小岔子里，总以僻静为主，门前并没有什么字样，只以柳条笊篱高挂为标识。八年前因和说评书人杨云清谈起火房子，时正微雪，在德胜门果子市北义兴喝完酒以后，杨云清领我出城去参观火房子，虽肮脏污秽为雅人所不屑到，但为观察考究起见，也不无价值。火房子没有单间，也没有很多的房子，只有三间（也有多一两间房的）一通连的房子，进门便是柜台，和澡堂子坐柜相同，只火房子的柜台，多半是泥砌土台抹掺灰泥而已。房内围着墙四周是矮而小的土炕，屋子正中是火池子，升着熊熊的旺火。矮小土炕上只是光席，有的一面土炕以木板隔出睡位来的，便算为雅座包厢，也是同样光炕席的。住火房子的人，十分之九没有被褥，火房子也不赁棉被，而且住客有棉衣的也很少，所以升火要旺，且要日夜不灭地升着。火房子虽不赁棉被，却有“鸡毛盖”，有大堆鸡鸭鹅毛，供住客赁用，所谓“铺着仨，盖着俩”，即以鸡毛撒在炕上，住客即蜷伏曲卧其中，所说“仨”“俩”，即三个钱的，两个钱的。也有围着火池蹲卧取暖，不到炕上睡去的。住火房子的，因无衣无被的缘故，多半都“穿了裹皮袄，喝了烧刀子（白干酒）”，围着火池取暖，加以鸡毛轻的关系，极容易起火，时有危险性。

住火房子的分子，以乞丐为最多，其次便是抬大杠的杠夫。丧仪中打执事的，多半都是无家可归的流民，日间各奔前程，觅得肚圆以后，稍有几文钱，便可不至露宿抱火锅（冬天以破小砂锅，内盛卖吊炉烧饼的小灰，上放炭渣，用红煤球燃着，以笔管频吹，炭不熄灭，怀中抱以取暖，谓之“抱火锅”）、爬排子（以前北京各大商店皆有廊子或席排，乞丐住宿谓之“爬排子”）、围戏报子，也可以说是盈利的慈善事业，比善虫子坦白多了。住火房子的，最讲义气，偶遇阴天雨雪，不能出门，也能由有钱的出钱，约集全屋或一部分至近的人，吃抻抻拉拉（面条）包包掐掐（饺子），三星五魁，酒足饭饱，手捧黑脸子（纸牌），几不知挨饿之即至者。夏天豪雨，住火房子的多半裸体吃喝。冬日窗外晒日黄，屋内裸身扪虱。所以火房子要在僻静所在，开火房子没有带家眷的。开火房子的，有时对熟客也放一点小债，利薄而约严，加以住火房子的，独身混饭，以身为业，不能不讲信用，赖债的却很少。

小市

金受申

北京买卖旧物的所在，名为“小市”，“小”字的意思就是告诉人只卖零碎用物。小市以时间来分，有“早市”(亦名“晓市”)，通常在后夜三四点钟起，日出即已将收市散市，冬日至迟不过上午九时。有“晚市”，时间在下午三四时起，黄昏散市。近年创行“夜市”，在掌灯后营业，三更收市。夜市以售卖新货为主，也有并粘子卖假皮鞋、坏钟表的(早市晚市只卖破货，不卖假货，也很少并粘子的)。早市因主要时间在天未明时，并因所销售的物品，常有来路不正，也时常发现珍奇物品，所以又称“鬼市”。

鬼市

南市与北市

北京鬼市有南北两市，南市在崇文门外东大市，北市先在德胜门外桥东北河沿上，自民国二十一年，时有战争，城门晚开，改在什刹海后海西北角、醇王府西墙外，什刹海寺（北市西小坡有什刹海寺，什刹海因以得名，非沿海十刹也）前，地名段家胡同，由卖坎离砂的溥安堂段家在此得名。

南市北市营业范围差不多，南市货较整齐，常有大“找头”发现（“找头”为鬼市术语，即能因买卖这货而得利益的意思），所以凡打小鼓的、摆小摊的，全喜上南市。以先南市比北市热闹，近年因南市中途有一段僻静所在，地方当局恐发生危险不幸事件，令南市往后稍移时间。本来鬼市全仗天黑借灯光看货，赌的是目力，用的是迷魂掌，天明便失去不少机会。加以北市在城外时，上等货极少见，自移城内以后，建筑不少房子，货物渐多，又和糖市、耍货市南北相接，出北口又是果子市，较南市热闹几倍，因此近年已有夺南市地位而有之的样子。

打小鼓的与摆小摊的

鬼市的组成，主要是本市所在地的几家旧货铺和几处常摊，有的个人设摊，卖所收旧物，有的专卖一种货，如铁物、电料，有的卖批发粗制手工品，如纸本铅笔等。但特以提高小市价值，吸引买主的，却为日间打小鼓，买来民间人家旧货，早晨到此来卖，所设的小摊，时有珍品发现。有时有佳本旧书、名人字画，有时有不常见的珍玩，除各有本行人到此收买外，即以日间摆小摊的为大宗买主。但何以能见出“秀气”来（鬼市称买合适、有利可赚为有“秀气”，反之谓为“打眼”）？却要插叙一些打小鼓和摆小摊的生意。

打小鼓京市通称为“打鼓的”，左手大指二指执小鼓，右手持藤篋相击，或肩担竹笼，或手执包袱，或背钱袋。打鼓的分“打硬鼓”“打软鼓”两种，实则所打的鼓相同，“硬”“软”系以营业高下来分。打硬鼓的专买古玩、金珠、首饰以及成件木器等值钱东西，打软鼓的专买破烂货。以先以买破家具残书零件的为软鼓，近日买洋瓶子碎铜烂铁的，也打一面小鼓，也称打软鼓，范围太不清了。打硬鼓的下街，除打鼓铮铮以外，还口中吆喝：“潮银子哎，首饰来买哎，玉石宝石来买！”打鼓的下街，有假定，也可以说固定的路线，哪条胡同内有败落的世家，以叫打鼓的度日，他们是极了如目见的。打鼓的，也可以说只有打硬鼓的有聚会所，大半在茶馆中，称为“攒儿”。有合适的货物，独立难以买到，要找素日相好过事的合起来买，谓之“合手”，必暗中商量，不令同业人知晓。有时卖货人家，以不知价钱的东西要大价钱，并对打鼓的说些不通的内行话或歪话，惹得打鼓的性起，故意做出忸怩姿态，给一大价便走，如遇巧妙卖者当时卖出，公道打鼓的只好自认打眼，奸狡的还能再挑毛病，或托故钱不够，以资反悔。但遇卖者明白厉害，这一招是使不上的。如给大价，卖主仍不肯卖，打鼓的回到攒儿，对大家扬言此事，以后叫任何打鼓的去他也卖不上这价，谓之“操上啦”，卖主不落价是卖不出的。

打鼓的也有互使坏主意的，如明知某巷某家某物不真或不值，而故意煽惑其他打鼓的去买，使其上当的，谓之“反俏”，以后便没人敢和他共事。打鼓的中也有极公道的。固然，“细批评，慢给价，快回头”是一切打鼓的应遵守的，心地朴实却很少有。败落世家子弟，能以声辨，如“尖嗓儿的”“带俩弯儿的”，一听就知是哪一个打鼓的。

打硬鼓的日间所收买来的物件，珍贵一点的，有本行中人

（如红货行、古玩行、木器行等）来收买，谓之“过行”。有的半途中被用主或本行中买去，谓之“截货”，既免挑至家中明晨再挑至市上之劳，又可以免压本钱之费（打鼓的本钱有限，临时遇需要价钱多的物件，要去借那以日计利的债，谓之“蹦蹦利”。所以打鼓的最怕压本钱），所以获利虽少，也是乐于售出的。

打软鼓的，虽以专买破烂旧物为主，但较换洋瓶子、买碎铜烂铁的又高尚整齐一点，也买家具器用价钱多一点的东西。买来以后，分别出种类来，到长市（如朝阳门外喇嘛寺）、晚市（如德胜门外南河沿、安定门内大街）去卖，也有时到鬼市去求善价。

摆小摊的每日凌晨到鬼市去买货（谓之“抓货”），大摊主多上南市，次一点摊主上北市。下午在大街马路旁边便道上席地摆摊，以待顾客。若因索价高，或货物有毛病，当时未能卖出，以至日出，逛小市的（不以买卖为业，以游逛为目的来小市，买些应用物件的，谓之逛小市，时间较抓货的晚，恒至日出）已来，仍未卖出，或积存数日，必至大减其价才能脱售的，叫作“逛市货”。抓货人对逛市货，恒白眼相视。

摆小摊的上市抓货，没有一定目标，但有相当范围，如专抓大件货的，专抓秀气货的，专抓成货的，专抓零货的，都在赚利标准之下，选择抓买。摆小摊的抓货，全有精锐的眼光，某种货有行市，某种货行市微，某种货有买主，某种是冷货，都在他们心中有列成的单子。如瓷器中洋盘子，某时期蓝边的值钱，某时期满白的值钱，如硬木算盘，够多少位的值钱。又对于配零货，也很有研究，如抓了一个没盖的茶壶，当然不值半文钱，摆小摊的却能知道是江西瓷，东洋瓷，某时期出的瓷，几号壶，随时可以买着合适的壶盖，配在一起，便能卖大价钱。又有专买洋货的摆小摊人，对于洋货的认识很清，不但在市上（南市多）截买（因卖此种洋货的，打鼓的很少，另有专卖这种洋货的人），还和能拉拢洋货的纤手结合，有时能得着极完美的成套餐具。摆小摊人，还有专做修理手艺的买卖，如专在市上抓买鸦片烟具，缺盖火的烟枪，活斗脚的烟斗，没罩子的烟灯，全以贱值买来，该配的配，该修理的修理，加以装饰，“手勤，目勤，脚勤”，就能赚大钱。前十几年，十二条西口恒源桅厂门口有一小摊，摊主是一老翁，名高朋轩，专卖洋锁，配洋钥匙。以旱伞钢梃，锉成烟签子，刚柔合适，用者赞称，人称为“高氏伞梃签”，比为珍品，与“广针签”“虾米须签”“张半签”相媲美。打鼓的为鬼市卖货的中心，摆小摊的为鬼市买货的中心，其余赶市卖抄家货的，或专卖自家东西的，以及卖发货的，都算附属分子。

鬼市成交情形

卖货人在四更末，即已提灯摆摊完竣，静候抓货的来成交，有时也在黑灯下，收买一些俏货、小道货。鬼市摆摊，虽没一定地界界线，但大致各有各的范围，总以卖珠宝小件货的为中心，四周设摊，发货更在其外。至五更天，抓货的上市，各提玻璃灯，直奔各人每日心目中所记出货的所在地，看着几件可买货时，即收拢一起，然后徐徐讲价。讲价大的在袖中拉手，以手比数，如按二指为大数，再按三指为零数，即二十三元，或两元三角。若只是几角钱就不必用拉手，可以说“暗语”，暗语即“行话”，亦称“黑话”，又称“春典”，各行不同，有《吕祖会春》一书记载。各行行话都以“嘎”字代表个字，如“叫唤嘎”为二，“吹字嘎”

为六，“钩子嘎”为九，是菜行行话。“终字嘎”为六，“久字嘎”为七，“大字嘎”为八，是鱼行行话。抓货人在价钱未讲妥和未声明不买以前，其他抓货人不能越前另买，谓之“没买完哪”，买时先拢起，后讲价的，就是为的这点。摆小摊的抓货，大部是这种情形。也有别具心思，另有眼光，自成一个范围的，用“打跑锤”买法，这摊看看，那摊买点，以“多选择，勤跑道，少出钱，买精货，少买货”为目标，非遇极可注目的货物，绝不流连，绝不徐徐讲价，只给“一口价”，回头便走，诀窍以多为胜。也有不走运、常赔钱的摆小摊的，专抓“漏货”和“逛市货”的，只凭运气，买许多内行人所看不透的价，有时真能赚大钱。曾记有一次，有这种买货人买到几篇旧信，共用二三角大洋（合铜圆一百几十枚）。后来经审定，系俞曲园（樾）先生亲笔，并加常用的印章。一倒手，卖了二百余元。但又有一次买了一支象牙烟枪，任何人看来，皆不能分别真假，并且是多半口足枪，只用了五元钱抓到，以为买了无上的俏货，结果上了当。原来卖者，专门做假枪，曾以旧乌木假充蛇宗管，赚了一百五十几元。这是水精细化学品，油渍烟沤出来，假充真牙枪，抓者倒手才卖了一元五角，赔了三块半。这做假烟枪的，便是北京有名的“假古玩赫”啊！黑市也有“并粘子”“吃格念”的，以一人帮腔，一人充作买主，专蒙逛小市的客人，抓货的是不上这当的，这便是当年北船板胡同对过“某记挂货铺”的某清济君擅长的把戏。他们做鬼手段也很精，会以没底腔没炉条的“广锅子”，本不值一文钱的，但用罐头盒剪去一边，用铁丝编成炉条，敷以灰泥，除弹之不作铮铮声外，一些也看不出毛病来，蒙外行是一蒙一准。可见鬼市也是诡计多端的。至于卖假字画，卖假赵子玉蛐蛐罐的（日久不能卖出，居然能用黑色涂成“墨玉罐”，浸透沤成，一丝也看不出假来），更是指不胜屈的。但珠宝玉器，因外行人买得少，却很少假货。下至破货旧物，残缺不完整的木器、衣料，只有逛小市和专抓这类货的人才买，摆小摊人是不要的。

鬼市的附属营业

鬼市唯一的附属营业，只在于“吃”，卖烧饼、麻花、豆腐脑、老豆腐、炒肝、炮羊肉、烩丸子、杏仁茶、豆腐浆、炸饹馇、炸饹馇丸子，以至酒摊、茶摊，真是不一而足。卖肉类吃食的，如驴肉、酱牛肉、羊头肉、猪头肉、熏鱼、马肉脯，以及名满故都的“狗肉陈”所做的狗肉脯（狗肉陈三世专做狗肉脯，享名于北京。民国二十年前后，北市卖狗肉脯的，还是狗肉陈的弟子），全是北京有名的食物。

鬼市茶馆，以前全是临时性质，近年才有正式茶馆，散市后并可作打鼓的攒儿。鬼市近年因逛小市的人渐多，卖发货的也渐趋实用方面，如纸本摊、洋袜子摊、白糖摊、咸鱼摊、鲜鱼虾摊、猪羊牛肉摊，一天比一天多，而且日臻完美。鬼市的德胜门北市，又与糖市、耍货市相连，下街糖挑（二十年前称“打糖锣”的）、摆糖摊的，都到此处卖货（东南城上朝阳门内糖市），大部以十计价，如十块糖发若干钱，下街卖若干钱一块。以前并有“让行不让利”的说法，即卖货的按发价，零购食用的按市价，近年已没有这种说法，也是商业上一种变化啊！

晚市

晚市以前只有朝阳门外观音寺喇嘛寺一处，地势呈横写工字形，日常有几家挂货铺，两家茶馆，一处澡堂，容纳不少打鼓的——打软鼓的在此交易，也常川设摊，供人采买，所以算为“日市”一种（实在各处晚市，平时也有两三个小摊，到下午三四点钟以后，打软鼓的饱载归来，顿时热闹成了晚市）。后来在西岔路西破大门内，临时设摊成为晚市，成交的增多，卖食物的也随之加多，繁盛起来。晚市因地方关系，逐渐增加，第一处所，便是德胜门外箭楼东面，至于南河沿。后因时局关系，城门关闭，德胜门晚市，一部移于安定门内大街营业，一时颇有安定门复兴之势。后城门恢复，又渐移出德胜门，不过仍留一部分在此。近年宣武门因临时市场关系，无形中添了一处晚市。其他各处虽有临时攒儿，不能算作晚市。这几处晚市，营业情形，微有不同。宣武门晚市，较比高尚一点，以字画古玩为大部，有时也能买着“漏儿”便宜货，到此游逛的人，希望就地发财的人，颇为不少。据此处摊商说：前几个月，发现一块黝黑的顽石，谁也不能鉴定果是何物，后为高眼游者以二元六角购去，转手卖到古玩铺，价至六百元，这个传说传出后，游人顿增数倍。宣武门晚市也有旧货，但少拆改破货。德胜门、朝阳门、安定门三处晚市，除买卖旧物和农具零件外，还做一种“老虎活”出卖。所谓老虎活，便是附近贫民住户（以德胜门最多）以贱价买来的破衣烂袜，拆开成片，在河边石上洗净，分开颜色以及品质种类，各归一起。又收买旧棉花套子，到弹棉花处弹暄（弹棉花，以斤计值，以前每斤四大枚，最近至每斤八分洋，松软和新棉相等，谓之“弹棉花”)。然后以整齐布片做衣面，破碎拼成衣里，中实棉花，做成棉衣，缝线稀远，行线稀少，不过仍是一件不脏不破的棉袄棉裤，在晚市设摊出卖。凡太小布片不能做成衣服的，可以做布袜子，虽然现在洋袜子盛行，在乡间仍是布袜子领域，所以仍有相当销路。再细碎的布头，可以打“布袼褙”，为做鞋底鞋帮之用，所以在晚市附近常有“袼褙厂”，废物利用，一丝也不能抛弃的。人家女工，剩下布角布头除向袼褙厂出售外，可以自打布袼褙，做成卖鞋，鞋底自纳，鞋帮自做，做成后也在晚市出卖。还有专收买旧洋袜子的，剪去袜底，缝成直筒洋袜，或捡不太破洋袜，以布或洋袜片补成，也是晚市一种有销路的货物。所以晚市直接养活打鼓的、摆摊的，间接却养活了不少贫家女工。

夜市

北京从前没有夜市，即如现在北新桥一带小摊的，因电灯的方便，常延至下午八九时才收摊，也不能算为夜市。夜市之兴，由正阳门外大街起，以前是定期设摊，近年才有常摊。夜市摆摊售货，大约可分两种，第一种即新货，如洋货摊、衣袜摊、文具摊……除货色稍劣外，价钱没有一定，看人行事，有时极便宜，有时也会被人“抓老敢”。第二种为刀尺货，往好里说，便是旧物刷新，往坏里说，便是专卖假货，所以真正谨慎人，绝不在夜市买便宜。这种生意的手段，第一即借灯光为障眼，第二即使用迷魂掌钢口，第三即使并粘子，专以蒙人为主。如卖皮鞋的，乍一看足够八成新，刷染洁净，用鼻来闻，却是真皮气味（实是靴油味），价较铺价低若干倍，买来穿上，三天便透大窟窿，原来是纸制假做。最厉害的，便是表摊，次一等是真壳假穰（有时连真壳也不用），专卖不懂眼的人。高一等的壳穰全看不出假来，其实却全是假货，手艺之精，无与伦比，真能做出卡字表来，听声音、看内穰一点不假，专卖二成假高眼。至于假金假银，那是常事。卖表的都有并粘子的，只要有人一站，旁边必有讲价的，给到极点，摔脸走去，卖表的必现懊悔恨未当时卖出之状，有人如出较适才给的价再低一点，也必卖出，其实先给价的，就是并粘子的。也有由并粘子的买去，转卖旁人的，这种方法尤妙，以后不至找回账。最奇怪是卖假烤鸭的，以带头鸭嫁妆，糊泥，上蒙纸涂油，灯下看来，一丝不假，只怕当时下口，所以这种买卖，没有准地点，随时流动。至于卖假古墨的，假古玩的，摔瓷的，更是不一而足。如能守“世界上没便宜”之戒的，是永远不能上当的。

游二闸

沈从文

到晚来，料不到的是天气会骤变，天空响了雷，催来了急雨。人坐在灯下，听到院中雷声雨声的喧闹，像是两人正在那里争持一种两可的意见，怀想着二闸及二闸一切，正因为有雨声雷声，人反而更觉寂寞了。

这时的二闸，是不是也正落着像有人在半空用瓢浇下的雨，是使人关心的事。无论雨是落到了二闸与否，凡是日间在闸下，那些赤精了身体，钻到水瀑下面去摸游客掷下铜子的小孩，想来大概都全回家了。家中有着弟妹的，或者还正将着日间从水里摸到的铜子，炫耀给那弟弟妹妹看。弟妹伸手要，但不成，这是自己的，于是，抱在做母亲的手上更小的孩子哭了。于是，做母亲的赏哥哥一掌，于是大的也哭起来。从这种推想下，我便依稀听到一种急剧的短而促的孩子的哭声，深深悔我当时的吝啬。多掷下铜子数枚，在我不过少坐一趟车，在别人家庭，不是就可以免掉那不必起的争端吗？也许其中还有那孤儿，这时就正把从我们手下得来的铜子，向附近小铺子买了烧饼在那庙门下嚼吧。也许在这些孩子当中，有着那病瘫的母亲，其中孩子的一个，这时就正在他母亲炕前跪着呈奉那一枚铜子，领受那病人瘦手在脸部抚摩吧。也许有空手转家去的孩子，到家时，正为父亲责着，说是生来无用，抢不得一钱，挨着骂，低头在灶边吃窝窝头。也许还有用这钱供家中赎当。……在各式各样的想象下，都使我深悔不多给这些孩子一点钱。我且奇怪起我自己来，为什么当时明明见到这些人伸手，就能毅然不理，且装着滑稽口吻，向这些人连说“回头见！”若这些孩子，这时还能想到游客中的我们，对我们有所抱怨，也是自然而且应该的事情。

孩子们对这雷雨是喜悦还是忧愁，也使我关心。落了雨，闸下水瀑益大，来二闸玩看水瀑的人当益多，则可以从各种娱乐游客的技艺中多得些铜子，看来孩子们应当感谢这天气的骤变了。

然而一落雨，河里的水当更冷。天气已近到深秋，适宜于裸着身子在瀑下钻来爬去的时期似乎已过去。纵有多数游人乐于把钱掷到瀑里去，下水淘摸不已变成一件苦事吗？并且，跟着这秋来的便是那能将一切凝成冰冻的冬天，到了瀑水溪河全结了薄冰以后，这些孩子们，又将什么来供游二闸人娱乐兼以自娱？推冰车冰船吧，这又不是一个不到十二岁的孩子的事。如果这时我还有那往游二闸的兴趣，大概可以见着他们站在闸堤旁缩成一团很无聊地望那冬景了。住在二闸左右的人家，似乎没有一家称得起中产小康的。那萧条景色，到春天还没有能改变过来，这些孩子们，自然也不会有受教育机会了。运河恢复清以来旧观，已是本地人所不敢梦想的事。二闸纵有着一点空名，足以在春夏二季吸引一些好事的人的游踪，然二闸在天然淘汰下，亦只有日复一日萧条下去了！这些孩子，眼见的还有着那比自己更小的一辈，正在努力学着泅水学着打汆子，以图来年夏季的发财。大一点的，将渐渐长大，若不去务农，总仍然是在划船赶骡两种职业上找到他的终身浪荡生活。但小一点的，倒可以从高堤坎上翻筋斗下掷的年龄，又来供谁开心？并且，那新补了父兄划船职业的纤手舵手青年男子，对于他的职业是不是还能像今天那掌舵汉子对于生活的乐观？到那时，船上所载的，总不外乎粪肥、稻草、干柴、芦苇束之类，再要白脸新衣的学生，花两毛钱到这船上来嗅这微臭的空气，把船在这从北京流出的阴沟水面上缓缓地驶行，是办得到的事吗？

从这个小小地方，想到国内许多人许多事业，在社会进化过程中消沉灭亡的情形，见到这一类人无可奈何地只能在这旧的事业、在这一小块土地上，艰难地度过他们的终生，心中为一种异样惨戚所浸溺，觉得这些人的命运，正和中国我所知道的大小城市乡村的孩子命运差不多，不会有什么前途可言。

到了二闸玩一天，要像许多许多人，记那一个城里人下乡的记录，且赞美着说是秋来天色草木如何如何美，这在我是不可能的事。北京的天气，不拘何时都很容易见到那种四望无边如同一块月蓝竹布天幕的。因为昨夜的雨把空气滤过一道，空中无灰尘，纵有微风，人也不难受。公寓中我住的是东屋，太阳早上晒不着，颇觉冷，一出城，则疑心这是春天刚完的初夏，背当着太阳，就渐渐地发热了。

沿着铁轨从崇文门到东便门，又沿着运河从东便门到了二闸，是步行去的。陪着我走的，有也频和他的同伴。这一次，算我们今年来走得最远的一次散步了。在另一个时期中，我能负背囊全套及子弹二十八排，另外加扛一支曼里夏五响枪，每日随着大队走八十里路，并且一连走六天，把我自己以及一个头等兵的家业从我本乡运到川东去。这事情，在近来谈及，不知不觉就要采用一点骄傲朋友兼自炫其英雄的口气了。因为自从来到北京后，我的生活只给了我在桌边尽呆的机会，按照那"一种能力久久不用便归消灭"的一条自然规律，我的行路本事在我自己看来就早已失去了。今天居然走到了二闸，腿膝又还似乎并不十分倦，我又觉得多少我还保留一些旧日的本领！

走到后，一切同前年，水同两岸的房子，全是害着病一样。若是单把这些破旧房子陈列在眼前，教人分不出时季。冬天这些门前也是有着那粪肥味与干草味，小小的成群飞着的虫子，似乎是在春夏秋三个节候里都还存在。光身的蹲在补锅匠的炉边看热闹的小孩子，见了人来就把眼睛睁得多大，来看这些不认识的体面的来客。船夫在我们身上做起小小的梦了。赶骡人在我们身上做起梦来了。孩子们有些本来披着衣服在闸上蹲着望水的，开始脱下一切沿着那堤坎旁边一株下垂的树跳下水去了。因了我们来此，至少有二十个人做着发"小洋财"的好梦。这些梦，在各人脸上，在各人和蔼的话语里，在一切叫嚷空气中，都可以看出。

在闸边稍待一会，于是便有个很有礼貌的孩子挨到身边来，说有一毛钱，便可以从这三丈高的堤上下掷到水中。可我们并不需要瞧的。于是这孩子又致词，说是把钱掷丢到水瀑下去，哥们儿能找到。也频按照他的建议，试掷了一钱，即刻便为一个猴儿精小子把钱用口衔着了。再掷了一钱，便又见到这四个五个如同故事上所传海和尚一样的孩子钻进瀑下去即刻又出来。

"先生，你把你那银角子扔下去，待会儿，大家就全下水了。"

全下水，总有二十个以上吧。一枚铜子有四人竞争，一枚银角便有二十人抢夺，从这里我可以了解钱在此地的意义。十个二十个人全下水，万一因抢夺不已，其中一个为水所淹没，怎么办？为了莫太使那大一点的狡猾的孩子得意，也频虽身边有钱也不掷了。但为了莫过分给那不中用的孩子失望，我故意把钱抛到较浅水中去，待到最小那一个口中也衔着一枚铜子时，我们跳上回头的船了。

我们还为他们带了一些欢喜来，这是我们先前所想不到的。但是像这种天气，能够从城中为二闸的人带些小小幸福来，人像是已越来越少了。因此到了那铁桥边遇到第二批四个男女学生模样的人时，我就为那些孩子高兴。

“怎么二闸这样荒凉地方也值得人称道？”

这疑惑，在我心上咬着，如同陶然亭一样，我真不明白。此时得我们的舵公给了一个详确解释了。

这老者，一面不忘用两手揹着那可怜舵把——舵把用“可怜”字样，不是我夸张，我总疑心那是别个人家废辘轳上一段朽木头。——他说道：

“先前几年，虽不算热闹，但并不荒凉，一年四季来这玩的人多着啦。”

“怎么来？”我问，想得到这缘由。“说不定这又同三官庙、鹦鹉冢一样，因为是有着公主或郡主属于女子一类艳闻传说而来的。”我心想。

话匣子，先是只揭去封条，如今可为我给掀开盖子了。除了用一些话帮助他叙述下去以外，我们用手扶着船棚架子只是静静听。

从他口中我们才知道，以前运粮大船，长达十来丈。一些生长在北方的老乡，单为看船，也就有走到二闸一趟的需要了。那时内城既“闲人免入”，其他如戏场、市场、天桥又全不曾有什么玩的地方，所以把喝茶一类北方式的雅兴全部寄托到这运河最后一段的二闸，也是自然的结果。因此我们又才明白二闸赋予北京人的意义，且寓雅俗共赏的性质，比之陶然亭，单在适于新旧诗迷作诗却大不相同。

关于这运河，那老者说，这对清室也还有一种用意。粮食何以必得拨来拨去？从通州到此还得拨粮五次才入京，比陆路更费。然而为了这里的闲人着想，使之既不至因无工作而缺食，又不至徒邀恩而懒废，故这条河在京奉路通车以后还有物可运。宣统皇帝退了位，就没有人想到此事了。这老者对于满人政治手段当然是同意，可没有说到这一批船户一批靠运河吃饭的人改业以后怎么样，但从靠接送游人的船生意萧条上看，也就可想而知，随了地方的衰败以后凋落不少门户了。我略一闭目，就似乎见到一只八丈九丈长的崭新运粮船从后面撑来，同我们的船并排前进，一支高高的桅子竖起，拉船是用一百个纤手。这些纤手多穿着新蓝布长衫，头上是红缨帽子，有些还能从容取出荷包里的鼻烟壶，倒出一小撮褐色粉末向鼻孔里按。又有一人，在船舷上站立，这人职位应属于游击、参将一类，穿的衣服戴的帽子都极其鲜明，手上还套了一个碧玉扳指，这人便是我从书上知道的运粮官。又有一个人，穿戴把总衣帽，马蹄袖子翻卷起，口上轻轻骂着纯京腔的“混账忘八蛋”一类官场中的雅言督促着纤夫。这人是正两手把着舵（舵的把手当然雕刻的是犀牛、独角兽那类能够分水的怪兽的头）。这人脸相便是此刻我们船上这位老艄公脸相，不过年轻得多。河中的水也还清澄，可以见鱼鳖在水藻内追逐。……我倒记得分明我们船上也正有着一位同样好看品貌的“舵把子”时，微细的风送来一阵河水的臭味，那大的运粮船便消失了。

我心想，可惜这运粮船，也频和他的同伴都无缘能看见，独自己是俨然欣赏一番了，就不觉好笑。也许也频在虚空中所见到的是另一种式样的船吧。因为当那艄公在述及那大船来去时，也频的眼正微闭，似乎在他自己脑中用着艄公所给的材料，也建筑了一只合于经验的船啊！

用一些无所事事的小孩子，身子脱得精光，把皮肤让六月日头炙成深褐，露着两列白白的牙齿，狡猾地从水中冒出头来讨零钱，代替了大批运粮船来去供人的观览，二闸的寂寞，在那艄公心上骡夫心上都深深地蕴藉着！当我想到这些人，只在天气的恩惠下得一毛两毛钱，度着无聊无赖的生活，心上也就觉着有颇深的寂寞了。在今年，我们什么时候再能来到二闸玩玩？单是记着临下船时那一句“回头见”套话，似乎在最近一个月内我们还应重来一次。

“大通桥的鸭子——各分各帮。”

多给了二十枚酒钱，得到了二闸人奉赠的一句土话。在大通桥下的白色大鸭子，的确像是能够各找到各的队伍，到时便会从容分开的。我们同二闸也分开了。回到北京城来，在一些富人贵人得意男女队伍中驻足，我总是自觉人是站在另外一边样子的。二闸人倘若有那闲思想，能够想到今天日里来二闸玩的我们，又不知道要以为我们同他那里的世界距离有多远了。

在这雨声中，这一帮的人念到那一帮的人，同做不经常的梦一样。说不定有人也正把那充满善意的思念系在我们这一边！